文 庫

30-231-5

頼 山 陽 詩 選

揖 斐　高 訳注

岩 波 書 店

凡例

一、頼山陽生涯の詩から百二十首を選び、底本での排列順を基準にして、おおむね成立年順に通し番号を振って排列した。なお『日本楽府』の詩五首については、別枠として巻末に配した。
二、原詩と訓読を上下二段に組み、その後に詩の成立年次、成立時の山陽の年齢(数え年)、典拠、詩体、韻字、語注、現代語訳を記し、適宜補注を付した。
三、採録詩の底本には『山陽詩鈔』(天保四年刊)、『山陽遺稿』(天保十二年刊)、『日本楽府』(文政十三年刊)を用いたが、これら三集に収録されていない詩については、『頼山陽全書』中の『頼山陽詩集』(昭和七年刊)に拠った。
四、漢字はおおむね通行の字体を用いたが、一部底本の字体を残した。
五、訓読の送り仮名は歴史的仮名遣いに拠り、振り仮名は現代仮名遣いに拠った。
六、古詩において換韻のある場合、原詩の当該箇所に」を付し、また注で韻字を掲げる際にも」を付してその区切りを示した。

七、引用の漢文は読み下し文とし、また引用の手紙中の部分的な漢文体も読み下し、適宜送り仮名を付け加えた。

目次

頼山陽詩選

1　癸丑歳偶作

十有三春秋
逝者已如水
天地無始終
人生有生死
安得類古人
千載列青史

癸丑《きちゅう》の歳《とし》、偶作《ぐうさく》
十有三《じゅうゆうさん》の春秋《しゅんじゅう》
逝《ゆ》く者《もの》は已《すで》に水《みず》の如《ごと》し
天地《てんち》始終《しじゅう》無《な》く
人生《じんせい》生死《せいし》有《あ》り
安《いず》くんぞ古人《こじん》に類《るい》して
千載《せんざい》青史《せいし》に列《れっ》するを得《え》ん

寛政五年（一七九三）十四歳の作。『山陽詩鈔』巻一。五言古詩。韻字、水・死・史（上声四紙）。

○**春秋**　歳月。○**逝者**　『論語』子罕《しかん》に、孔子は川のほとりで「逝《ゆ》く者は斯《か》くの如きか、昼夜を舎《お》かず」と詠嘆したという。○**天地**　曹植《そうち》の「応氏を送る」詩に、「天地終極無く、人命朝霜の若《ごと》し」。○**千載**　千年。永久。○**青史**　歴史の書物。

十三年の歳月は、水の流れのように過ぎ去った。天地には始まりも終わりもないが、人生には生もあれば死もある。なんとかして僕も古人のように、千年の後までも歴史に名前を列ねるようになりたいのだ。

◇『山陽詩鈔』の巻頭に配される詩である。木崎好尚編『頼山陽詩集』(『頼山陽全書』のうち)によれば、この作の初稿の形は「十有三春秋。春秋去若㆑水。何時吾志成。千古列㆓青史㆒」であったという。ちなみに、清の兪樾《ゆえつ》は『東瀛《とうえい》詩選』(光緒九年＝明治十六年刊)の山陽評において、特にこの詩を取り上げて、「此の詩の意を味はへば、乃ち十三歳の作る所にして、已に古人と頡頏《きっこう》し名を青史に垂るるの意有り。宜《ほと》んど其れ不凡を造就《ぞうしゅう》するなり」と評している。

なお『頼山陽詩集』には、本詩に先んずる山陽が詠んだ最も早い時期の詩として、天明八年(一七八八)山陽九歳の「朝日山」と題する五言絶句一首が採録されている。

2　石州路上

雨過泉声逾喧

木落山骨尤瘠

石州《せきしゅう》の路上《ろじょう》

雨《あめ》過《す》ぎて泉声《せんせい》逾《いよいよ》喧《かまびす》しく

木《き》落《お》ちて山骨《さんこつ》尤《もっと》も瘠《や》せたり

今朝杖底千岩
昨日天辺寸碧

今朝《こんちょう》　杖底《じょうてい》の千岩《せんがん》は
昨日《さくじつ》　天辺《てんぺん》の寸碧《すんぺき》なり

寛政八年(一七九六)十七歳の作。『山陽詩鈔』巻一。六言絶句。韻字、瘠・碧(入声十一陌)。○**石州**　石見国。現在の島根県西部。○**泉声**　谷川の水音。○**木落**　木の葉が散る。○**山骨**　山の岩肌。袁宏道「祝雨」の詩に「山を洗いて山骨新たなり」。○**杖底**　杖の下。○**寸碧**　わずかばかりの青緑色。

雨が通り過ぎて、谷川の水音はますますさわがしく、木の葉が落ちて、山の岩肌はとりわけ瘠せて見える。今朝、杖の下の方に横たわっている多くの岩々は、昨日は天空のあたりにわずかな青緑色として見えていたものだ。

◇この年頃、山陽は頻繁に癇性《かんしょう》の発作を起こし、家族を心配させていた。山陽は叔父の頼杏坪《きょうへい》に連れられて、この年の十月二十六日から十一月十二日まで保養のため、広島から石見国の有福《ありふく》温泉(現、島根県江津市)へ湯治に出かけた。その道中の作である。

3　丁巳東遊六首

(其一)

畿甸風光吾始過
東来地勢迴坡陀
淡洲蟠踞当郊樹
淀水蒼茫接海波
楠子孤墳長涕涙
豊家遺業尚山河
悠悠今古供掻首
欲説興亡奈独何

丁巳《ていし》東遊六首《とうゆうろくしゅ》

(その一)

畿甸《きでん》の風光《ふうこう》　吾《われ》始《はじ》めて過《す》ぐ
東来《とうらい》の地勢《ちせい》　迴《はる》かに坡陀《はだ》たり
淡洲蟠踞《たんしゅうばんきょ》して郊樹《こうじゅ》に当《あ》たり
淀水蒼茫《でんすいそうぼう》として海波《かいは》に接《せっ》す
楠子《なんし》の孤墳《こふん》に長《なが》く涕涙《ているい》
豊家《ほうけ》の遺業《いぎょう》は尚《な》ほ山河《さんが》
悠悠《ゆうゆう》たる今古《きんこ》　掻首《そうしゅ》に供《きょう》す
興亡《こうぼう》を説《と》かんと欲《ほっ》すれど　独《ひと》りを奈何《いかん》せん

寛政九年(一七九七)十八歳の作。『山陽詩鈔』巻一。七言律詩。韻字、過・陀・波・河・何(下平声五歌)。

○**丁巳**　寛政九年の干支。　○**東遊**　ここは広島から江戸への遊学をいう。　○**畿甸**　畿内の土地。近畿地方をいう。　○**東来**　東の方にやって来る。　○**坡陀**　起伏があり平坦でないさま。○淡洲　淡路島。○蟠踞　とぐろを巻いてうずくまる。○郊樹　町はずれの樹木。○淀水　淀川。○蒼茫　青々として広いさま。○楠子孤墳　湊川《みなとがわ》(兵庫県神戸市)にある楠木正成《くすのきまさしげ》の墓。○豊家遺業　豊臣秀吉の遺した天下統一の事業。○山河　杜甫《とほ》の「春望」詩の「国破れて山河在り」を意識する。○掻首　頭を掻《か》く。感情が動揺して落ち着かないさま、あるいは物を思うさま。

畿内の風景の中を私は初めて通り過ぎた。郷里広島から東にやって来ると、地勢が遠くまで起伏しているのがわかる。町はずれの樹木の向こうに淡路島がうずくまり、青く広がる淀川の川面は海につながっている。ぽつんと建っている楠木正成公の墳墓の前に佇《たたず》むといつまでも涙が止まらない。豊臣家の遺業はすでに空しいが、山河のたたずまいはなお昔のまま。悠々たる古今の歴史に思いを馳せれば、感慨に堪えず頭を掻くばかり。歴史上の興亡の跡を語りたいと思うが、語るべき相手がいないのではどうしようもない。

◇寛政九年三月十二日、山陽は叔父杏坪に連れられて郷里広島を発ち、江戸へ向かった。杏坪は広島藩の江戸藩邸に赴任するためであり、山陽は幕府の学校である昌平黌《しょうへいこう》に入学するためであった。江戸に到着するのは四月十一日であるが、その間の旅の様子は、山陽の挿絵入りの和文体紀行文『東遊漫録』に記されている。これによれば、山陽が叔父杏坪とともに楠木正成の墓を拝したのは三月二十三日のことだった。ちなみに、この日、山陽は舞妓《まいこ》浜《はま》から淡路島の方角を望んだが、実際は「海霧中に隠れ」て淡路島は見えなかったという。

4　（其三）

五十三亭控海東
故関右折路岐通
湖南草樹春雲碧
畿内峰巒夕日紅
流峙依然此形勝
興亡已閲幾英雄
分明攻守千年勢

（その三）

五十三亭《ごじゅうさんてい》　海東《かいとう》を控《ひか》へ
故《こ》関《かん》　右《みぎ》に折《お》れて　路岐《みちわか》れ通《つう》ず
湖《こ》南《なん》の草樹《そうじゅ》　春雲碧《しゅんうんみどり》に
畿《き》内《ない》の峰巒《ほうらん》　夕日紅《せきじつくれない》なり
流峙《りゅうじ》依然《ぜん》たり　此《こ》の形勝《けいしょう》
興亡已《こうぼうすで》に閲《えっ》す　幾英雄《いくえいゆう》
分明《ぶんめい》なり　攻守千年《こうしゅせんねん》の勢《いきおい》

著論誰追賈誼風　　著論《ちょろん》　誰《だれ》か追《お》はん　賈誼《かぎ》の風《ふう》

七言律詩。韻字、東・通・紅・雄・風(上平声一東)。

○五十三亭　東海道五十三次。○海東　東海に同じ。○故関　古い関所。ここは逢坂《おうさか》の関を指す。山城国と近江国の国境にあった。○湖南　琵琶湖の南。○峰巒　山々。○流峙　山河のたたずまい。○著論　論を著すこと。また著作。○賈誼　前漢の学者。「過秦論」や「治安策」などの論策を収める『新書《しんじょ》』がある。

東海道筋には五十三の宿駅が東に海を控えて連なる。古くからの関所である逢坂の関を過ぎて右折すると道はその街道に通ずる。春の琵琶湖南岸は草木が芽吹いて緑の雲のように煙り、畿内の山々は紅い夕日に包まれている。山河のたたずまいは昔のまま変わらないのであろうが、何人もの英雄たちがこの地で興亡を繰り返してきたのだ。こうした風景を目にすると、長い間の英雄たちの勝敗の形勢というものが、僕にははっきりと分かる。僕以外のいったい誰が、賈誼のすぐれた著作のように、そうした興亡の跡を書き記すことができようか。

5　過一谷懐平源興亡事

作歌

播之首摂之尾
吾視其地何雄偉
山勢北来迫海壖
松柏露根乱蘆葦
怒潮淘沙出白骨
啼小鬼兮哭大鬼」
聞説平氏曾此簇赤斿
厜㕒為城澎湃為溝
左控王畿右甸服
旧業自期唾手収」
何料東人有機智
要害早已被耽視

一の谷《いちのたに》を過《す》ぎて平源興亡《へいげんこうぼう》の事《こと》を懐《おも》ひ
歌《うた》を作《つく》る

播《ばん》の首《かしら》　摂《せつ》の尾《お》
吾《われ》　其《そ》の地《ち》を視《み》るに　何《なん》ぞ雄偉《ゆうい》なる
山勢《さんせい》　北《きた》より来《きた》つて海壖《かいぜん》に迫《せま》り
松柏《しょうはく》　根《ね》を露《あら》はして蘆葦《ろい》乱《みだ》る
怒潮《どちょう》　沙《すな》を淘《あら》つて白骨《はっこつ》を出《いだ》し
小鬼《しょうき》は啼《な》き　大鬼《だいき》は哭《こく》す
聞説《きくなら》く　平氏《へいし》曾《かつ》て此《ここ》に赤斿《せきゆう》を簇《むらが》らすと
厜㕒《しぎ》を城《しろ》と為《な》し　澎湃《ほうはい》を溝《ほり》と為《な》す
左《ひだり》に王畿《おうき》を控《ひか》へ　右《みぎ》に甸服《でんぷく》
旧　業《きゅうぎょう》自《みずか》ら期《き》す　手《て》に唾《つば》して収《おさ》めんと
何《なん》ぞ料《はか》らんや　東人《とうじん》　機智《きち》有《あ》りて
要害《ようがい》早《はや》く已《すで》に耽視《たんし》せらるるを

九郎一身渾是膽
伏旗仆鼓出不意
蜀道雖難不用氈
懸崖絶壁如平地」
組練画山訝懸瀑
蹄間三尋真是鹿
秦宮殿宇従一炬
晋人争舟指可掬
桓伊弄笛終貽禽
劉琨嘯歌亦遭戮」
勝敗有機少人知
絵画徒伝娯童児
一自貂蟬出介冑
上下文恬又武熙

九郎《くろう》の一身《いっしん》　渾《すべ》て是《こ》れ胆《たん》
旗《はた》を伏《ふ》せ鼓《つづみ》を仆《たお》して不意《ふい》に出《い》づ
蜀道《しょくどう》　難《かた》しと雖《いえど》も氈《せん》を用《もち》ひず
懸崖絶壁《けんがいぜっぺき》　平地《へいち》の如《ごと》し
組練《それん》　山《やま》を画《かく》して懸瀑《けんばく》かと訝《いぶか》り
蹄間三尋《ていかんさんじん》　真《まこと》に是《こ》れ鹿《しか》
秦宮《しんきゅう》の殿宇《でんう》　一炬《いっきょ》に従《したが》ひ
晋人《しんひと》　舟《ふね》を争《あらそ》ひて　指掬《ゆびきく》す可《べ》し
桓伊《かんい》　笛《ふえ》を弄《もてあそ》んで終《つい》に禽《きん》を貽《おく》り
劉琨《りゅうこん》　嘯歌《しょうか》して亦《ま》た戮《りく》に遭《あ》ふ
勝敗《しょうはい》　機《き》有《あ》り　人《ひと》の知《し》ること少《すく》なし
絵画《かいが》徒《いたず》らに伝《つた》へて童児《どうじ》を娯《たの》しましむ
一《ひと》たび貂蟬《ちょうぜん》　介冑《かいちゅう》に出《いで》しより
上下文恬《じょうげぶんてん》又《ま》た武熙《ぶき》

豈知養虎自遺患
羽翼既成猶守雌
敢忘越人殺其父
白旄一出誰能支
宛如翡翠遇飢鷹
不怪毛血紛離披」
独有武州能捐軀
婦人群中見丈夫
吁乎諸君皆能学之子
不将宝剣付天呉

豈《あ》に知《し》らんや　虎《とら》を養《やしな》ひて自《みずか》ら患《うれ》ひを遺《のこ》せしを
羽翼《うよく》既《すで》に成《な》りて猶《な》ほ雌《し》を守《まも》る
敢《あえ》て忘《わす》れんや　越人《えつひと》の其《そ》の父《ちち》を殺《ころ》せしを
白旄《はくぼう》一《ひと》たび出《い》でて誰《だれ》か能《よ》く支《ささ》へん
宛《あたか》も翡翠《ひすい》の飢鷹《きよう》に遇《あ》へるが如《ごと》し
怪《あやし》まず　毛血《もうけつ》の紛《ふん》として離披《りひ》するを
独《ひと》り武州《ぶしゅう》の能《よ》く軀《からだ》を捐《す》つる有《あ》り
婦人群中《ふじんぐんちゅう》　丈夫《じょうふ》を見《み》る
吁乎《ああ》　諸君《しょくん》　皆《みな》能《よ》く之《こ》の子《こ》を学《まな》ばば
宝剣《ほうけん》を将《もっ》て天呉《てんご》に付《ふ》せず

寛政九年(一七九七)十八歳の作。『山陽詩鈔』巻一。七言古詩。韻字、尾・偉・葦・鬼(上声五尾)」斿・溝・収(下平声十一尤)」智・視・意・地(去声四寘)」瀑・鹿・掬・戮(入声一屋)」知・児・熙・雌・支・披(上平声四支)」軀・夫・呉(上平声七虞)。

○**一谷**　寿永三年(一一八四)に源義経の率いる源氏の軍勢が平家方を攻め破った古戦場。摂津国、現在の神戸市須磨区の地名。○海壖　海岸。○鬼　死者の霊魂。○赤旆　赤旗の垂れ。赤旗は平氏の旗。○厜㕒　険しい山。○澎湃　逆巻く大波。○溝　濠《ほり》。○王畿　王城のある地域。畿内。○甸服　畿内の外の地域。ここは中国地方を指す。○東人　東国の人。坂東からやって来た武士たち。○耽視　じっくり窺い視る。○九郎　源義経。○蜀道…　李白の楽府《がふ》体の詩「蜀道難」に、「蜀道の難《かた》きは青天に上るよりも難し」とあり、また魏の鄧艾《とうがい》は蜀を攻めた時、毛氈《もうせん》で身を包み険峻を転がり下りた（『魏志』鄧艾伝）という。ここは義経の一の谷攻略の際の鵯越《ひよどりごえ》の逆落《さかおと》しを指している。○組練　鎧の縅《おどし》と陣羽織。また武装した兵士。○蹄間三尋　『史記』張儀《ちょうぎ》伝に見える言葉。疾走する馬の前蹄と後蹄との間が三尋もあること、すなわち駿馬をいう。一尋は八尺。また併せて、鵯越がいくら難所であっても、鹿が通うところならば馬も通えないはずはない、と義経が言ったという故事も踏まえる。○秦宮…　秦の阿房宮《あぼうきゅう》。杜牧《とぼく》「阿房宮賦」に「楚人の一炬《いっきょ》、憐れむ可《べ》し焦土となる」とあるのに拠り、福原の都が焼け落ちたことをいう。○晋人…　『左氏伝』宣公十二年に、晋軍が敗走して舟に争って乗ろうとした時、先に舟に乗った者が後から舟に手をかけた者の指を切り落とした。その指が両手で掬《すく》える程であったという記事に拠る。争って敗走するさま。○桓伊　晋の笛の名手。後に石《せき》勒《ろく》に殺された。ここは青葉の笛で名高い平敦盛に擬《なぞら》えた。この一の谷の戦で敦盛は熊谷《くまがい》直実《なおざね》に殺された。○**貽禽**　禽は虜《とりこ》。ここは捕虜として送られること。『左氏伝』僖公三十三年に「外僕髡屯《こんとん》、之を禽にして以て献ず」。○**劉琨**　晋の人で詩にすぐれた。後に段匹磾《だんひってい》に殺された。ここは和歌に秀でた平忠度《ただのり》に擬えた。忠度は岡部忠澄に殺された。○**貂蟬…**　武家から出て公卿になる。貂蟬は、公卿のつける冠の飾り。『南斉書』周盤《しゅうばん》龍《りゅう》伝に「此《こ》の貂蟬は兜鍪《とうぼう》(かぶと)中より出づるのみ」。○**文恬又武熙**　文官も武官も安逸に耽る。○**養虎**　虎は源頼朝の比喩。かつて平治の乱で敗れた時、平清盛の義母池《いけの》禅尼《ぜんに》の嘆願により、頼朝が助命されたことを指す。○**羽翼**　左右から補佐する人。『史記』留侯世家に「羽翼已に成り、動かし難し」。○**守雌**　柔軟に時機を待つ。雌伏と同意。『老子』二十八に「其《そ》の雄を知りて、其の雌を守れば、天下の谿《たに》と為る」。○**越人**　越王句践《こうせん》。ここは平清盛に擬える。越に敗れた呉王夫差《ふさ》は復讐を誓い、出入りする人に命じて、自分に向かって「而《なんじ》は越王の而の父を殺せしを忘れたるか」と言わせたという(『左氏伝』定公十四年)。頼朝の父義朝は平治の乱に敗れて平氏に殺された。○**白旄**　白旗。源氏の旗。○**翡翠**　かわせみ。○**紛離披**　バラバラになる。屠《ほふ》られる。○**武州**　武蔵守平知章《ともあきら》。平知盛の子。一の谷の戦いで父知盛を救うため奮戦し、壮絶な死を遂げた。○**諸君**　平家の公達諸君の意。○**之子**　平知章を指す。享年十六という。○**宝剣**　三種神器の一つである草薙剣《くさなぎのつるぎ》。この後の壇の浦の戦いで二位の尼が抱いて入水し、平家の滅亡とともに紛失したとされる。〇天呉　『山海経《せんがいきょう》』に見える海神の名。

播磨の東、摂津の西。一の谷の地形はいかにも雄壮に見える。山の勢いが北から海岸に迫り、山肌には松柏が根を露《あら》わし、海辺には蘆葦《あし》が乱れ茂っている。打ち寄せる大波は砂を洗って白骨を出し、死者たちの霊魂が啼き哭《さけ》んでいるようだ。

聞くところによれば、かつてここには平氏の赤旗が簇《むらが》り翻《ひるがえ》っていたという。平氏は険しい山を城郭に、逆巻く大波を濠《ほり》に、左に王城の地、右に中国地方を控えて、旧時の覇業をふたたび我が手に収攬《しゅうらん》しようと期したのである。

しかし、どうして予想しようか、東国の武将には機智があって、この要害の地が早くもじっくりと窺い視られていたとは。源氏方の大将源義経は全身肝っ玉ともいうべき勇猛の士、旗鼓を伏せて不意打ちに出た。蜀を攻める兵士は険峻な道を毛氈《もうせん》に身を包んで転がり下りたというが、この鵯越《ひよどりごえ》の懸崖絶壁の難所を、義経軍はまるで平地のように駆け下った。

源氏方の武装した兵士たちが続々と山を下るさまは滝が流れ落ちるかと思われ、疾駆して下りる駿馬は、山肌を駆けめぐる鹿のようであった。秦の阿房宮が一本のたいまつで焦土と化したように、福原の都も灰燼《かいじん》に帰した。戦いに敗れた晋の兵士たちは先を争って舟に取りつこうとして、指を切り落とされた者が多かったというが、源氏方の猛攻を受けた平家の人々も、先を争って舟に取りついて逃れようとした。笛の名人の桓伊が虜になって送られ、ついには殺されたように、笛を嗜《たしな》んだ平敦盛もこの地で熊谷直実に首を掻かれ、詩にすぐれた劉琨が後には殺されたように、和歌をよくした平忠度もこの地で最期を遂げてしまった。

戦いの勝敗には機というものがあるが、それを知る人はまれだ。この戦いのさまはいたずらに絵に描かれて伝えられ、子供たちを喜ばせるだけになっている。平氏は一たび武家から出て公卿になると、上も下も文官も武官も、みな安逸に耽《ふけ》るようになってしまった。虎のような頼朝を助命して、患《うれ》いを遺してしまったことに気がつかなかったのである。頼朝は補佐の人材を得ても、なお大人しくして時機を待った。呉王夫差がわざと自分に向けて「越王がお前の父を殺したのだ」と人に言わせて越王への復讐心を掻き立てたように、頼朝も父義朝の復讐を果たすことを忘れなかったのである。源氏の白旗が一たび掲げられると、誰もそれを遮ることはできず、あたかも翡翠《かわせみ》が飢えた鷹に遭遇したように、平家一門が羽毛をむしられ血を流して屠《ほふ》られてしまったのも不思議ではなかった。

ただ独り武蔵守平知章が父知盛を救おうとしてこの地で討ち死にしたのは、女ばかりの中に丈夫《ますらお》を見るというものであった。ああ、平家の諸公達が皆よくこの知章を学んだならば、この後の壇の浦の戦いで、三種の神器の一つである草薙の剣を海神のものにしてしまわずにすんだのに。

◇この詩の初稿は、江戸への旅の途中、寛政九年三月二十三日に一の谷を過ぎた後に、「一の谷を過ぐ」の題で七言二十四句の古詩として作られた。ここに収めた『山陽詩鈔』所収の作は、その後それを大きく改稿したものである。『山陽詩鈔』のこの詩に付刻された菅茶山《かんちゃざん》の評には「起手(詩の始め方)、凡ならず。子成《しせい》(山陽の字)是時《この》十八九歳なるのみ。命意・用筆、已《すで》に自《おの》づから独り生面《せいめん》(新機軸)を開くこと此《こ》の如し」とある。茶山が指摘するように、『日本外史』が書かれることを予感させるような作品になっている。

6　詠史十二首

詠史十二首《えいしじゅうにしゅ》

(其一)

(その一)

鞶爵匈匈酬武功

鞶爵匆匆《ばんしゃくそうそう》　武功《ぶこう》に酬《むく》ひ

戦塵数到紫宸宮
一従棣萼衰周徳
終使黍離入国風
江左衣冠誰仲父
河陽弓矢幾文公
姫姜迭起還陳迹
到底韓梁交競雄

戦塵《せんじん》数《しばしば》到《いた》る　紫宸宮《ししんきゅう》
一《ひと》たび棣萼《ていがく》　周徳《しゅうとく》を衰《おとろ》へしめて従《よ》り
終《つい》に黍離《しょり》をして国風《こくふう》に入《い》ら使《し》む
江左《こうさ》の衣冠《いかん》　誰《だれ》か仲父《ちゅうふ》
河陽《かよう》の弓矢《きゅうし》　幾文公《いくぶんこう》
姫姜《ききょう》　迭《たが》ひに起《おこ》るも還《ま》た陳迹《ちんせき》
到底《とうてい》　韓梁《かんりょう》　交《こもごも》雄《ゆう》を競《きそ》ふ

文化四年(一八〇七)二十八歳頃の作か。ただし十二首のうち前の四首は文化四年の作だが、後の八首は後の補作ともいい、現在の形になったのは文化十一年(一八一四)十月のことという。『山陽詩鈔』巻一。七言律詩。韻字、功・宮・風・公・雄(上平声一東)。
○**鞶爵**　鞶は革帯、爵は酒杯。『左氏伝』荘公二十一年に、周の恵王が鄭伯《ていはく》と虢公《かくこう》の戦功への恩賞として、鄭伯には鞶を与え、虢公には爵を与えたが、不公平だとして鄭伯が恵王を憎み始めたという故事に拠る。ここは、保元の乱における平清盛と源義朝への論功行賞が不公平だったため、義朝が不満を抱いたことをいう。○**匆匆**　あわただしいさま。○**紫宸宮**　天子の居る宮殿。内裏。○**棣萼**　兄弟。『詩経』小雅・常棣《じょうてい》の「常棣の華《はな》、鄂《がく》として韡韡《いい》たらざらんや。凡《およ》そ今の人、兄弟に如《し》くは莫《な》し」に拠る。この頷聯の二句は、兄崇徳上皇と弟後白河天皇の争いによって保元の乱が起こり、皇威が次第に衰えていったことをいう。○**周徳**　周王朝の太平の世をもたらした優れた政治。○**黍離**　『詩経』王風の詩編の名。西周の王宮の後が黍畑《きびばたけ》になって荒れ果てているのを見て嘆いた作。○**国風**　『詩経』の中で諸国の歌謡を集めたもの。ここは右の王風の詩をいう。○**江左衣冠…**　「江左」は揚子《ようす》江《こう》下流の南岸地域。「衣冠」は官吏。晋の丞相王導《おうどう》がすぐれた器であることを、温嶠《おんきょう》が「江左自《おの》づから管夷吾《かんいご》有り」(『晋書』温嶠伝)と称したことに拠る。管夷吾は春秋斉の管仲《かんちゅう》。夷吾はその名。桓公に仕えた名臣。管仲は「仲父」とも称された。この一句は鎌倉幕府創設の功臣大江広元《おおえのひろもと》を指す。○**河陽弓矢**　『春秋』僖公二十八年に「天王、河陽に狩す」とあり、その『左氏伝』に晋の文公が周の襄王《じょうおう》を河陽に招き、襄王から彤弓《とうきゅう》(朱塗りの弓)一・彤矢《とうし》百を賜与されたというのに拠り、下位の文公の力が上位の襄王を凌《しの》いだことをいう。ここは、鎌倉幕府や室町幕府の力が朝廷を凌ぐようになったことを指す。○**幾文公**　何人もの文公(上位の者を凌いだ下位の者)。○**姫姜**　晋の姓は姫氏、斉の姓は姜氏であったことから、ここは源氏と平氏を指す。○**陳迹**　古い昔の跡。○**到底**　結局。つまるところ。○**韓梁**　韓と梁とはともに晋の臣下であったが、後に晋を亡ぼした。ここは平氏や源氏に隷属していた武家たちを指す。

保元の乱後、戦功に酬いるのがあわただしく不公平だったため、内裏はしばしば戦塵に侵されることになった。ひとたび兄崇徳上皇と弟後白河天皇が争って皇威を衰えさせてより、周の王宮が荒れ果てて黍畑になり『詩経』の国風の詩に詠われたように、ついにわが内裏も衰微してしまった。晋の王導はすぐれた丞相であったが、源頼朝に仕えた大江広元もそれに匹敵する人物として鎌倉幕府を支えた。また、晋の文公は自分から出向かず周の襄王を河陽に招き寄せて、襄王から朱塗りの弓矢を賜与されたように、わが国でも鎌倉幕府以後、何人もの武家が専横のふるまいをするようになった。しかし、晋の姫氏と斉の姜氏が交代で興隆したように、源氏と平氏が興亡したのも古い昔の跡になり、つまるところは、晋の臣下であった韓と梁が主の晋を亡ぼしたように、わが国でも源平の興亡以後、その臣下にあたる武家たちが互いに覇権を争う戦国時代になったのである。

◇『山陽詩鈔』に刻される茶山の頭評には、「十二首、題して小日本史と曰ふべし。胸《きょう》羅《ら》（胸の中に張りめぐらされている知識）全て史に非《あら》ざる者は、誰か能《よ》く之を為さん。它日《たじつ》刪《さん》修《しゅう》の基、已《すで》に此《ここ》に成れり」とある。後年、刪修されることになる『日本外史』の基はここにあると茶山は指摘しているのである。中国の歴史的な事柄や人物の事蹟を表に出しながら、わが国の歴史的事象を的確に表現し評価していく山陽の、和漢に及ぶ歴史的な学識の該博さが窺われるものになっている。

7　(其十二)

群雄逐鹿漫争先
誰識駆除開大賢
晋国覇図由一戦
漢家号令出三嬗
建櫜基跡尋常地
拝胙違顔咫尺天
奕葉驩虞寧有限
金城春暖鬱祥烟

(その十二)

群雄《ぐんゆう》　鹿《しか》を逐《お》つて漫《みだ》りに先《さき》を争《あらそ》ふ
誰《だれ》か識《し》らん　駆除《くじょ》　大賢《たいけん》を開《ひら》くを
晋国《しんこく》の覇図《はと》は一戦《いっせん》に由《よ》り
漢家《かんけ》の号令《ごうれい》は三嬗《さんせん》に出《い》づ
建櫜《けんこう》　跡《あと》を基《もと》にす　尋常《じんじょう》の地《ち》
拝胙《はいそ》　顔《かお》を違《さ》る　咫尺《しせき》の天《てん》
奕葉驩虞《えきようかんぐ》　寧《いずく》んぞ限《かぎ》り有《あ》らんや
金城《きんじょう》　春暖《はるあたた》かにして祥烟鬱《しょうえんうつ》たり

七言律詩。韻字、先・賢・嬗・天・烟(下平声一先)。○逐鹿　政権を得ようとする。『史記』淮陰侯《わいいんこう》伝に「秦、その鹿を失ひ、天下共に之を逐《お》ふ」。○大賢　偉大な賢人。ここは徳川家康を指す。○覇図　覇者になろうとするはかりごと。○一戦　一度の戦い。春秋時代、晋の文公は城濮《じょうぼく》の戦いで楚を破って覇者になった。ここは、徳川家康が関ヶ原の戦いに勝って江戸幕府を開く基を作ったことを指す。○漢家　漢の高祖劉邦は、陳勝や項羽に勝って天下を統一した。ここは、家康が織田信長や豊臣秀吉の後をうけて天下を統一したことを指す。○三嬗　『史記』秦楚之際月表序に「五年の間、号令三嬗」とあることから、陳勝・項羽・漢の高祖と三度権力が遷ったことをいう。○建櫜　建は鍵、櫜は弓を入れる嚢《ふくろ》。武器を袋にしまい、世の中が平和になること(『礼記』楽記)。○尋常地　狭い土地。一尋は長さ八尺、一常はその倍の長さで一丈六尺。ここは家康の出身地である三河国岡崎を指す。○拝胙　胙は、祭に供える肉。『左氏伝』僖公九年に、斉の桓公は周の襄王から胙を賜った時、「天威、顔を違《さ》ること咫尺ならず」と言ったことに拠る。咫尺は間近。ここは、家康が慶長八年(一六〇三)二月に征夷大将軍に補せられ、入朝して天皇から盃酒を賜ったことを指す。○奕葉　世々。○驩虞　喜び楽しむ。『孟子』尽心上の「覇者の民は驩虞如たり」に拠る。○金城　堅固な城。ここは江戸城を指す。○鬱　濃く立ちこめているさま。○祥烟　めでたい霞。

戦国時代の群雄たちは覇権を得ようとしてむやみと先を争った。しかし、いったい誰が識《し》っていただろうか、それが邪魔ものを駆除し、偉大なる賢人徳川家康に道を開いてやることになろうとは。春秋晋の文公の覇者たらんとする機略が城濮の一戦にあったように、家康は関ヶ原の一戦によって開幕の礎を築いた。陳勝から項羽へ、項羽から高祖へと三遷の末に漢の高祖が覇者になったように、家康もまた、信長から秀吉へ、秀吉から家康へと三遷して天下に号令を下すようになったのである。太平の世を築いた家康も元は三河国岡崎という狭い土地から身を起こした。しかし、斉の桓公が周の襄王から直々に祭肉を賜ったように、家康もついには天子に間近に拝謁し盃酒を賜る光栄に浴した。こうして徳川幕府のもとで民は世々喜び楽しみ、堅固な江戸城は春の暖かさの中に濃く立ちこめるめでたい霞に包まれることになったのである。

◇『山陽詩鈔』に刻される古賀《こが》穀堂《こくどう》の頭評には、「所謂《いわ》ゆる大陽一たび出づれば群妖《ぐんよう》尽《ことごと》く消ゆるなり。詩格も亦《ま》た堂堂又た堂堂たり」とある。

8　始寓廉塾二首

（其二）

万里江湖宿志存
身如病鶴脱籠樊
回頭故国白雲下
寄跡夕陽黄葉村
絃誦幾時従父執
煙霞到処総君恩
廿年無事酬温飽
深愧相知嗤犬豚

始《はじ》めて廉塾《れんじゅく》に寓《ぐう》す二首《にしゅ》

（その二）

万里《ばんり》江湖《こうこ》　宿志《しゅくし》存《そん》す
身《み》は病鶴《びょうかく》の籠樊《ろうはん》を脱《だっ》するが如《ごと》し
頭《こうべ》を回《めぐ》らせば故国《ここく》は白雲《はくうん》の下《した》
跡《あと》を寄《よ》するは夕陽黄葉《せきようこうよう》の村《むら》
絃誦幾時《げんしょういくとき》　父執《ふしゅう》に従《したが》ひ
煙霞《えんか》到《いた》る処《ところ》　総《すべ》て君恩《くんおん》
廿年《にじゅうねん》　事《こと》の温飽《おんぽう》に酬《むく》ゆる無《な》し
深《ふか》く愧《は》づ　相知《そうち》の犬豚《けんとん》を嗤《わら》ふを

文化七年(一八一〇)三十一歳の作。『山陽詩鈔』巻一。七言律詩。韻字、存・樊・村・恩・豚(上平声十三元)。

○**廉塾**　山陽の父春水の友人菅茶山が備後国神辺《かんなべ》(現、広島県福山市神辺町)に開いていた郷塾の名。二十一歳の寛政十二年(一八〇〇)九月に起こした突発的な出奔事件で廃嫡された山陽は、しばらく広島の自宅で幽閉生活を送っていたが、それから解放された後、文化六年十二月末から文化八年閏二月まで、この廉塾に寄寓し都講《とこう》として生活した。この詩は廉塾寄寓後間もない作である。○**万里江湖**　広々とした世間。○**宿志**　前から抱いていた志。○**籠樊**　かご。束縛するものをいう。○**白雲下**　『新唐書』狄仁傑《てきじんけつ》伝に、狄仁傑が太行山に登り、白雲の飛ぶのを見て、「吾が親はその下に舎《やど》れり」と言ったということを踏まえ、父母を偲ぶ意を表現した。○**夕陽黄葉村**　菅茶山の居宅が黄葉夕陽村舎と名付けられていたことによる。○**絃誦**　広く書物を朗誦したり、また授業することをいう。○**父執**　父の友人。○**煙霞**　山水・自然。○**君恩**　出奔事件の罪を許し、自由な行動を認めてくれた広島藩主の恩。○**廿年**　物心ついてからの年数をいう。○**温飽**　暖衣飽食。衣食が満ち足りていること。○**相知**　知人。○**嗤**　あざ笑う。嘲笑する。○**犬豚**　豚犬に同じ。不肖の子をいう。魏の曹操は劉《りゅう》表の子について、「劉景升《けいしょう》(劉表)の児子は豚犬の若《ごと》きのみ」(『呉志』孫権伝・注)と言ったという。

広い世間で活躍したいという志は昔から持っていたが、今の我が身は病気の鶴がようやく籠から脱け出したようなものだ。振り向けば父母が住む故郷広島は白雲の下にあり、僕はこうしてこの黄葉夕陽村舎に身を寄せている。父の友人茶山先生に従って書物を朗誦する生活を続けているが、こうして到るところ山水自然に囲まれて日々を過ごせるのもすべて君恩である。物心ついてから二十年、僕はその間の暖衣飽食の恩に酬いることもない。知人たちはそうした僕を不肖の子だとしてあざ笑っているであろう。そのことが僕はほんとうに恥ずかしい。

9　廉塾雑詩

紙上功名添足蛇
漫追老圃学桑麻
野橋分径斜通市
村塾臨流別作家
読授児童遇生字
行沿籬落見狂花
笑吾故態終無已
時復談兵画白沙

廉塾雑詩《れんじゅくざっし》

紙上《しじょう》の功名《こうみょう》　足蛇《そくだ》を添《そ》へ
漫《みだ》りに老圃《ろうほ》を追《お》ひて桑麻《そうま》を学《まな》ぶ
野橋《やきょう》　径《こみち》を分《わか》つて斜《なな》めに市《いち》に通《つう》じ
村塾《そんじゅく》　流《なが》れに臨《のぞ》んで別《べつ》に家《いえ》を作《な》す
読《よ》みて児童《じどう》に授《さず》けて生字《せいじ》に遇《あ》ひ
行《ゆ》きて籬落《りらく》に沿《そ》ひて狂花《きょうか》を見《み》る
笑《わら》ふ　吾《わ》が故《こ》態《たい》終《つい》に已《や》む無《な》く
時《とき》に復《ま》た兵《へい》を談《だん》じて白沙《はくさ》に画《えが》くを

文化七年(一八一〇)三十一歳の作。『山陽詩鈔』巻一。七言律詩。韻字、蛇・麻・家・花・沙(下平声六麻)。

○**紙上功名**　文筆の業によって名を上げること。○**足蛇**　蛇足に同じ。韻を踏むために上下を顚倒した。『戦国策』斉策に見える故事により、余計な事の意。○**漫**　漫然と。○**老圃**　農事に熟練した農夫。○**桑麻**　農作業。○**生字**　知らない字。○**籬落**　垣根。○**狂花**　季節はずれに咲いている花。○**故態**　昔の姿。旧態。

文筆によって名を上げるのは余計なことのように思われて、漫然と老農夫の真似をして農作業を学んでいる。小道は野中の橋を過ぎると分かれて、斜め方向へ町に通じ、村の塾は小川に臨んで、村落とは別に家屋を構えている。本の読み方を子供たちに教えようとすると知らない字に出くわし、歩いて垣根に沿っていくと季節外れに咲く花が目に入る。笑ってしまうことに、僕の旧態は依然として変わらず、時々兵法を談じて白砂に陣形を描いたりしている。

10 書懐

病夫誰為作呉吟

書《しょ》懐《かい》

病夫《びょうふ》 誰《た》が為《ため》にか呉吟《ごぎん》を作《な》す

陋巷秋風蓬藋深
孤燈依約思郷夢
一剣蒼茫報国心
漫道鵬程休六月
詎論馬骨直千金
聊取文章当結草
効身未必在華簪

陋巷《ろうこう》の秋風《しゅうふう》　蓬藋《ほうちょう》深《ふか》し
孤灯《ことう》依約《いやく》たり　思郷《しきょう》の夢《ゆめ》
一剣《いっけん》蒼茫《そうぼう》たり　報国《ほうこく》の心《こころ》
漫《みだ》りに道《い》ふ　鵬程《ほうてい》　六月《ろくげつ》休《いこ》ふと
詎《なん》ぞ論《ろん》ぜん　馬骨《ばこつ》　千金《せんきん》に直《あたい》するを
聊《いささ》か文章《ぶんしょう》を取《と》りて結草《けっそう》に当《あ》てん
身《み》を効《いた》すは未《いま》だ必《かなら》ずしも華簪《かしん》に在《あ》らず

文化八年(一八一一)三十二歳の作。『山陽詩鈔』巻一。七言律詩。韻字、吟・深・心・金・簪(下平声十二侵)。

○**病夫**　病気勝ちな山陽自身を指す。○**呉吟**　呉の人が呉の歌を吟詠する、すなわち故郷を思って吟詠すること。『戦国策』秦策の「誠に思へば則ち将《まさ》に呉吟せんとす。今、軫《しん》将《まさ》に王の為に呉吟せんとす」という陳軫《ちんしん》の故事に拠る。○**陋巷**　貧しい町並み。この詩の詠まれた文化八年秋頃の山陽の住居は、京都新町通丸太町上ル春日町にあった。○**蓬藋**　ヨモギやアカザなどの雑草。○**依約**　ぼおっとかすかなさま。○**蒼茫**　ぼんやりとして薄暗いさま。○**鵬程休六月**　『荘子』逍遥遊に、大鵬《たいほう》(おおとり)は南冥《なんめい》に飛んでゆく時「去るに六月を以て息《いこ》ふ者なり」(郭注による)とあることから、大志を抱きながらしばらく休息すること。○**馬骨直千金**　『戦国策』燕策に、郭隗《かくかい》が昭王に対し、千金の駿馬を求めようとするなら、死馬の骨でも五百金で買えば、おのずから千金の駿馬が集ってくると勧めた故事による。ここの「馬骨」は山陽自身を指している。○**結草**　死後に恩返しをすること。『左氏伝』宣公十五年の次の故事に拠る。晋の魏顆《ぎか》は、父の遺言で殉死すべき父の妾の命を助けたことがあった。その後、魏顆の身が秦との戦いで危うかった時、妾の父親の亡霊が草を結んで敵を躓《つまず》かせて、魏顆を救ったという。○**効身**　身をつくす。○**華簪**　高位高官。簪は身分の高い役人の冠を固定する笄《こうがい》。

病気勝ちの身で故郷を偲《しの》んで吟詠する。京都の貧しい町並みにある寓居には秋風が吹き、雑草が深々と茂っている。ぼんやりともる一灯のもとで故郷の夢を見るが、君恩に報いたいという我が心は、薄暗い光を湛える剣のようだ。『荘子』に大鵬は南冥に向かって羽ばたくと六ヶ月の間休むとあるように、大志を抱く私も今は休んでいるのだ、などと取りとめなく言ったりするが、私に千金の価値があるなどと本気で論《あげつら》っているわけではない。とりあえずは文章をもって死後に君父への恩返しをしたいと願っている。身をつくして努力しようとは思うが、それは必ずしも高位高官に出世するためではないのだ。

◇『山陽詩鈔』に刻される篠崎小竹の頭評には、「子成《しせい》、平日酔後《へいじつすいご》、語《ご》は必ず此《これ》に及ぶ」とある。山陽が酔うといつも口にしたというのは、尾聯の二句を指しているのであろう。

11 歳暮

一出郷園歳再除
慈親消息定何如
京城風雪無人伴
独剔寒燈夜読書

歳暮《さいぼ》

一《ひと》たび郷園《きょうえん》を出《い》でて歳再《としふた》たび除《じょ》す
慈親《じしん》の消息《しょうそく》　定《さだ》めて何如《いかん》
京城《けいじょう》の風雪《ふうせつ》　人《ひと》の伴《とも》な無《な》し
独《ひと》り寒灯《かんとう》を剔《き》りて　夜《よる》　書《しょ》を読《よ》む

文化八年(一八一一)三十二歳の作。『山陽詩鈔』巻一。七言絶句。韻字、除・如・書(上平声六魚)。

○**郷園**　故郷。○**歳再除**　「歳除」は一年が終わること。それが再びあるということで、故郷を離れて二度目の年の暮れを京都で迎えたことをいう。○**定**　はたして。○**何如**

版本『山陽詩鈔』には「如何」とあるが、押韻上これでは不都合。板木の誤刻とみて「何如」に改めた。○剔　灯芯を切って灯火を掻き立てる。○寒灯　冬の夜の寒々とした灯火。孤独で侘《わ》びしいさまを表す。ここは、唐の詩人高適《こうせき》の七言絶句「除夜の作」の「旅館の寒灯独り眠らず」という詩句を踏まえるか。

ひとたび故郷を出てから二度目の歳の暮れを迎えた。慈しみ深い父や母は、はたしてどのようにお過ごしであろうか。京洛の地は風雪に見舞われており、私の傍には誰もいない。夜になると独りぼっちで、寒々とした灯火の芯を切って明かりを掻き立て、書物を読んでいる。

12　播州即目

乱松相映白沙明
隔水青山対晩晴
鷗背無風細波静
遠帆如坐近帆行

播州即目《ばんしゅうそくもく》
乱松《らんしょう》相《あ》ひ映《えい》じて白沙《はくさ》明《あき》らかに
水《みず》を隔《へだ》つる青山《せいざん》　晩晴《ばんせい》に対《たい》す
鷗背《おうはい》　風無《かぜな》く　細波《さいは》静《しず》かなり
遠帆《えんぱん》は坐《ざ》するが如《ごと》く　近帆《きんぱん》は行《ゆ》く

文化九年(一八一二)三十三歳の作。『山陽詩鈔』巻一。七言絶句。韻字、明・晴・行(下平声八庚)。

○播州　播磨国。山陽はこの年九月、姫路藩御用達をつとめていた馬場元華《げんか》に招かれて姫路に遊歴した。その途上の作。○即目　眼前に見える景色。○隔水青山　海を隔てて向こうに見える、淡路島や四国の青い山々。○晩晴　夕晴れ。○鷗背　福島理子「茶山風の形成」(『近世文藝』第51号)によれば、菅茶山の「栗山堂の会、諸君と同じく賦す、塩字を分け得たり」詩(『黄葉夕陽村舎詩』巻七)に「鳥背の海雲遥かに絮《わた》を擘《さ》く」などとあるように、茶山は「眼前を過る鳥の背中越しに遠景を配するという、この独特の表現が意に適っていたらしく、実によく用いて」おり、山陽のこの「鷗背」の表現も茶山から受け継いだものという。

乱立する松の緑に映えて海岸の白い砂が明るく輝き、海を隔てて青い山々が夕晴れに向かい合っている。鷗《かもめ》の背の向こうには風のない空が広がり、海面にはさざ波が静かに立っている。遠くに見える船の帆はじっとしているかのようだが、近くに見える船の帆は通り過ぎて行く。

13

題不識庵撃機山図
鞭声粛粛夜過河
暁見千兵擁大牙
遺恨十年磨一剣
流星光底逸長蛇

不識庵《ふしきあん》、機山《きざん》を撃《う》つの図《ず》に題《だい》す
鞭声《べんせい》粛粛《しゅくしゅく》　夜《よる》　河《かわ》を過《わた》る
暁《あかつき》に見《み》る　千兵《せんぺい》　大牙《たいが》を擁《よう》するを
遺恨《いこん》なり　十年《じゅうねん》　一剣《いっけん》を磨《みが》き
流星光底《りゅうせいこうてい》　長蛇《ちょうだ》を逸《いっ》す

文化九年(一八一二)三十三歳の作。『山陽詩鈔』巻一。七言絶句。韻字、河(下平声五歌)と牙・蛇(下平声六麻)の通押。

○**不識庵**　越後国の戦国武将上杉謙信の号。この詩の場面はいつのことか、史実としては確定できないようだが、『甲陽軍艦』によれば永禄四年(一五六一)九月、上杉謙信は武田信玄と川中島で一戦を交えた。謙信は信玄に迫ったが、間一髪のところで信玄は難を逃れた。この戦いを謙信の側から描いた作が、題画の詩である。○**機山**　甲斐国の戦国武将武田信玄の号。○**鞭声**　馬にあてる鞭の音。○**粛粛**　ひっそりと静かなさま。○**大牙**　大将の旗。○**十年磨一剣**　謙信と信玄との戦いは天文十六年(一五四七)に始まり、川中島での両者の戦いに限っても天文二十二年(一五五三)に始まったが、なかなか決着がつかず、永禄四年の戦いに至った。いずれにしても「十年」は正確な年数ではなく概数。ここの表現は、唐の賈島《かとう》の「剣客」詩の「十年一剣を磨く」という詩句に拠っている。○**流星** 中国古代の宝剣の名。また、振り下ろした刀の煌《きら》めきをいう。○**長蛇** 残忍で貪欲なものの比喩。『左氏伝』定公四年に「呉、封豕《ほうし》長蛇(大きな豚と長い蛇)を為して以て上国を荐食《せんしょく》(侵略すること)す」。ここは信玄を指す。

上杉勢は馬にあてる鞭の音もひっそりと静かに、夜の間に千曲川を渡り、川中島に押し出た。夜が明けると、上杉方の数多《あまた》の軍勢が大将旗を真ん中に擁して勢揃いしているのが見えた。謙信は十年来研ぎ澄ましてきた刀を揮《ふる》って信玄に斬りつけたが、振り下ろした刀の煌《きら》めく下、一瞬の間に残忍貪欲な長蛇のごとき信玄を討ち漏らしてしまったのは、何とも無念なことであった。

◇『山陽詩鈔』に刻される柴野《しばの》碧海《へきかい》の頭評には、「之《これ》を読みて一過《いっか》すれば、錚錚《そうそう》として声有り。詠史中の傑作なり」とある。

14 家君告暇東遊拉児協

家君《かくん》告暇《こくか》東遊《とうゆう》し、児協《じきょう》を拉《らっ》し来《きた》る。

来娯侍旬余送至西宮
別後賦此志之

父執遣吾東
京城住五年
西悲闕定省
空望白雲懸
養痾雖有辞
負恩終靦然
何料父東遊
孫随未及肩
豫得父執報
上国謀団円
驚喜迎溯水
安頓借一廛

娯《たの》しみ侍《じ》すること旬余《じゅんよ》、送《おく》りて西宮《にしのみや》に至《いた》る。別後《べつご》、此《これ》を賦《ふ》して之《これ》を志《しる》す

父執《ふしゅう》　吾《われ》をして東《ひがし》せ遣《し》む
京城《けいじょう》　住《す》むこと五年《ごねん》
西悲《せいひ》す　定省《ていせい》を闕《か》くを
空《むな》しく白雲《はくうん》の懸《かか》るを望《のぞ》む
痾《やまい》を養《やしな》ふに辞《じ》有《あ》りと雖《いえど》も
恩《おん》に負《そむ》きて終《つい》に靦然《てんぜん》たり
何《なん》ぞ料《はか》らんや　父《ちち》の東遊《とうゆう》せんとは
孫《まご》随《したが》ひて未《いま》だ肩《かた》に及《およ》ばず
予《あらかじ》め父執《ふしゅう》の報《ほう》を得《え》たり
上国《じょうこく》に団円《だんえん》を謀《はか》れと
驚喜《きょうき》　迎《むか》へて水《みず》を溯《さかのぼ》り
安頓《あんとん》　一廛《いってん》を借《か》る

桂玉猶甘旨
徒弟足周旋
探勝毎負剣
随跟扶仆顚
買輿趨菟道
僦舟下澱川
暫侍衾枕側
送到兜鍪山
児泣結吾韈
父呵勿留連
泣呵情無二
回頭海山烟

桂玉《けいぎょく》　猶《な》ほ甘旨《かんし》
徒弟《とてい》　周旋《しゅうせんた》足る
勝《しょう》を探《さぐ》りて毎《つね》に剣《けん》を負《お》ひ
跟《あと》に随《したが》ひて仆顚《ふてん》を扶《たす》く
輿《かご》を買《か》ひて菟道《うじ》に趨《はし》り
舟《ふね》を僦《やと》ひて澱川《よどがわ》を下《くだ》る
暫《しばら》く衾枕《きんちん》の側《かたわら》に侍《じ》し
送《おく》りて兜鍪山《かぶとやま》に到《いた》る
児《じ》は泣《な》きて吾《わ》が韈《べつ》を結《むす》び
父《ちち》は呵《しか》る　留連《りゅうれん》すること勿《なか》れと
泣呵《きゅうか》　情二《じょうふた》つ無《な》し
頭《こうべ》を回《めぐ》らせば海山《かいざん》烟《けむ》る

文化十年(一八一三)三十四歳の作。『山陽詩鈔』巻一。五言古詩。韻字、年・懸・然・肩・

円・塵・旋・顛・川(下平声一先)、山(上平声十五删)、連・烟(下平声一先)の通押。**○家君**　山陽の父春水。この年六十八歳。**○告暇東遊**　この年、春水は病気療養のため広島藩に休暇願いを出し、三月一日に広島を発ち、有馬温泉へ湯治に出かけた。**○児協**　山陽の息子元協《もとただ》(都具雄《とくお》、後に余一、号を聿庵《いつあん》)十三歳。元協は山陽の脱藩出奔事件の直後に生まれたが、父山陽の廃嫡、母淳子の離縁によって、祖父母である広島の春水夫妻のもとで育てられていた。**○旬余**　十日余り。**○西宮**　四月二十三日、山陽は広島藩に帰る春水たちを西宮(現、兵庫県西宮市)まで見送った。**○父執**　父の親友。菅茶山を指す。**○五年**　故郷広島を出てからの年数。正確には、京都に住んでからは三年。**○西悲**　西の方を望み見て悲しむ。『詩経』豳《ひん》風・東山に「我が心西悲す」。**○定省**　子が親によく仕えること。『礼記』曲礼上に「昏《くれ》に定めて晨《あした》に省みる」。「定」は夕に寝具を整えること、「省」は朝に安否を伺うこと。**○白雲**　故郷の父母を偲ぶこと。詩8の語注参照。**○養痾**　山陽が故郷を離れたのは、病気勝ちの体を療養するためというのが口実になっていた。**○靦然**　恥じ入るさま。**○孫**　元協のこと。春水にとっては孫にあたる。**○予得父執報**　山陽の不行跡によって、春水・山陽父子の間は義絶状態にあったが、菅茶山がそれを解くよう調停に乗り出したことをいう。**○上国**　都に近い国々。上方《かみがた》。**○団円**　家族の睦まじいこと。一家の和睦。**○溯水**　(京に赴くため)淀川を遡る。

春水一行はしばらく大坂に留まったのち、四月四日に入京した。○安頓　身を落ち着けてくつろぐ。○一廛　宿屋。○桂玉　物価の高いこと。『戦国策』楚策の「楚国の食は玉よりも貴く、薪は桂よりも貴し」に拠る。○甘旨　美味しい食べもの。○徒弟　山陽の門人たち。○周旋　あれこれ世話をする。○負剣　老父春水の負担を軽くするため、その佩刀を山陽が負うたことをいうか。○随跟　後に付き従う。○仆顛　転んで倒れる。『論語』季氏の「顚《くつがえ》つて扶《たす》けずんば、則ち将《は》た焉《いずく》んぞ彼《か》の相を用ひん」に拠る。○菟道　宇治に同じ。宇治に遊んだのは四月十一日。○澱川　淀川に同じ。○兜鍪山　甲山。西宮の北方にある。○児　山陽の息子元協。○韤　足袋。○留連　ぐずぐずする。

父上の友人茶山先生が私を東へ旅立たせてくれたお蔭で、京に住むようになって五年がたった。西の方角を望んで、父母にお仕えしないことを悲しみ、ただ空しく西の空に白雲がかかっているのを眺めてきた。病を養うためだと言葉にはいうが、親の恩に背いている自分がやはり恥ずかしい。ところが、思いがけなく父上が東遊されることになり、肩の高さにも及ばないまだ幼い孫の元協がお伴するという。前もって茶山先生は、これを機会に上方《かみがた》で親子の和睦を謀るようにと報せてくださった。驚喜して父上一行をお迎えし、淀川を遡って、京に宿を借り、安らかに身を落ち着けていただくことにした。京は物価が高いが美味しいものを差し上げ、門人たちには十分なお世話をさせた。景勝地を探る時にはいつも私が父上の佩刀を背にし、後に付き従って転ばぬよう介添えをした。駕籠を用意して宇治にお伴したり、舟を雇って淀川を下ったりもした。こうして暫くの間は父上のお側に侍ったが、ご帰郷の日が迫ったので、甲山の麓の西宮まで送ってきた。私にとっては実の子である元協は泣きながら足袋の紐を結び、父である私はぐずぐずするなと叱《しか》りつける。だが、泣くのも叱るのも、惜別の情に違いはない。故郷へと帰っていく父上一行の姿を振り返って見るが、靄《もや》に包まれた海山のなかに霞んでしまって、もうその姿を認めることはできなくなってしまった。

15

臨別寄細香女史細香
阻雪不能復相送
宿雪漫漫隔謝家
離情欲叙路程賖
重逢道蘊期何処

別《わか》れに臨《のぞ》んで細香女史《さいこうじょし》に寄《よ》す。細香《さいこう》は
雪《ゆき》に阻《はば》まれて復《ま》た相送《あいおく》ること能《あた》はず
宿雪漫漫《しゅくせつまんまん》として謝家《しゃけ》を隔《へだ》つ
離情《りじょう》　叙《の》べんと欲《ほっ》して　路程《ろてい》賖《はる》かなり
重《かさ》ねて道蘊《どううん》に逢《あ》ふは何《いず》れの処《ところ》をか期《き》する

洛水春風起柳花　洛水《らくすい》の春風《しゅんぷう》　柳花《りゅうか》を起《お》こす

文化十年(一八一三)三十四歳の作。『頼山陽詩集』巻八。七言絶句。韻字、家・賒・花(下平声六麻)。

○細香　江馬《えま》細香(一七八七―一八六一)。大垣藩医で蘭学者の江馬蘭斎の娘。名は裊《たお》・多保。細香は字。号は湘夢。この年二十七歳。京都永観堂の画僧玉潾《ぎょくりん》に学んで墨竹画をよくした。この文化十年の出会いが機縁となって、山陽に詩を学ぶようになった。○宿雪　降り積もった雪。○漫漫　一面に広がっているさま。○謝家　晋の謝安《しゃあん》の一家。ここは次の故事を意識しつつ、大垣の江馬家を指す。寒い冬の日、謝安の家に一族が集まって話をしていたところ、雪がちらちらと降り出した。謝安は一族の子供たちに、「この雪の降るさまは何に似ているだろうね」という問題を出した。居合わせた甥が「塩を空中に撒《ま》いたのに似ている」と答えたのに対し、姪の謝道蘊《どううん》は「それよりも柳の綿毛が風に吹かれて飛ぶのに似ている(未だ若《し》かず、柳絮《りゅうじょ》の風に因《よ》りて起こるに)」と応じたので、謝安は道蘊の才気に感心したという(『世説新語』言語)。才女道蘊に細香を見立てた表現である。○洛水　京を流れる鴨川をいう。○柳花　柳絮に同じ。晩春、柳の種子について、風に吹かれて乱れ飛ぶ白い綿毛。前注の故事参照。

降り積もった雪が一面に広がり、大垣の謝家ともいうべき江馬家との間を隔てています。お別れの気持を述べたいと思うのですが、江馬家までの道のりは遥かに遠い。才女謝道蘊のようなあなたにもう一度お目にかかりたいのですが、いったい何処《どこ》でならお目にかかることができましょうか。春風が柳の綿毛を吹き起こす京の鴨川のほとりでというのは、いかがですか。

◇文化十年、京都を発って尾張・美濃地方を遊歴した山陽は、十月に大垣の江馬家を訪ね、細香と初めて出会った。山陽は細香の楚々とした美貌と才気に一目惚れし、すぐに京都の友人で蘭方医の小石元瑞《こいしげんずい》に結婚の仲介を依頼したほどであった(文化十年十一月十三日付け元瑞宛て山陽書簡)。結局、細香を妻にしたいという山陽の願いは実現しなかった。しかし、これ以後、細香は山陽に詩を学ぶ女弟子となり、しばしば上洛して山陽に教えを乞うようになった。この詩にも、翌文化十一年の春には京都で会いたいと山陽は記しているが、実際、細香は文化十一年二月に上洛し、三月まで京に滞在して山陽と会っている。

16　舟発大垣赴桑名

蘇水遥遥入海流
櫓声雁語帯郷愁
独在天涯年欲暮
一篷風雪下濃州

舟《ふね》、大垣《おおがき》を発《はっ》し桑名《くわな》に赴《おもむ》く
蘇《そ》水遥遥《すいようよう》として海《うみ》に入《い》りて流《なが》る
櫓声《ろせい》　雁語《がんご》　郷愁《きょうしゅう》を帯《お》ぶ
独《ひと》り天涯《てんがい》に在《あ》りて年暮《としく》れんと欲《ほっ》す
一篷《いっぽう》の風雪《ふうせつ》　濃州《のうしゅう》を下《くだ》る

文化十年(一八一三)三十四歳の作。『山陽詩鈔』巻一。七言絶句。韻字、流・愁・州(下平声十一尤)。

○**舟発大垣**　文化十年閏十一月某日、遊歴中の山陽は大垣の高橋の船着場から乗船した。○**蘇水**　木曾川。○**一篷**　「篷」は舟を覆う苫《とま》。○**濃州**　美濃国。大垣は美濃国、桑名は伊勢国。この結句は、服部南郭《はっとりなんかく》の「夜、墨水を下る」詩の結句「両岸の秋風二州を下る」を意識する。

木曾川は遥々《はるばる》と流れて海に注ぎ込む。舟の中で耳にする櫓の音や雁の声は、いずれも郷愁を帯びている。故郷を離れ、独り遠く天涯に在る我が身に、一年も暮れようとしている。こうして私は風雪が覆う苫舟《とまぶね》に身を委《ゆだ》ね、美濃国を下っていく。

17 倦繡詞　倣東坡四時詞体

繡歇双蛾重於山
停針聞尽漏声残
残絨唾窓窓漸暗
羅衣春痩怯晩寒」
脈脈柔情向誰語
下簾怕見初月吐
不分東隣小狸奴
瑞香花底来呼侶

倦繡詞《けんしゅうし》　東坡《とうば》の四時詞体《しじしたい》に倣《なら》ふ
繡《しゅう》歇《や》みて　双蛾《そうが》　山《やま》よりも重《おも》し
針《はり》を停《とど》めて聞《き》き尽《つ》くす　漏声《ろうせい》の残《のこ》るを
残絨《ざんじゅう》　窓《まど》に唾《つば》すれば窓《まど》は漸《ようや》く暗《くら》し
羅衣《らい》　春《はる》痩《や》せて晩寒《ばんかん》を怯《おそ》る
脈脈《みゃくみゃく》たる柔情《じゅうじょう》　誰《だれ》に向《む》ひて語《かた》らん
簾《すだれ》を下《おろ》して初月《しょげつ》の吐《は》くを見《み》るを怕《おそ》る
不分《ふぶん》なり　東隣《とうりん》の小狸奴《しょうりど》
瑞香花底《ずいこうかてい》に来《きた》りて侶《つま》を呼《よ》ぶ

文化十年(一八一三)三十四歳の作。『山陽詩鈔』巻一。七言古詩。韻字、山・残・寒(上平声十四寒)」語(上声六語)、吐(上声七麌)、侶(上声六語)の通押。
○**倦繡**　刺繡《ししゅう》に倦《う》む。　○**東坡**　宋の詩人蘇軾《そしょく》。　○**四時詞**　蘇軾の作に、七言八句の楽府体の詩四首からなる「四時詞」がある。内容的には春・夏・秋・冬それぞれの季節の艶情を詠んだ詩で、形式的には前半四句と後半四句とで換韻している。　○**双蛾**　両方の眉。

美人の眉を蛾眉《がび》という。○**漏声** 水時計の水の滴《したた》る音。○**残絨** 刺繡糸の残り。○**唾窓** 女性が刺繡する際の動作で、糸を換える時、口に余りの糸を含み、それを口から適宜吐き出すのを「唾絨」という。ここはその動作を窓に向かってすることをいう。○**羅衣** 薄絹の衣。○**春痩** 春になって春愁のために痩せること。蘇軾の「四時詞」に、「佳人痩せ尽くす雪の膚《ふ》肌《き》、眉は春愁を斂《あつ》む知《し》んぬ誰が為ぞ」。○**脈脈** 綿々として絶えないさま。○**柔情** なよやかな女心。○**初月吐** 三日月が現れる。○**不分** 妬ましい。『助語審象』巻下の「不分」に、「ネタイカナ。分忿通ズ。忿セザランヤト云コトナリ」。○**小狸奴** 「狸奴」は猫。「小」は接頭語で罵りの意を添える。○**瑞香** 沈丁花《じんちょうげ》。春に花を開き、芳香を発する。○**侶** つれあい。

刺繡をやめた美女の両眉は山よりも重たげに見え、針を停めて水時計の滴る音を聞いている。口に含んだ刺繡糸の残りを窓に向かって吹き出すと、窓の外はもう暗くなっており、薄絹の衣をまとう春の愁いに痩せた体は、夕暮れ時の寒さに怯《おび》える。綿々として尽きることのないこの恋情を、誰に向かって告げようか。簾を下ろしたのは、夜が来て三日月が空に上るのを見るのが恐いから。なんと妬《ねた》ましいんでしょう、東隣の家の恋猫《こいねこ》が香《かぐわ》しい沈丁花のもとにやってきて、つれあいを呼んでいるなんて。

◇この詩はもともと「四春詞」として作られた「春日」「春宵」「春晩」「春晨」のうちの「春晩」を改題したものという。山陽の「自書四春詞後」(『頼山陽文集』)によれば、尾張の旅寓で江戸の菊池五山《ござん》のことを思い出して作ったものであり、これらの詞を書して五山宛てに送り、市河米庵《いちかわべいあん》にも見せてくれるよう依頼したという。なお、『山陽詩鈔』に刻される大窪詩仏《おおくぼしぶつ》の頭評には、「警《けい》にして亮《りょう》、深《しん》にして錬《れん》、此《これ》を匠心《しょうしん》の作と為す」とある。「匠心の作」とは、表現上の巧みな工夫がなされた作の意。このような艶体の詩は、山陽としては比較的珍しい。

18　舟宿暗門憶曾随家君
泊此今十一年矣

篷窓月暗樹如烟
拍岸波声驚客眠
黙数浮沈十年事
平公塔下両維船

舟《ふね》、暗門《あんもん》に宿《しゅく》す。憶《おも》ふ、曾《かつ》て家君《かくん》に随《したが》ひ
此《ここ》に泊《はく》するを。今《いま》に十一年《じゅういちねん》なり

篷窓《ほうそう》　月暗《つきくら》くして　樹烟《じゅけむ》るが如《ごと》し
岸《きし》を拍《う》つ波声《はせい》　客眠《かくみん》を驚《おどろ》かす
黙《もく》して数《かぞ》ふ　浮沈十年《ふちんじゅうねん》の事《こと》
平公塔下《へいこうとうか》　両《ふた》たび船《ふね》を維《つな》ぐ

文化十一年(一八一四)三十五歳の作。『山陽詩鈔』巻二。七言絶句。韻字、烟・眠・船(下平声一先)。

〇**暗門**　音戸《おんど》の瀬戸《せと》のこと。現在の広島県呉市音戸町(倉橋島)とその対岸の呉《くれ》市警固屋《けごや》との間にある海峡。幅が狭く、潮流が急なことで知られる。文化二年(一八〇五)八月、山陽は父春水に伴われて安芸国竹原(現、広島県竹原市)に行く途次、ここに泊した。今回もやはり竹原に船で赴く途中、九月十二日、音戸に上陸し、今田家の五勝楼《ごしょうろう》に宿した。

〇**篷窓**　篷船《とまぶね》の窓。〇**平公塔下**　音戸の瀬戸を開削したとされる平清盛を追善するために建てられた清盛塚と呼ばれる供養塔。音戸の瀬戸に面し、倉橋島にある。

篷葺《とまぶ》きの船の窓から外を眺めると月は薄暗く、島の木々は煙っているようだ。岸に打ち寄せる波音は高く、旅の眠りを驚かす。黙然《もくねん》として、この十年の間に経験した人生の浮沈を指折り数えてみる。さまざまなことがあったが、十年前と同じように再び今夜も音戸の瀬戸の清盛塚のもとに船を繫いでいる。

◇『山陽詩鈔』に刻される柴野碧海の頭評には「居然《きょぜん》たる唐調なり」とあり、篠崎小竹の頭評には「宋詩の佳境にして、唐に非《あら》ざるなり」とある。碧海はおそらく、この詩に唐の詩人張継《ちょうけい》の「楓橋夜泊」詩の影響を見てこう評したのであろうが、小竹はそれを否定したのである。

19 源廷尉

宝刀跨海斬鯨鯢
貝錦帰郷忽斐萋
阿兄不識肥家策
枉煮同根養牝雞

源廷尉《みなもとのていい》

宝刀《ほうとう》 海《うみ》に跨《また》がつて鯨鯢《げいげい》を斬《き》る
貝錦《ばいきん》 郷《きょう》に帰《かえ》つて忽《たちま》ち斐萋《ひせい》
阿兄《あけい》は識《し》らず 肥家《ひか》の策《さく》
枉《ま》げて同根《どうこん》を煮《に》て牝鶏《ひんけい》を養《やしな》ふ

文化十一年(一八一四)三十五歳の作。『山陽詩鈔』巻二。七言絶句。韻字、鯢・萋・雞(上平声八斉)。

○**源廷尉**　源義経のこと。義経は一の谷の合戦の後、検非違使《けびいし》・左衛門少尉に任ぜられた。「廷尉」は検非違使・左衛門少尉の唐名。○**宝刀**　義経は熊野別当湛増《たんぞう》から源氏伝来の宝刀吠丸《ほえまる》を譲られ、それを薄緑《うすみどり》と改名して愛用したという。○**鯨鯢**　悪の巨魁《きょかい》。ここは平家を指す。○**貝錦**　貝殻の模様のように美しい錦の織物。転じて、人を貶《おと》めるための巧みな虚言。ここは、壇の浦の戦いなどにおいて義経と対立した梶原景時《かじわらかげとき》が、源頼朝に義経を讒訴《ざんそ》したことを指す。『詩経』小雅・巷伯に「萋たり斐たり、是の貝錦を成す」。なお、義経は壇の浦の戦いの後、戦勝報告のため鎌倉の兄頼朝のもとに赴くものの、讒言に動かされていた頼朝は義経が鎌倉に入ることを拒否する。そのことを踏まえて、この「貝錦帰郷」の語には、義経が故郷に錦を飾るの意も含まれるとされる。○**斐萋**　模様の美しいさま。○**阿兄**　「阿」は親しみを表すときにつける接頭語。お兄さん。頼朝を指す。○**肥家**　家を治める。『礼記』礼運に「父子篤く、兄弟睦まじく、夫婦和するは、家の肥えたるなり」。○**枉**　むなしく。いたずらに。『詩家推敲』に「コレ徒ニ労スル意ナリ」。○**煮同根**　兄が弟を苦しめることをいう。魏の曹植《そうち》が兄の曹丕《そうひ》(文帝)に才能を妬まれ、七歩歩く間に詩を作れと命じられて、「萁《まめがら》は釜下に在りて然《も》え、豆は釜中に在りて泣く、本《もと》と同根より生ず、相煎《に》ること何ぞ太《はなは》だ急なる」(曹植「七歩の詩」)と詠んだという故事に拠る。○**養牝鶏**　「牝鶏」は、めんどり。頼朝が妻の政子とその背後にある北条氏一族の権力を大きくしたことをいう。『書経』牧誓に「牝雞は晨《しん》すること無し。牝雞の晨するは、惟《こ》れ家の索《つ》くるなり」。

源義経は宝刀を佩《お》び海を越えて、強敵平家を斬り滅ぼした。ところが、錦を着て故郷に凱旋すると、忽《たちま》ち梶原景時の言葉巧みな讒言によって、頼朝に拒絶されてしまった。

兄頼朝は一家を治める方策を知らず、いたずらに弟義経を攻め滅ぼして、妻政子とその実家北条氏の力を強大にしてしまったのである。

◇『山陽詩鈔』に刻される篠崎小竹の頭評に「義山《ぎさん》の腴《ゆ》なり」。唐の詩人李義山(商隠《しょういん》)の詩の脂が乗って美味なるところが、この詩には見られるというのである。典故を多用し、その間に微意を託すのが、李義山の詩の特徴の一つとされている。この山陽の詩には、そうした詩法と共通するものがあるというのであろう。

20 春日田園

午餉温香恰療飢
田頭曝背日遅遅
童孫不肯従翁睡
埜菜花辺捉蝶児

春日田園《しゅんじつでんえん》

午餉《ごしょう》 温香《おんこう》 恰《あたか》も飢《う》ゑを療《りょう》し
田頭《でんとう》に背《せ》を曝《さら》せば 日遅遅《ひちち》たり
童孫《どうそん》は肯《あえ》て翁《おきな》に従《したが》ひて睡《ねむ》らず
埜《や》菜花《さいか》辺《へん》 蝶児《ちょうじ》を捉《とら》ふ

文化十二年(一八一五)三十六歳の作。『山陽詩鈔』巻二。七言絶句。韻字、飢・遅・児(上平声四支)。

○午餉　昼食。○田頭　田のほとり。○日遅遅　太陽の沈むのが遅いさま。『詩経』豳《ひん》風・七月に「春日遅遅たり」。○埜菜花辺　野の花の咲く辺り。○蝶児　蝶々。「児」は接尾語。

昼餉《ひるげ》の温かな香りはちゃんと空腹を満たしてくれ、田んぼの辺りで日向《ひなた》ぼっこをすれば、春の日はいつまでも暖かな日差しを投げかけてくれる。稚《いとけな》い孫は日だまりでうつらうつらするお爺さんを真似ようとはせず、野の花の咲く辺りで蝶々を追いかけている。

◇『山陽詩鈔』に刻される茶山の頭評には「石湖《せきこ》の什中《じゅうちゅう》に入《い》る可《べ》し」とある。石湖は南宋の詩人范成大《はんせいだい》の号。范成大には南宋の田園風俗を描いた連作詩「四時田園雑興」などがあり、この山陽の作は、そうした田園風俗詩の中に入れることができるような出来映えの詩だと評したのである。

21　題石山旗亭

湖楼坐看雨如絲
猟猟風蒲払釣磯

石山《いしやま》の旗亭《きてい》に題《だい》す

湖楼《ころう》　坐《ざ》して看《み》る　雨《あめ》の糸《いと》の如《ごと》きを
猟猟《りょうりょう》たる風蒲《ふうほ》　釣磯《ちょうき》を払《はら》ふ

認得跳珠千点裡　　認《みと》め得《え》たり　跳珠千点《ちょうしゅせんてん》の裡《うち》
高跳幾点是魚飛　　高《たか》く跳《はね》る幾点《いくてん》は是《こ》れ魚《うお》の飛《と》ぶなるを

文化十三年(一八一六)三十七歳の作。『山陽詩鈔』巻二。七言絶句。韻字、絲(上平声四支)と磯・飛(上平声五微)の通押。

○**石山**　近江国石山(現、滋賀県大津市石山)。琵琶湖を望む地。石山寺がある。○**旗亭**　酒楼。料亭。○**獵獵**　風が強く吹く音の形容。○**風蒲**　風に吹かれる蒲《がま》。○**釣磯**　魚を釣る磯。○**跳珠**　湖面に当たって跳ねる雨粒。蘇軾の「莫同年《ばくどうねん》と雨中《うちゅう》に湖上《こじょう》に飲む」詩に「還《ま》た来りて一酔す西湖の雨。跳珠を見ざること十五年」。

雨が糸のように空から落ちてくるのを、湖に臨む酒楼で坐ったまま眺めている。ひゅうひゅうと吹く風が湖岸の蒲の葉をざわつかせ、いつもなら釣り人がいる磯辺を吹き払う。よくよく視ていると、湖面に跳ねる多くの雨粒の中、高く跳ねている幾つかは、魚が飛び上がったのだと分かった。

◇『山陽詩鈔』に刻される後藤松陰《しょういん》(名は機《き》)の頭評に「機云ふ、是《こ》の日、余、奥村柳庵《おくむらりゅうあん》と先に旗亭に在り。先生追つて至る。今に十幾年なり」とあり、文化十三年閏八月のことと推定されている。奥村柳庵は近江国膳所《ぜぜ》の人。

22 中秋同武紀二子観月
銅駝橋余与二子前後
入京閲歳略同

中秋《ちゅうしゅう》、武《ぶ》・紀《き》二子《にし》と同《おな》じく月《つき》を
銅駝橋《どうだきょう》に観《み》る。余《よ》と二子《にし》と前後《ぜんご》して
京《きょう》に入《い》り、歳《とし》を閲《えっ》すること略同《ほぼおな》じ

豆莢秋肥芋魁柔
借牀河亭酒如油
楼台何処不糸竹
吾曹亦為観月遊
同寓京城今幾許
六年無此好中秋」
話旧不識夜已午
月満灘心石可数

豆莢《とうきょう》秋《あき》に肥《こ》えて　芋《う》魁《かい》柔《やわら》かなり
牀《しょう》を借《か》る河亭《かてい》　酒《さけ》は油《あぶら》の如《ごと》し
楼台《ろうだい》　何《いず》れの処《ところ》か糸竹《しちく》ならざらん
吾曹《ごそう》も亦《ま》た観月《かんげつ》の遊《ゆう》を為《な》す
同《おな》じく京城《けいじょう》に寓《ぐう》して今幾許《いまいくばく》ぞ
六年《ろくねん》　此《こ》の好中秋《こうちゅうしゅう》無《な》し
旧《きゅう》を話《わ》して識《し》らず　夜已《よるすで》に午《ご》なるを
月《つき》は灘心《たんしん》に満《み》ちて　石《いし》　数《かぞ》ふべし

文化十四年（一八一七）三十八歳の作。『山陽詩鈔』巻二。七言古詩。韻字、柔・油・遊・秋

(下平声十一尤)」午・数(上声七麌)。

○**中秋** 陰暦八月十五日。名月の日。○**武紀二子** 山陽の友人だった武元登々庵《たけもととうとうあん》と浦上《うらがみ》春琴《しゅんきん》(姓を修して紀春琴と称した)。武元登々庵は備前国の出身で、山陽よりは三歳年長。詩や書をよくした文人で、文化八年から京都に住んだ。浦上春琴も備前国の出身で、山陽よりは一歳年長。父玉堂に学んで画家として知られ、文化八年頃から京都に住んだ。○**銅駝橋** 京都の二条大橋のこと。二条大路から北、中御門《なかみかど》大路までの一画を銅駝坊と称したことによる。この詩を詠んだ当時、山陽は二条通高倉東入ル北側に住居していた。○**入京** 山陽の入京は文化八年閏二月。○**豆莢** 莢《さや》に入った豆。その状態で食べる莢豆《さやまめ》のこと。○**芋魁** 里芋の親芋(塊茎《かいけい》)。芋頭《いもがしら》。○**牀** 床几《しょうぎ》。長い腰掛け。○**河亭** 川沿いの料理茶屋。○**油** 酒が濃醇な形容。○**糸竹** 絃楽器と管楽器。広く音楽をいう。○**吾曹** わが仲間。曹は仲間。○**六年** 京都に住むようになった文化八年から文化十四年までの六年間。○**午** 午夜。夜の十二時。○**灘心** 早瀬の真ん中。空の真上に在る月を「天心の月」などということから、天心にある月が早瀬に映っているのを、こう表現したのであろう。

秋になって莢豆はふとり、芋頭は柔らかくなって食べ頃だ。鴨川沿いの茶屋で床几に陣取り、濃醇《のうじゅん》な酒を酌み交わす。あちらこちらの酒楼から笛や三味線の音《ね》が聞こえてき、我々もこうして月見の遊びをしている。我々が同じように京に居を定めるようになってどれほどの年月が経ったであろうか。数えてみれば六年になろうか、しかしその間、このような素晴らしい中秋の日はなかったなあ。

来し方を話し合ってすでに真夜中になったのも気付かず、ふと川面に目をやると、皓々《こうこう》と輝く中天の月が早瀬を隈《くま》なく照らし、川底の石が数えられるほどだ。

23 発大坂小竹確斎送
至尼崎
商船銜尾各停橈
中有瓜皮趁早潮
離緒紛紛難語尽
転頭已過十余橋
大坂《おおさか》を発《はっ》す。小竹《しょうちく》・確斎《かくさい》送《おく》りて
尼崎《あまがさき》に至《いた》る
商船《しょうせん》 尾《お》を銜《ふく》みて各橈《おのおのかい》を停《とど》む
中《なか》に瓜皮《かひ》の早潮《そうちょう》を趁《お》ふ有《あ》り
離緒紛紛《りしょふんぷん》として語尽《ごつ》くし難《がた》し
頭《こうべ》を転《てん》ずれば已《すで》に十余橋《じゅうよきょう》を過《す》ぐ

文政元年(一八一八)三十九歳の作。『山陽詩鈔』巻三。七言絶句。韻字、橈・潮・橋(下平声二蕭)。
○**小竹**　篠崎小竹(一七八一―一八五一)。大坂の儒者・詩人。養父篠崎三島《さんとう》の梅花社を継ぎ、大坂文壇の中心的存在になった。山陽の親友。○**確斎**　武内確斎(一七七〇―一八二六)。大坂の町代《ちょうだい》。小竹の父篠崎三島に従学し、詩文をよくし、また読本《よみほん》作者でもあった。小竹や山陽と親交があった。○**尼崎**　現在の兵庫県尼崎市。瀬戸内海航路の要衝として栄えた。○**銜尾**　後の獣が前の獣の尾を口にくわえるように、前後相続くさまをいう。○**橈**　船の櫂。○**瓜皮**　瓜皮船に同じ。瓜《うり》の皮のような形状の小舟。○**早潮**　朝の潮の流れ。○**離緒**　惜別の時の綿々たる思い。○**紛紛**　入り乱れて尽きないさま。

　貨客を運ぶ大きな商船が相繫がって停泊し、その間を瓜の皮のような小舟に乗って、朝潮を追って進んでゆく。惜別の綿々たる思いは入り乱れて次々と溢れ出し、言葉ではなかなか言い尽くしがたい。そうしているうちに振り返ってみれば、すでにもう十いくつかの橋の下を通り過ぎていたのだった。

◇文政元年一月の半ば過ぎ頃、山陽は亡父春水の三回忌法要に出席するため、門人の後藤松陰を伴い、京を発って広島に向かった。山陽は伏見から淀川を夜船《よふね》で下り、大坂に上陸して船を乗り換えたが、その船には大坂に住む篠崎小竹と武内確斎が同乗し、土佐堀川を下って尼崎まで見送ってくれた。

『山陽詩鈔』に刻される茶山の頭評に「題して津口竹枝《しんこうちくし》と為す可《べ》し」とある。「津口竹枝」とは、摂津国の入口すなわち大坂の港の情景を詠んだ風俗詩の意である。

24　赤関雑詩(三首)

(其二)

文字関頭澹夕暉
弥陀寺畔雨霏霏
水浜欲問前朝事
唯有軽鷗背我飛

赤関雑詩《せきかんざっし》(三首)

(その二)

文字《もじ》の関頭《かんとう》　夕暉《せきき》澹《あわ》く
弥陀《みだ》の寺畔《じはん》　雨霏霏《あめひひ》たり
水浜《すいひん》　前朝《ぜんちょう》の事《こと》を問《と》はんと欲《ほっ》するも
唯《た》だ軽鷗《けいおう》の我《われ》に背《そむ》いて飛《と》ぶ有《あ》るのみ

文政元年(一八一八)三十九歳の作。『山陽詩鈔』巻三。七言絶句。韻字、暉・霏・飛(上平声五微)。

○**赤関**　赤間関《あかまがせき》(現、山口県下関市)の略。　○**文字関頭**　文字《もじ》が関(現、北九州市門司《もじ》)の

辺り。〇澹　淡い。〇夕暉　夕陽。〇弥陀寺　阿弥陀寺《あみだじ》の略。明治の神仏分離で、赤間神宮となった。壇の浦の戦いで入水《じゅすい》した安徳天皇を祀《まつ》っている。〇霏霏　雨のしめやかに降るさま。〇水浜　水辺。『左氏伝』僖公四年に、斉の管仲《かんちゅう》が楚の使者に対し、三百年以前に周の昭王が漢水で溺れ死んだのは楚の責任だと詰問したところ、楚の使者が「昭王の復《かえ》らざるは、君其《そ》れ諸《これ》を水浜に問へ」と答えたという記事を踏まえる。〇前朝事　「前朝」は前代の朝廷。入水した安徳天皇時代の朝廷の事柄。〇軽鷗　軽やかに飛ぶ鷗。

対岸の文字が関の辺りでは夕陽が淡く光を投げかけているが、こちらの阿弥陀寺のほとりでは雨がしとしとと降っている。安徳天皇が入水された海辺に向かって当時の事を問うてみようとするが、私から遠ざかるように鷗たちが軽やかに舞い飛ぶのが見えるばかりだ。

◇亡父春水の三回忌法要のため広島に帰省した山陽は、そのまま九州への遊歴を思い立った。文政元年三月十四日、下関に着いた山陽はこの地の富豪で文雅の嗜みのある広江《ひろえ》殿峯《でんぽう》宅に滞在し、三月二十四日には阿弥陀寺で行われた安徳天皇を祀る先帝会《せんていえ》を拝観した。『山陽詩鈔』に刻される江戸の菊池五山の頭評には「中唐《ちゅうとう》の口吻《こうふん》なり」とある。

25　壇浦行

畿甸之山如龍尾
蜿蜒曳海千余里
直到長門伏復起
隔海豊山呼欲譍
帆檣林立北岸市」
吾自平安来
行循山勢与之偕
驚看海門潮勢如奔雷
屈曲与山相撃排」
南望豫山青一髪
海水漸狭如嚢括
想見九郎駆敵来
平氏如魚源氏獺

壇浦《だんのうら》の行《うた》
畿甸《きでん》の山《やま》は龍尾《りゅうび》の如《ごと》く
蜿蜒《えんえん》として海《うみ》に曳《ひ》くこと千余里《せんより》
直《ただ》ちに長門《ながと》に到《いた》りて伏《ふ》して復《ま》た起《た》ち
海《うみ》を隔《へだ》つる豊山《ほうざん》　呼《よ》べば譍《こた》へんと欲《ほっ》す
帆檣林立《はんしょうりんりつ》す　北岸《ほくがん》の市《まち》
吾《われ》は平安《へいあん》より来《きた》り
行《ゆ》きて山勢《さんせい》に循《したが》ひ　之《これ》と偕《とも》にす
驚《おどろ》き看《み》る　海門《かいもん》の潮勢《ちょうせい》は奔雷《ほんらい》の如《ごと》く
屈曲《くっきょく》して山《やま》と相《あ》ひ撃排《げきはい》するを
南《みなみ》のかた予山《よざん》を望《のぞ》めば　青一髪《せいいっぱつ》
海水漸《かいすいようや》く狭《せま》くして嚢《ふくろ》の括《くく》るが如《ごと》し
想《おも》ひ見《み》る　九郎《くろう》の敵《てき》を駆《か》りて来《きた》るを
平氏《へいし》は魚《うお》の如《ごと》く　源氏《げんじ》は獺《かわうそ》

岸甓水浅誰得脱」
海鹿吹波鼓声死
稺龍出没狂瀾紫
敗鱗蔽海春風腥
蒼溟変作桃花水」
独有介虫喚姓平
沙際至今尚横行
兜鍪貂蟬両一夢
唯見海山蒼蒼連神京」
山日落
海如墨
何物遮船夜啾唧
吾語冤魂且休哭
汝不聞鬼武之鬼亦不免餒

岸《きし》は甓《せま》り　水《みず》は浅《あさ》く　誰《だれ》か脱《のが》るるを得《え》ん
海鹿《かいろく》　波《なみ》を吹《ふ》いて　鼓声《こせい》死し
稚龍《ちりゅう》　出没《しゅつぼつ》して　狂瀾《きょうらん》紫《むらさき》なり
敗鱗《はいりん》　海《うみ》を蔽《おお》ひて春風《しゅんぷう》腥《なまぐさ》く
蒼溟《そうめい》変《へん》じて　桃花《とうか》水《すい》と作《な》る
独《ひと》り介虫《かいちゅう》の姓平《せいへい》と喚《よ》ぶ有《あ》り
沙際《しゃさい》　今《いま》に至《いた》りて尚《な》ほ横行《おうこう》す
兜鍪《とうぼう》　貂蟬《ちょうぜん》　両《ふた》つながら一夢《いちむ》
唯《た》だ見《み》る　海山蒼蒼《かいざんそうそう》として神京《しんきょう》に連《つら》なるを
山日《さんじつ》は落《お》ち
海《うみ》は墨《すみ》の如《ごと》し
何物《なにもの》か船《ふね》を遮《さえぎ》りて夜啾唧《よるしゅうそく》する
吾《われ》　冤魂《えんこん》に語《つ》ぐ　且《しば》らく哭《こく》するを休《や》めよ
汝聞《なんじき》かずや　鬼武《きぶ》の鬼《き》も亦《ま》た餒《う》うるを免《まぬか》れず

身後豚犬交相食

身後《しんご》 豚犬《とんけん》交《こもごも》相《あ》ひ食《は》みしを

文政元年(一八一八)三十九歳の作。『山陽詩鈔』巻三。七言古詩。韻字、尾(上声五尾)、里・起・市(上声四紙)の通押」来(上平声十灰)、偕(上平声九佳)、雷(上平声十灰)、排(上平声九佳)の通押」髪(入声六月)、括・獺・脱(入声七曷)の通押」死・紫・水(上声四紙)」平・行・京(下平声八庚)」落(入声十薬)、墨・喞(入声十三職)、哭(入声一屋)、食(入声十三職)の通押。

○**壇浦** 寿永四年(一一八五)三月二十四日、源氏方との海戦で敗れて平氏が滅亡した古戦場。現在の山口県下関市東部の海岸。○**行** 楽府の形式をした長い歌。○**畿甸** 王城を中心とした五百里四方の土地。畿内。○**蜿蜒** 龍や蛇などがうねうねと長く屈曲するさま。 ○**豊山** 九州の豊前の山。壇の浦の対岸。○**呼欲鷹** 蘇軾の「望海楼晩景五絶」詩に「岸を隔てて人家喚《よ》べば鷹《こた》へんと欲す」。○**北岸市** 赤間が関(下関)の町。○**海門** 海峡。壇の浦と対岸の文字が関の間は早鞆《はやとも》の瀬戸と呼ばれ、潮流が早かった。○**撃排** ぶつかったり、おしのけられたりする。○**予山** 四国の伊予の山。○**青一髪** 青い一本の髪の毛。蘇軾の「澄邁《ちょうまい》駅の通潮閣《つうちょうかく》」詩に、「杳杳《ようよう》として天低《た》る鶻《こつ》の没する処、青山一髪是《こ》れ中原」。○**嚢括** 袋の口を縛る。○**九郎** 九郎判官源義経。○**獺** イタチ科の哺乳類。水中で魚などを補食する。『孟子』離婁《りろう》上に「淵の為に魚を駆る者は獺なり」。○海鹿　ここではイルカの意。『平家物語』巻十一「遠矢」に、「源氏の方より、いるかといふ魚一二千這《は》うて、平家の方へむかひける」とあり、平宗盛が小博士に占わせたところ、これらのイルカがこのまま平家の船の下を通り過ぎたら、平家は滅ぶだろうという答えであったが、その通りになったという。○鼓声死　戦いの時に鳴らす太鼓の音が止む。常建《じょうけん》の「王将軍の墓を弔ふ」詩に「軍敗れて鼓声死す」。○稚龍　幼帝安徳天皇を指す。○狂瀾紫　荒れ狂う大波に天皇の御衣の紫色が翻《ひるがえ》る。○敗鱗　死んだ魚。海に浮かぶ戦死者の比喩。○蒼溟　暗い青色の海。○桃花水　桃の花の咲く時節の雪解け水。ここは戦いで流れた血で海が赤く染まったことの比喩。○介虫　甲殻類。ここは壇の浦の合戦で死んだ平家の武将が化したという平家蟹を指す。○兜鍪　かぶと。武士のつけるもの。○貂蝉　冠に飾りにした貂《てん》の毛と蟬《せみ》の羽。公卿のつけるもの。○神京　都。○啾唧　か細い声で泣く。○冤魂　怨みを抱いて死んだ人の魂。○鬼武　版本『山陽詩鈔』の注に「鬼武は源右大将の小字(幼名)なり」とあるように、源頼朝のこと。○鬼霊魂。○餒　飢える。ここは子孫が絶えて死者が供養されないことをいう。○身後死後。○豚犬　不肖の子。詩8の語注参照。ここは頼朝の子である頼家と実朝を指す。

畿内の山なみは龍の尾のように、うねうねとくねりながら海の上を千里余りも連なる。そのまま長門まで達して伏せては再び起ちあがり、豊前の山となって海を隔ててはいるものの、呼べば答えるほどの近さで続いている。こうした地形の北側に赤間が関の市街があり、停泊する船が帆柱を林立させている。

私は京の都から、山の勢いのままに身を任せて歩いてきた。ここに至って、海峡を流れる潮の勢いが夜空を奔る雷《いかずち》のように、曲がりくねって山とぶつかり押しのけあうのを、驚嘆しつつじっと見つめる。

南のかたに伊予の山々を望むと、かすかに一筋の青い髪の毛のように見える。海面はしだいに狭くなり、袋の口を紐で括ったようだ。源義経が敵の平家をここまで追い詰めて来たのを想像すると、さながら平家は魚、源氏はその魚を捕えようとする獺《かわうそ》。岸辺は迫り、水は浅く、魚は獺から逃れようもなかったのである。

海鹿《いるか》が潮を吹いて平家方の軍船を通り過ぎると、戦い敗れて陣太鼓も鳴りやみ、平家方に擁された幼帝は入水《じゅすい》して、紫の御衣《おんぞ》は荒れ狂う大波に翻った。将士たちの死体が海を覆って、その上を吹きすぎる春風は腥く、青い海は流された血潮によって紅に一変した。

この地だけに平家の名で呼ばれる蟹がおり、波打ち際を今でも横行している。かつて覇権を争った者たちの鎧兜《よろいかぶと》も衣冠の飾りも共に一場の夢となり、今はただ海と山が青々と都まで連なるのが見えるばかりだ。

　日は山に沈み、海は墨を流したように黒くなった。夜になると船の行く手を遮ってか弱い声で泣くのは何者であろうか。私は怨みを抱いて死んだ者たちの霊魂に告げよう、まあ歎き泣くのはやめなさいと。あなた方は聞いたことがありませんか。あなた方を滅亡に追い込んだ源頼朝もまた、不肖の息子たちが互いに骨肉相食《あいは》む争いをして血族が絶えてしまったため、死後は霊魂を祀《まつ》られることがなかったということを。

◇源平二家の興亡は、山陽が歴史的な関心を多く注いだ事柄であった。『日本外史』においても、その興亡の跡については、壇の浦の戦いを初めとして生き生きと描かれた場面が多い。赤間が関にやって来て、この「壇浦の行」の初稿を書き留めた文政元年の時点で、山陽はすでに『日本外史』巻三の壇の浦の戦いの場面は書き上げていたと思われるが、「壇浦の行」は初稿後たびたび推敲され、ようやく版本『山陽詩鈔』に収められる形に定まった。山陽にとっては力のこもった作品であった。
　山陽はまた文政六年(一八二三)一月の「自ら壇浦の行の後に書す」と題する文章において、

この詩の韻法について次のように記している。「壇浦の行一篇、韻法は杜詩「茅屋、秋風の破る所と為る歌」に依り、時に単句を挿む。知らざる者は脱語有りと謂ふ。此事与《とも》に語る可き者は独り亡友武景文(武元登々庵)有るのみ。景文は余の西遊の歳に没す。此等の詩、皆な相似《あいしめ》して細論することを得ず」。

版本『山陽詩鈔』のこの詩には、諸家の寄せた頭評が多く刻されている。篠崎小竹は「起手宛然《きしゅえんぜん》たる大蘇《たいそ》の典刑《てんけい》」と評し、叔父の頼杏坪《きょうへい》は「老杜《ろうと》を模貌《もぼう》して気骨蒼勁《きこつそうけい》」と評して、それぞれ蘇軾と杜甫に比較してこの作を高く評価する。もっとも、茶山は手放しで誉めることはせず、「海鹿吹波」で始まる第四解の表現について、「恨むらくは未だ技を尽くさず」として、推敲の余地があることを指摘している。しかし、江戸の友人大窪詩仏は結末部分の「汝不聞」以下の表現について、「結末、一歩を展過《てんか》し、語意深く至る」と記して、高く評価している。

26　亀井元鳳招飲賦贈
藝城分手夢空尋
雞黍今朝喜盍簪

亀井元鳳《かめいげんぽう》に招飲《しょういん》せられ賦《ふ》して贈《おく》る
芸城《げいじょう》に手《て》を分《わ》かち　夢《ゆめ》空《むな》しく尋《たず》ぬ
鶏黍《けいしょ》　今朝《こんちょう》　盍簪《こうしん》を喜《よろこ》ぶ

四海文章纔屈指
一杯醽醁且論心
高林擁屋鶴巣穏
積水当窓鵬影沈
風樹知君同我感
酒間有涙暗沾襟

四海《しかい》の文章《ぶんしょう》　纔《わず》かに指《ゆび》を屈《くっ》し
一杯《いっぱい》の醽醁《れいりょく》　且《しばら》く心《こころ》を論《ろん》ず
高林《こうりん》　屋《おく》を擁《よう》して鶴巣《かくそう》穏《おだ》やかに
積水《せきすい》　窓《まど》に当《あた》って鵬影《ほうえい》沈《しず》む
風樹《ふうじゅ》　知《し》る　君《きみ》　我《わ》が感《かん》に同《おな》じきを
酒間《しゅかん》　涙《なみだ》有《あ》り　暗《あん》に襟《えり》を沾《うるお》す

文政元年(一八一八)三十九歳の作。『山陽詩鈔』巻三。七言律詩。韻字、尋・簪・心・沈・襟(下平声十二侵)。

○亀井元鳳　号を昭陽。安永二年(一七七三)生まれで山陽より七歳年長。福岡藩儒亀井南冥《なんめい》の長男。山陽は四月二十六日に博多に到着し、二十日間ほど博多に滞在した。**○芸城分手**　「芸城」は広島。文化四年(一八〇七)三月二十三日、昭陽は江戸からの帰途、広島の頼家を訪問し、その時に山陽と会った。この十一年前の広島での別れをいう。**○鶏黍**　客を心を込めてもてなすこと。『論語』微子に「子路を止めて宿せしむ。雞《にわとり》を殺し黍《きび》を為《つく》りて之《これ》に食《くら》はしむ」。**○盍簪**　友人同士が集まること。**○醽醁**　美酒。**○鶴巣穏**　伊藤靄谿《あいけい》『山陽詩鈔新釈』は「家庭平和の意をも寓す」とする。鶴は親子の愛情の濃やかな鳥。○**積水**　大海。○**鵬影沈**　『荘子』逍遥遊によれば、想像上の大鳥である鵬は南冥《なんめい》(南の海)に向かって飛んでゆくことから、昭陽の父南冥の死を寓する。南冥の没したのは文化十一年(一八一四)のこと。○**風樹**　風に吹かれる樹木。『韓詩外伝』の「樹静かならんと欲すれども風止まず。子養はんと欲すれども親待たざるなり」から、亡き親を思慕すること。山陽の父春水は文化十三年(一八一六)に没していた。

広島でお別れして以来、あなたのことはただ夢に見るばかりでしたが、今朝久しぶりに訪問した私を、あなたは友として心を込めてもてなしてくださり、まことに嬉しく存じます。私はあなたのことを天下に数少ない文章家の一人だと敬重しておりますが、こうして美酒をいただきながら、ともかくも私の心の中の思いをあなたに語る機会が得られたのは喜ばしいことでした。お住まいを囲む高い木々には、親子仲良く暮らす鶴が巣を作り、窓の向こうに広がる大海原には、南冥に向かうという鵬《おおとり》の影が沈んでいきます。風に吹かれてざわつく木々の音を聞いておりますと、私と同じように父を亡くしたあなたのお父上を慕う気持が同感され、酒を酌み交わしながらも涙が滲み出て、人知れず着物の襟を濡らしてしまうのです。

27 憶家

客蹤乗輿輒盤桓
筐裡春衣酒暈斑
遥憶香閨燈下夢
先吾飛過振鰭山

家《いえ》を憶《おも》ふ

客蹤《かくしょう》 輿《きょう》に乗《じょう》じて輒《すなわ》ち盤桓《ばんかん》
筐裡《きょうり》の春衣《しゅんい》 酒暈斑《しゅうんまだら》なり
遥《はる》かに憶《おも》ふ 香閨灯下《こうけいとうか》の夢《ゆめ》
吾《われ》に先《さき》んじて飛《と》び過《す》ぎん 振鰭山《ひれふりやま》

文政元年(一八一八)三十九歳の作。『山陽詩鈔』巻三。七言絶句。韻字、桓(上平声十四寒)と斑・山(上平声十五刪)の通押。

○**家** 京都の家。妻梨影《りえ》が留守宅を守っていた。○**客蹤** 旅の足取り。○**盤桓** ぐずぐずして先に進まないさま。○**筐裡春衣** 行李《こうり》の中に納めた春の着物。この詩が作られたのは五月五日、博多で山陽が旅の宿りとしていた松永花遁《かとん》宅においてである。山陽が京都を旅立ったのは一月で春衣を身につけていたが、旅を続けるうちに夏になったので、春衣は行李に仕舞い込まれていた。○**酒暈** 酒のしみ。○**香閨** 女性の寝室。○**振鰭山** 正しくは「鰭振山《ひれふりやま》」。平仄式からしてこの句の六字目は平声でなければならないが、「鰭」は平声、「振」は仄声のため、「鰭振山」としたのでは平仄式に合わない。そこで字を入れ替えて「振鰭山」にしたものと思われる。鰭振山は肥前国の歌枕。現在の佐賀県唐津市の鏡山という。『万葉集』に、松浦佐用姫《まつらさよひめ》が朝鮮半島に渡る大伴狭手彦《おおとものさでひこ》を見送った時、この山から領巾《ひれ》を振って別れを惜しんだという伝説が記されている。

旅の足取りは興に任せて進むため、いっこうに捗《はかど》らない。用済みになって行李《こうり》に仕舞い込まれた春の着物には、これまでの旅のあちこちで饗応された酒のしみが点々と付いている。まだ博多辺りにぐずぐずしている私は、旅先から遥か遠く家のことを憶うのだが、留守を守る妻は閨《ねや》の灯火の下、うたたねの夢の中で、私はもっと先の方を旅していて、もう肥前の鰭振山を通り過ぎていらっしゃるのでは、などと想像しているのではあるまいか。

◇『山陽詩鈔』に刻された頭評において茶山は、「子成四十にして情痴《じょうち》未だ醒めず」と記して、旅先で妻を恋しがっている山陽を揶揄《やゆ》している。

28 至佐嘉諸儒見要会飲　　佐嘉《さが》に至《いた》り諸儒《しょじゅ》に要《もと》め見《ら》れ、会飲《かいいん》す。

有鯨肉之供席上用所　　鯨肉《げいにく》の供《きょう》する有《あ》り。席上《せきじょう》、得《う》る所《ところ》の

得韻戯作長句

巨鬣掀潮噴雪花
万夫攢矛海門嘩
肥海捕鯨耳曾熟
何料鮮肉到歯牙
片片肪玉截芳脆
金虀玉膾曷能加
他日所食非真味
塩蔵況経運路遐
君不見先侯戈鋋殪豕蛇
此物戢鬐上鋏叉
多士方遭偃武日
取侑文酒愛柔嘉
羨君筆力能掣渠碧海涯

韻《いん》を用《もち》ひ、戯《たわむ》れに長句《ちょうく》を作《つく》る

巨鬣《きょりょう》　潮《うしお》を掀《あ》げて雪花《せっか》を噴《ふ》き
万夫《ばんぷ》　矛《ほこ》を攢《あつ》めて海門《かいもん》嘩《かまびす》し
肥海《ひかい》　鯨《くじら》を捕《と》ること　耳《みみ》曾《かつ》て熟《じゅく》す
何《なん》ぞ料《はか》らん　鮮肉《せんにく》　歯牙《しが》に到《いた》らんとは
片片《へんぺん》たる肪玉《ぼうぎょく》　芳脆《ほうぜい》を截《き》る
金虀玉膾《きんせいぎょくかい》　曷《なん》ぞ能《よ》く加《くわ》へん
他日《たじつ》食《く》らふ所《ところ》は真味《しんみ》に非《あら》ず
塩蔵《えんぞう》　況《いわん》や運路《うんろ》の遐《とお》きを経《ふ》るをや
君《きみ》見《み》ずや　先侯《せんこう》の戈鋋《かせん》　豕蛇《しだ》を殪《たお》せしは
此物《このもの》　鬐《せびれ》を戢《おさ》めて鉄叉《てっさ》に上《あが》りしがごときを
多士《たし》方《まさ》に遭《あ》ふ　偃武《えんぶ》の日《ひ》
取《と》りて文酒《ぶんしゅ》を侑《すす》めて柔嘉《じゅうか》を愛《あい》す
羨《うらや》む　君《きみ》が筆力《ひつりょくよ》能く渠《かれ》を碧海《へきかい》の涯《はて》に掣《せい》するを

恨吾酒量不如渠吸百川波　恨《うら》むらくは　吾《わ》が酒量《しゅりょう》　渠《かれ》が百川《ひゃくせん》の波《なみ》を吸《す》ふに
如《し》かざるを

文政元年(一八一八)三十九歳の作。『山陽詩鈔』巻三。七言古詩。韻字、花・嘩・牙・加・遐・蛇・叉・嘉(下平声六麻)、波(下平声五歌)の通押。

○**佐嘉**　佐賀。鍋島侯三十五万七千石の城下町。山陽は五月半ば過ぎ頃、佐賀に到着。その藩の儒医古賀朝陽《ちょうよう》の居宅である賜金堂《しきんどう》を訪れ、藩校弘道館の儒者たちと会飲した。その席で鯨肉が供され、山陽はこの詩を詠んだ。○**長句**　七言古詩。○**巨鬣**　巨大なひげ。鯨をいう。○**掀**　勢いよく上げる。○**攢**　一つ所に寄せ集める。○**肪玉**　白玉《はくぎょく》のような脂肪。○**芳脆**　香りがよくて柔らかい。○**金虀玉膾**　「あえもの」と「なます」。美味なるものをいう。『雲仙雑記』に「煬帝曰く、所謂《いわ》ゆる金虀玉膾は東南の佳味なり」。○**先侯**　藩主鍋島侯の先祖。○**戈鋋**　ほこ。○**豕蛇**　封豕長蛇《ほうしちょうだ》(大きな豚と長い蛇)の略。残忍貪欲な者の比喩。○**鬐**　背びれ。○**鉄叉**　鉄のもり。○**偃武**　武力を用いることをやめる。『書経』武成に「武を偃《や》めて文を修む」。○**文酒**　詩文を作り酒を飲むこと。

○**柔嘉**　柔らかで美しいこと。ここは鯨肉の美味をいう。○**掣渠碧海涯**　杜甫の「戯れに六絶を為《つく》る」詩のその四に、「未だ鯨魚を碧海の中に掣せず」とあるのに拠る。○**吸**

百川波　杜甫の「飲中八仙歌」の「飲は長鯨の百川を吸ふが如し」に拠る。

大鯨が雪の花のような潮を吹き上げると、多くの男たちが手に手に矛《ほこ》を持って集まり、鯨漁《くじらりょう》の始まる海峡は大騒ぎになる。肥前の海の捕鯨の話はこれまでもよく耳にしていたが、鯨の新鮮な肉を口にすることがあろうとは思っていなかった。一片一片が白い玉《ぎょく》のような鯨の脂肪は香りがよく柔らかで、金虀玉膾《きんせいぎょくかい》もこれ以上とは思われないほどの美味である。これまで食べた鯨肉の味は本ものではなかった。それは塩漬けでしかも遠く運ばれて来たものだったからである。皆さんはよく知っておられるでしょう、藩侯のご先祖が戈《ほこ》を手にして残忍貪欲な者どもを倒されたさまは、ちょうど鯨がその背びれを収めて鉄のもりに仕留められたようなものだったことを。ここに集《つど》われた多くの方々は太平の時世に際会して鯨肉の美味を愛され、私に詩文を作り酒を飲むことを勧めてくださる。私は皆さんの筆力が鯨を青海原のはてに抑えるほど力強いのを羨ましく思いますが、私の酒量が百川の水を吸い込むという鯨に及ばないのを、まことに残念に思っているのです。

◇『山陽詩鈔』の茶山の頭評に「起手、毎《つね》に工《たく》みなり」。

29　自大村舟抵長与距長崎十里

海水如盆瑠璃碧
邑屋参差岸樹隙
欲説琵湖与膳城
舟中少人知上国
吾行已歴万重山
税駕瓊浦在今夕
担頭猶貯摂州酒
倒樽此際不復惜
繋纜沙尾喚漁舟
買得棘鬣長両尺

大村《おおむら》より舟《ふね》にて長与《ながよ》に抵《いた》る。長崎《ながさき》を距《へだ》つること十里《じゅうり》

海水《かいすい》は盆《ぼん》の如《ごと》く瑠璃《るり》碧《みどり》なり
邑屋参差《ゆうおくしんし》たり　岸樹《がんじゅ》の隙《あいだ》
説《と》かんと欲《ほっ》す　琵湖《はこ》と膳城《ぜんじょう》と
舟中《しゅうちゅう》　人《ひと》の上国《じょうこく》を知《し》るもの少《まれ》なり
吾《わ》が行《こう》已《すで》に歴《へ》たり　万重《ばんちょう》の山《やま》
瓊浦《けいほ》に税駕《ぜいが》するは今夕《こんせき》に在《あ》り
担頭《たんとう》猶《な》ほ貯《たくわ》ふ　摂州《せっしゅう》の酒《さけ》
樽《たる》を倒《さかさま》にして此際《このさい》復《ま》た惜《お》しまず
纜《ともづな》を沙尾《さび》に繋《つな》いで漁舟《ぎょしゅう》を喚《よ》び
買《か》ひ得《え》たり　棘鬣《きょくりょう》の長《なが》さ両尺《りょうしゃく》なるを

文政元年（一八一八）三十九歳の作。『山陽詩鈔』巻三。七言古詩。韻字、碧・隙（入声十一陌）、国（入声十三職）、夕・惜・尺（入声十一陌）の通押。

○**大村**　肥前国大村(現、長崎県大村市)。○**長与**　肥前国長与(現、長崎県西彼杵《にしそのぎ》郡長与町)。○**長碕**　長崎に同じ。○**十里**　中国風の一里は、日本の六町一里で、およそ六七○メートル。つまり、ここは六、七キロメートルほどの距離。○**邑屋**　村の家屋。○**参差**　まばらなさま。不揃いなさま。○**琶湖**　琵琶湖。○**膳城**　近江国膳所《ぜぜ》(現、滋賀県大津市膳所)の町。膳所藩七万石の城下町。○**税駕**　旅の宿りに到着する。○**瓊浦**　長崎の美称。瓊《たま》の浦《うら》。○**上国**　都に近い国。上方。○**摂州酒**　摂津国で産する酒。山陽は田舎の酒を嫌い、摂津国の灘《なだ》や伊丹《いたみ》の酒を好んで飲んだ。博多で調達した摂津の酒を旅中に携えていた。○**沙尾**　砂浜。○**棘鬛**　棘鬛魚は鯛の異称。

海はお盆のようで水面は碧《みどり》のガラスと見まごうほどだ。村の家々が海岸の木々の隙間《すきま》からまばらに見える。この風景が琵琶湖と膳所《ぜぜ》の町の辺りに似ていることを話題にしたいと思うが、船の中に上方《かみがた》を知っている人は少ない。私の旅はすでに幾重もの山々を越えてきたが、今夕には目的地長崎に到着する。担《かつ》いできた荷物の中には摂州産の酒がまだ残っている。ここまで来たのだから、もう惜しむことなく、樽をさかさまにして飲み尽くそうと思った。そこで船を砂浜に繋いで漁師の舟を呼び、長さ二尺もあるみごとな鯛を買ったのである。

◇山陽が大村から船に乗って長与に上陸したのは五月二十二日、長崎到着は翌二十三日であった。『山陽詩鈔』の頭評に茶山は「瀟洒誦《しょうしゃしょう》す可し」と記す。

30　荷蘭船行

碕港西南天水交
忽見空際点秋毫
望楼号砲一怒嘷
二十五堡弓脱弢
街声如沸四喧嘈
説是西洋来紅毛
飛舸往迓聞鼓鼙
両揚信旗防濫叨
船入港来如巨鼇
水浅船大動欲膠

荷蘭船《おらんだせん》の行《うた》
碕《き》港《こう》の西南天水交《せいなんてんすいまじ》はり
忽《たちま》ち見《み》る　空際《くうさい》　秋毫《しゅうごう》を点《てん》ずるを
望楼《ぼうろう》の号砲《ごうほう》　一《ひと》たび怒嘷《どこう》すれば
二十五堡《にじゅうごほ》　弓《ゆみ》　弢《とう》を脱《だっ》す
街声《がいせい》沸《わ》くが如《ごと》く四《よも》に喧嘈《けんそう》す
説《と》く　是《こ》れ西洋《せいよう》より紅毛来《こうもうきた》ると
飛舸《ひか》往《ゆ》き迓《むか》へて鼓鼙《ここうき》を聞く
両《ふた》つながら信旗《しんき》を揚《あ》げて濫叨《らんとう》を防《ふせ》ぐ
船《ふね》は港《みなと》に入《い》り来《きた》りて巨鼇《きょごう》の如《ごと》し
水浅《みずあさ》く船大《ふねおお》きく動《やや》もすれば膠《こう》せんと欲《ほっ》す

官舟連珠累幾艘
牽之而進声謷謷
蛮船出水百尺高
海風淅淅颭罽旄
三帆樹桅施万條
設機伸縮如桔槔
漆黒蛮奴捷於猱
升桅理條手爬搔
下碇満船斉噭咷
畳発巨礮声勢豪
蛮情難測廟謀労
兵営猶不徹豹韜
嗚呼小醜何煩憂目蒿
万里逐利在貪饕

官舟連珠《かんしゅうれんじゅ》　幾艘《いくそう》を累《つな》ぎ
之《これ》を牽《ひ》きて進《すす》む　声謷謷《こえごうごう》たり
蛮船《ばんせん》　水《みず》を出《い》でて百尺高《ひゃくしゃくたか》く
海風淅淅《かいふうせきせき》として罽旄《けいぼう》を颭《そよが》す
三帆《さんぱん》　桅《ほばしら》を樹《た》てて万條《ばんとう》を施《ほどこ》し
機《き》を設《もう》けて伸縮《しんしゅく》すること桔槔《けっこう》の如《ごと》し
漆黒《しっこく》の蛮奴《ばんど》　猱《さる》よりも捷《すばや》く
桅《ほばしら》を升《のぼ》り條《つな》を理《おさ》めて手《て》もて爬搔《はそう》す
碇《いかり》を下《おろ》して満船斉《まんせんひと》しく噭咷《きょうとう》し
巨礮《きょほう》を畳発《じょうはつ》して　声勢《せいせい》　豪《ごう》なり
蛮情《ばんじょう》　測《はか》り難《がた》く　廟謀労《びょうぼうろう》し
兵営猶《へいえいな》ほ豹韜《ひょうとう》を徹《てっ》せず
嗚呼《ああ》　小醜《しょうしゅう》　何《なん》ぞ憂目《ゆうもく》の蒿《こう》を煩《わずら》はさん
万里《ばんり》　利《り》を逐《お》ひて貪饕《たんとう》に在《あ》り

可憐一葉凌鯨濤　　憐《あわ》れむ可《べ》し　一葉《いちよう》　鯨濤《げいとう》を凌《しの》ぐを
譬如浮蟻慕羶臊　　譬《たと》へば浮蟻《ふぎ》の羶臊《せんそう》を慕《した》ふが如《ごと》し
毋乃割雞費牛刀　　乃《すなわ》ち鶏《にわとり》を割《さ》くに牛刀《ぎゅうとう》を費《つい》やす毋《な》からんや
毋乃瓊瑶換木桃　　乃《すなわ》ち瓊瑶《けいよう》を木桃《ぼくとう》に換《か》ふる毋《な》からんや

文政元年(一八一八)三十九歳の作。『山陽詩鈔』巻三。七言古詩。下平声三肴と下平声四豪の通押による毎句押韻。
○**荷蘭船**　山陽が長崎に着いて一月半後の七月六日にようやくオランダ船が入港し、八月上旬になって山陽は大通詞穎川《えがわ》四《し》郎太《ろうた》の案内で小舟に乗ってオランダ船を見物した。○**行**　楽府の形式をした長い歌。○**秋毫**　秋になって生える獣の細い毛。極めて微細なものの喩え。ここはぽつんと小さく見えるオランダ船の影。○**望楼**　物見櫓。○**怒嘷**　鳴り響く。○**二十五堡**　二十五ヶ所の堡塁。長崎には港湾警備のため、鍋島藩や黒田藩など多数の藩の番所が設けられていた。○**紅毛**　オランダ人。○**飛舸**　速度の速い船。○**弢**　弓袋。○**喧嘈**　さわがしい。○**濫叨**　混乱。○**巨鼇**　大海亀。○**鼓鼙**　大太鼓。○**信旗**　合図の旗。○**膠**　膠《にかわ》のようにくっつく。ここは船が膠着する。座礁する。○**謷謷**　心配して大騒ぎする。○**淅淅**　風の音が微かにするさま。○**罽旄**　毛織物製の旗。○**颭**　吹きながす。○**万條**　多くの細綱。○**桔槹**　はねつるべ。○**猱**　サル。とくに、テナガザルをいう。○**爬搔**　手で搔き寄せる。○**嗷咷**　大声で叫ぶ。○**畳発**　続けざまに発砲する。○**巨礟**　巨砲に同じ。○**廟謀**　幕閣の対策。○**兵営**　長崎警護の番所。○**徹**　撤去する。○**豹韜**　兵法書『六韜《りくとう》』の篇名。ここは守備の方法。○**小醜**　小人ども。オランダ人を指す。○**憂目蒿**　憂えて目を乱して見る。『荘子』駢拇《べんぼ》の「今の世の仁人、蒿目《こうもく》にして世の患《うれ》ひを憂ふ」に拠る。○**貪饕**　貪って大食する。○**一葉**　一艘の小舟。○**鯨濤**　大波。○**浮蟻**　大蟻。「浮」は蜉《かげろう》。○**羶臊**　生臭い羊肉。○**割鶏費牛刀**　小事を処理するのに大器を用いる。『論語』陽貨に「雞を割くに焉《いずく》んぞ牛刀を用ひんや」。○**瓊瑤換木桃**　つまらないものに対して、貴重なもので報いる。『詩経』衛風・木瓜に「我に投ずるに木桃を以てし、之に報ずるに瓊瑤を以てす」。木桃は、サンザシの別名。瓊瑤は、美しい佩玉《おびだま》。

長崎港の西南の方角、空と海とが接する辺りに、忽然《こつぜん》と秋の獣の毛先ほどの微かなものが見え始める。すると物見櫓《ものみやぐら》の合図の大砲が一発鳴り響き、二十五ヶ所の堡塁《ほうるい》では弓を弓袋から取り出して警戒態勢に入る。長崎の町ではあちらこちらで、「西洋からオランダ人がやって来た」と大騒ぎ。迎えの早船《はやふね》が打ち鳴らす大太鼓の音が聞こえ、混乱を防ぐため迎えの船もオランダ船も双方合図の旗を掲げる。オランダ船が港に入ってくるとまるで大海亀のようで、港の水は浅く船は大きいため、ややもすると座礁しそうになる。番所の舟は何艘も数珠繋《じゅずつな》ぎになり、大声をかけながらオランダ船を牽引して港内に進んでくる。オランダ船は水面からは百尺もの高さで、微かに吹く海風が毛織の船旗をそよがせている。三本の帆柱には多くの細綱が張りめぐらされ、機械仕掛けで伸び縮みするさまは、はねつるべのようだ。真っ黒な蛮人の水夫はテナガザルよりもすばしこく、帆柱に上り細綱を捌《さば》いて手で掻《か》き寄せる。碇《いかり》を下ろすと船中から一斉に大声が挙がり、大砲が続けざまに打たれ、その勢いたるや豪勢なものだ。異国の人間の考えていることは測りがたいと幕閣は対応に苦慮し、番所の防備をなかなか撤去しない。ああ、けれどもこのオランダ人たちが憂いの種になることはあるまい。彼らは万里の彼方から利益を求め貪ろうとしているだけなのだ。むしろ憐れむべきことなのだ、あたかも大蟻が生臭い羊肉にむらがるように、彼らが一枚の葉っぱのような船で大波を凌いでやって来るというのは。そうした彼らに対して、「鶏を割《さ》くのに牛刀を用いる」ような大げさな応対をしているのではあるまいか。「瓊瑶《けいよう》を木桃《ぼくとう》と取り換える」ような不釣り合いな取り扱いをしているのではあるまいか。

◇この詩にもまた、『山陽詩鈔』にはいくつかの頭評が刻されている。まず、茶山は「詩人の碕《き》に遊ぶもの、蛮漢《ばんかん》の聞見に及ぶこと少なし。此等《これら》の作、差《やや》人意を強くす。険韻、句毎《くごと》に押す。何等の詩膽ぞ」と評し、険韻の下平声三肴と四豪の通押で、二十八句からなる古詩において毎句押韻した、山陽の詩人としての大胆な試みを誉め称えている。しかし、その結果として、普段あまり使われることのない珍しい漢字や、難解な字句が散見される詩になっている。

続いて、菊池五山は「一展躓《いちげきつまず》かず、自在に渉り莅《のぞ》む。自《おの》づから是《こ》れ子成の長伎《(ママ)》なり」として、この詩の一気呵成《いっきかせい》の展開を山陽の優れた技巧であると高く評価し、大窪詩仏は「事事写し尽くして筆力自在なり。末に議論を以て之を結ぶ。大公案なり」として、詩の末尾が議論で結ばれていることを、禅問答において師が修行者に課する大問題のようなものだと評している。さらに、この詩の末尾については、山陽門下の後藤松陰の「有識の言、誰か慮《おもんばか》つて此に及ばん」という評語も付されている。

31　仏郎王歌

仏郎王《ふつろうおう》の歌《うた》

文政元年(一八一八)三十九歳の作。『山陽詩鈔』巻三。七言古詩。下平声七陽の毎句押韻。一韻到底の詩で形式上の切れ目はないが、長篇なので三段に分けて注釈する。

(1)

仏郎王
王起何処大西洋
太白鍾精眼碧光
天付韜略鋳其腸
蚕食欧邏東拓疆
誓以崑崙為中央
国内游手収編行
兵無妻子武趪趪
縮梃為銃伸為槍

仏郎王《ふつろうおう》
王《おう》の起《お》こるは何処《いずこ》ぞ　大西洋《たいせいよう》
太白《たいはく》　精《せい》を鍾《あつ》めて　眼《め》に碧光《へきこう》あり
天《てん》は韜略《とうりゃく》を付《ふ》して其《そ》の腸《はらわた》を鋳《い》る
欧邏《おうら》を蚕食《さんしょく》して東《ひがし》に疆《さかい》を拓《ひら》き
誓《ちか》ひて崑崙《こんろん》を以《もっ》て中央《ちゅうおう》と為《な》さんとす
国内《こくない》の游手《ゆうしゅ》　収《おさ》めて行《こう》に編《へん》す
兵《へい》に妻子《さいし》無《な》く　武《ぶ》趪趪《こうこう》たり
梃《てい》を縮《ちぢ》めて銃《じゅう》と為《な》し　伸《の》ばして槍《やり》と為《な》し

銃退鎗進互撞搪
所向無前血玄黄
独有鄂羅相頡頏

銃《じゅう》退《しりぞ》けば鎗《やり》進《すす》みて互《たが》ひに撞搪《どうとう》す
向《むか》ふ所《ところ》前《まえ》無《な》く　血《ち》玄黄《げんこう》たり
独《ひと》り鄂羅《がくら》有《あ》りて相《あ》ひ頡頏《きっこう》す

○**仏郎王**　フランス王。ここはフランス皇帝ナポレオン一世(一七六九—一八二一)を指す。○**大西洋**　『訂正増訳　采覧異言《さいらんいげん》』に「大西洋ハ……西方大海ノ義ナリ」という意味であろう。「大《だい》」を美称の接頭語として、大いなる西洋《ヨーロッパ》の意と考えることも可能であるが、山陽の西洋観からして「大」という接頭語をわざわざ冠したとは考えにくい。○**太白**　金星。『漢書』天文志に「太白天を経《ふ》れば、天下革《あらた》まり、民《たみ》王を更《か》ふ。是《こ》れを乱紀と為す。人民流亡す」とあるように、兵乱の予兆となる星。○**鍾精**　精髄を集める。○**韜略**　兵法。古代中国の兵書『六韜《りくとう》』と『三略《さんりゃく》』の略。○**鋳其腸**　鉄腸(堅固な精神)を鋳造する。○**蚕食**　蚕が桑の葉を食べるように、他国の領土を侵略する。○**欧邏**　ヨーロッパ。○**疆**　領土の境界。○**崑崙**　神話上の山名。世界の中央にある山。したがってこれを中央にするとは、全世界を支配するの意。○**游手**　ぶらぶらとして遊んでいる者。浮浪者。○**編行**　軍隊を編成する。○**趪趪**　威力の猛烈なさま。○**梃**　棒。この一句は銃の先に短剣を付けた銃剣の説明。○**撞搪**　突き合う。○**血玄黄**　『易経』坤《こん》の卦の爻《こう》辞に「上六は龍野に戦ふ。その血玄黄なり」。激戦のため血がおびただしく流れるのをいう。玄黄は流れた血が泥土とまじった色。○鄂羅　ロシア。

フランス王、王が身を起こしたのはどこかといえば、それは大西洋である。兵乱の予兆とされる金星の精髄を集め、眼は碧い光を湛《たた》えている。天は王に兵法を授け、堅固な腸《はらわた》を鋳造して与えた。王はヨーロッパを侵食して東方に国境を広げ、世界の中心である崑崙山を領土の中央にしようと誓った。国内の浮浪者たちを集めて軍隊を編成すると、兵士たちには妻子が無いので、勇猛果敢な武威を発揮した。彼らが手にした武器は、棒を縮めると銃になり、伸ばすと鎗になり、銃が退くと鎗が進んで、互いに突き合って戦った。王の軍隊が向かうところ遮るものはなく、激戦の血が夥《おびただ》しく流されたが、ただロシアだけが対抗した。

(2)

潜遣諜賊懐剣鋩
王覚故与之翺翔
能刺刺我不能亡

潜《ひそ》かに諜賊《ちょうぞく》を遣《つか》はして剣鋩《けんぼう》を懐《ふところ》にせしむ
王覚《おうさと》りて故《ことさ》らに之《これ》と翺翔《こうしょう》す
能《よ》く刺《さ》さば我《われ》を刺《さ》せ　亡《ほろ》ぼすこと能《あた》はず

汝主何不旗鼓当
遣客即発陣堂堂
絨旗蔽天日無芒
五戦及国我武揚
鄂羅如魚泣釜湯
何料大雪平地一丈強
王馬八千凍且僵
運路梗塞不可望
馬肉方寸日充糧
王曰天不右仏郎
我活吾衆降何妨
単騎降敵敵不敢戕
放之阿墨君臣慶

汝《なんじ》が主《あるじ》　何《なん》ぞ旗鼓《きこ》もて当《あた》らざる
客《きゃく》を遣《や》りて即《すなわ》ち発《はっ》す　陣堂堂《じんどうどう》たり
絨旗《じゅうき》　天《てん》を蔽《おお》ひて日《ひ》に芒無《ぼうな》し
五戦《ごせん》　国《くに》に及《およ》び　我《わ》が武揚《ぶあ》がり
鄂羅《がくら》は魚《うお》の釜湯《ふとう》に泣《な》くが如《ごと》し
何《なん》ぞ料《はか》らんや　大雪《おおゆき》　平地《へいち》に一丈強《いちじょうきょう》ならんとは
王《おう》の馬八千《うまはっせん》　凍《こご》え且《か》つ僵《たお》る
運路《うんろ》梗塞《こうそく》して望《のぞ》む可《べ》からず
馬《ば》肉方寸《にくほうすん》　日《ひび》に糧《かて》に充《あ》つ
王曰《おういわ》く「天《てん》は仏郎《ふつろう》を右《たす》けず
我《われ》　吾《わ》が衆《しゅう》を活《い》かさば　降《くだ》るも何《なん》ぞ妨《さまた》げん」と
単騎《たんき》　敵《てき》に降《くだ》れば　敵敢《てきあ》へて戕《そこな》はず
之《これ》を阿《あ》墨《ぼく》に放《はな》ちて君臣慶《くんしんけい》す

○**諜賊**　（ロシアの）スパイ。ここは刺客。○**剣鋩**　剣の切っ先。○**故**　わざと。ロシアの放った刺客と立ち回りを演ずることで、ロシア出兵の口実にしようとしたフランス王の意図を、「故」という語で表現しようとしたのであろう。○**翺翔**　（鳥が）かけり飛ぶ。飛び回る。○**能刺刺我**　『史記』淮陰侯伝に、屠中《とちゅう》の少年が韓信を侮って「能《よ》く死せば我を刺せ、死すること能《あた》はざれば我が袴下《こか》より出でよ」と言ったとあるのに拠る。○**旗鼓**　ともに軍隊の戦を指揮するもの。○**遣客**　ここはスパイを放免するの意。○**絨旗**　「絨」は毛織物、ここは「戎旗《じゅうき》」の意で軍旗。○**芒**　光芒。すなわち太陽の輝き。○**五戦及国**　五回戦って国都に攻め入る。『左氏伝』定公四年に「五戦して郢《えい》に及ぶ」。郢は楚の国都。ここは一八一二年九月のナポレオンのモスクワ占領を指す。○**我武揚**　『書経』泰誓《たいせい》に「我が武惟《こ》れ揚がり、于《う》の疆《さかい》を侵す」。○**如魚泣釜湯**　魚が釜で煮られて泣いているようだ。逃れられない死が迫っている状況の比喩。『後漢書』張綱伝に「遂に復《ま》た相聚《あいあつま》りて生を偸《ぬす》めり。魚の釜中《ふちゅう》に遊びて須臾《しゅゆ》の間に喘息《ぜんそく》するが若《ごと》きのみ」。○**大雪**　一八一二年十月、初雪後の厳寒を恐れてナポレオンはモスクワから退却した。○**一丈強**　三メートル以上。○**王馬八千**　実数ではなく、『史記』項羽本紀に、項羽が率いた兵士の数を「八千人」とするのに拠るか。○**運路梗塞**　輸送路がふさがる。○**方寸**　一寸四角。すなわち、ごく僅かの量。○**単騎降敵**　モスクワ遠征に失敗したナポレオンは一八一四年四月皇帝を退位してエルバ島に流されたものの、翌一八一五年二月に島を脱出してパリに帰って復位した。しかし、同年六月のワーテルローの戦いに敗れて降伏し、大西洋のセントヘレナ島に流された。ここは、ワーテルローの戦い後の二回目の降伏を指しているものと思われ、歴史的な事実の混同がみられる。○戕　殺傷する。○阿墨　アメリカ。ナポレオンが追放されたのは、正しくはセントヘレナ島であってアメリカではないが、ワーテルローの戦い後、ナポレオンをアメリカに追放するという案が一時あったことによる表現か。

ロシアはひそかに懐に剣を忍ばせた刺客を遣わした。フランス王はそれを覚ってわざと刺客と立ち回りを演じ、「刺せるものなら私を刺せ。私を刺してもフランスを亡ぼすことはできないぞ。お前の主は、どうして戦いで決着しようとしないのか」と言い放った。王は刺客を放免し、ただちに堂々たる陣容で出発した。軍旗は天を覆い、日の光も翳《かげ》るほどであった。五たび戦って、ロシアの首都に迫り、フランス軍の意気は揚がり、ロシアは釜で煮られて泣いている魚のように絶体絶命の窮地に陥った。ところが、あに図《はか》らんや、冬にはいるとロシアでは平地に深さ一丈余りも大雪が積もり、王の八千頭の軍馬は凍え死んでしまった。輸送路もふさがって絶望的な状態になり、僅かな馬肉が日々の食料に充てられた。王は言った、「天はフランスを助けてくれない。私は多くの兵士を生かすためには、降服もいとわない」。かくして王がただ一人で敵に降服すると、敵も敢えて王を殺害することはせず、アメリカに追放して、ロシアは君臣ともに慶びあった。

（3）

戊寅歳吾遊碕陽
遭逢蛮医聞其詳
自言在陣療金創
食馬免死今不忘
君不見何国蔑有貪如狼
勇夫重閉貴預防
又不見禍福如縄何可常
窮兵黷武毎自殃

戊寅《ぼいん》の歳《とし》　吾《われ》　碕陽《きよう》に遊《あそ》び
蛮医《ばんい》に遭逢《そうほう》して其《そ》の詳《くわ》しきを聞《き》く
自《みずか》ら言《い》ふ　陣《じん》に在《あ》りて金創《きんそう》を療《りょう》し
馬《うま》を食《くら》ひて死《し》を免《まぬか》るるは今《いま》に忘《わす》れずと
君見《きみみ》ずや　何《なん》の国《くに》か　貪《むさぼ》ること狼《おおかみ》の如《ごと》きもの有《あ》る
蔑《な》からん
勇夫《ゆうふ》は重閉《じゅうへい》して預防《よぼう》を貴《とうと》ぶ
又《ま》た見《み》ずや　禍福《かふく》は縄《なわ》の如《ごと》し　何《なん》ぞ常《つね》とす可《べ》けん
兵《へい》を窮《きわ》め武《ぶ》を黷《けが》すは毎《つね》に自《みずか》ら殃《わざわい》す

方今五洲休奪攘
何知殺運被西荒
作詩記異伝故郷
猶覚殺気迸奚囊

方今《ほうこん》　五洲《ごしゅう》　奪攘《だつじょう》を休《や》む
何《なん》ぞ知《し》らん　殺運《さつうん》　西荒《せいこう》を被《おお》ひしを
詩《し》を作《つく》り異《い》を記《しる》して故郷《こきょう》に伝《つた》ふれば
猶《な》ほ覚《おぼ》ゆ　殺気《さっき》の奚囊《けいのう》より迸《ほとばし》るを

○**戊寅**　文政元年の干支。○**碕陽**　長崎。○**蛮医**　オランダ人医師。オランダ商館詰めの外科医ハーゲンとされる。○**金創**　金属の武器による外傷。○**貪如狼**　『史記』項羽本紀に「猛《たけ》きこと虎の如く、很《もと》ること羊の如く、貪《むさぼ》ること狼の如く、彊《つよ》くして使ふ可《べ》からざる者は皆な之を斬らん」。○**勇夫重閉**　勇士は家の出入り口をしっかり固めて敵の侵入を許さない。『左氏伝』成公八年に「勇夫は重閉す、況《いわん》や国をや」。○**禍福如縄**　不幸と幸福は縄を縒《よ》り合わせるように交代して起こる。『漢書』賈誼《かぎ》伝に「禍の福とともにせるは、何ぞ糾《な》へる纆《なわ》と異ならん」。○**窮兵黷武**　武力を濫用して恣意的に戦争をしかける。三国時代魏の文帝の「詔王朗等三公」に、「兵を窮め武を黷すは、古《いにしえ》より戒《いまし》めと成すこと有り」。○**五洲**　アジア・アフリカ・ヨーロッパ・北アメリカ・南アメリカ。○**奪攘**　奪い盗む。○**殺運**　戦乱の機運。○**西荒**　西方の果てにある荒涼とした土地。○**奚囊**　詩を入れる袋。従者に袋を持たせて道々出来た詩を入れた、唐の詩人李賀の故事に拠る。

戊寅《つちのえとら》すなわち文政元年に私は長崎に旅し、オランダ人医師に出会ってフランス王について の詳細を聞いた。医師自らも王の軍営にあって戦傷の治療に当たったが、馬を食べて死を免れたことは今も忘れないということだった。諸君は見たことがあるだろう、どこの国も狼のように貪欲だということを。だから、勇士は戸締まりを厳重にし、災厄の予防を貴ぶのだ。また諸君は目にしたことがあるだろう、禍《わざわ》いと幸せとは縒《よ》り合わせた縄のようなもので、いつも定まってはいないということを。したがって、武力を乱用して戦争を仕掛ける者は、常に自ら災いを招くのだ。今のところ、世界の五大洲では侵略行為が止んでいるが、戦乱の気運が世界の西の果てを覆っていたとは知らなかった。私は詩を作り、こうした異聞を故郷に伝えることにしたが、出来上がった詩を、従者に持たせた袋に仕舞い込んでも、まだ殺気が袋の口から迸り出ているような気がするのである。

◇この詩が作られた文政元年(一八一八)にはナポレオン・ボナパルト(ナポレオン一世)はまだ生きていた。ワーテルローの戦いに敗れてセントヘレナ島に流されたナポレオンは、この詩が作られてから三年後の一八二一年にセントヘレナ島で五十二歳の生涯を閉じるのである。山陽はそうした同時代的なニュースを素材にしてこの詩を作ったのであるが、語注にも指摘したように、誤伝と思われる部分も少なからずある。またナポレオンの行動を描くのに、『左氏伝』や『史記』や『漢書』などの表現が典拠として多用されているように、古代中国の英雄たちと重ね合わされて描かれていることに注目すべきであろう。山陽のこの詩を嚆矢《こうし》として、これ以後幕末・維新期にかけて、儒者や蘭学者たちによってナポレオンの事跡を詠み込んだ詩が数多く作られ、また幾つものナポレオンの伝記が紹介・出版されることになる。

この詩についても『山陽詩鈔』には、以下のような諸家の頭評が刻されている。頼杏坪は「海外の要事は位に在らば須《すべから》く知るべし。紀することと無かる可からず」。柴野碧海は「奇事奇筆なり」。大窪詩仏は「気機流暢《りゅうちょう》にして押韻の痕迹《こんせき》無し」。茶山は結末部に関して「結び得て腐《ふ》ならず」と評している。

32 長崎謡十解

(其一)

火海松魚始上街
火雲稍作乱峰堆
連朝坤位風方熟
等待洋船入港来

長崎《ながさき》の謡十解《うたじっかい》

(その一)

火海《かかい》の松魚《しょうぎょ》 始《はじ》めて街《まち》に上《あが》り
火雲《かうん》 稍《や》や乱峰《らんぽう》の堆《うずたか》きを作《な》す
連朝《れんちょう》 坤位《こんい》 風方《かぜまさ》に熟《じゅく》す
等待《とうたい》す 洋船《ようせん》の港《みなと》に入《い》り来《きた》るを

文政元年(一八一八)三十九歳の作。『山陽詩鈔』巻三。七言絶句。韻字、街(上平声九佳)と堆・来(上平声十灰)の通押。

○解 楽曲・詩歌・文章などの章節。ここは、首に同じ。○火海 不知火《しらぬい》の海(八代《やつしろ》海)。○松魚 鰹《かつお》。○火雲 夏の雲。入道雲。○坤位 西南の方位。○熟 風の方向が定まる。○等待 「待つ」に同じ。

不知火海《しらぬいかい》で水揚げされた鰹が長崎の町に出回り始めると、ようやく夏の雲がごつごつした不揃いな雲の峰を聳《そび》えさせるようになる。そして、毎朝決まって南西の風が吹くようになると、洋船が港へ入って来るのを待つのである。

◇オランダの貿易船の長崎入港は年に二艘《そう》、時期は六・七月頃というのが決まりになっていた。この年の入港も七月六日のことだった。『山陽詩鈔』には「長崎謡十解」全体に対するものとして、菊池五山の「首首清新、人をして身その境に渉《わた》りて、親しくその事を観るが如くならしむ。何等の健筆ぞ」という頭評が刻されている。

33 (其八)

盈盈積水隔音塵
穿眼来帆阿那辺
自慰吾儂勝織女
一年両度迓郎船

(その八)

盈盈《えいえい》たる積水《せきすい》　音塵《おんじん》を隔《へだ》つ
眼《まなこ》を穿《うが》つ来帆《らいはん》は阿那《いずれ》の辺《あた》りぞ
自《みずか》ら慰《なぐさ》む　吾儂《われ》は織女《しょくじょ》に勝《まさ》る
一年《いちねん》に両度《りょうど》　郎《ろう》の船《ふね》を迓《むか》ふと

七言絶句。韻字、塵・辺・船(下平声一先)。

○**盈盈**　水が満ちるさま。○**積水**　海。○**音塵**　音信。便り。○**穿眼**　目に穴があくほどじっと探し見る。○**阿那辺**　李白の「相逢行」詩に「君が家は阿那の辺りぞ」。○**吾**

儂　我。わたし。○織女　織女星。伝説に、一年に一度、七月七日の夜(七夕)天の川で牽牛《けんぎゅう》星と逢う。○郎船　恋人(夫)の乗る船。ここは、長崎の遊女の馴染みの男が乗っている、清からの貿易船。年に二回の来航が許されていた。

漫々と水を湛えた大海原が私たちの間の音信《おとずれ》を隔てている。目に穴があくほどその影を探し求めているが、あの人の乗った船は今どの辺りにいるのだろうか。それでも私は織女星よりはまし。織女星は一年に一度七夕に牽牛星に逢えるだけだが、私は一年に二度はあの人の乗った船をこの長崎の港に迎えるのだから。

◇『山陽詩鈔』のこの詩には、茶山の「是れ竹枝《ちくし》の真趣なり」という頭評が刻されている。

34

戯代校書袖笑憶江辛夷
余聞江名久矣江今夏当来
阻風不至水媚川為呼江所
狎校書侍酒託致殷勤酒間
戯代叙其憶乃叙吾憶也

戯《たわむ》れに校書袖笑《こうしょそでさき》に代《かわ》りて江辛夷《こうしんい》を憶《おも》ふ

余《よ》、江《こう》の名《な》を聞《き》くこと久《ひさ》し。江《こう》、今夏《こんか》当《まさ》に来《きた》るべくして風《かぜ》に阻《はば》まれて至《いた》らず。水媚川《すいびせん》、為《ため》に江《こう》が狎《な》るる所《ところ》の校書《こうしょ》を呼《よ》びて酒《さけ》に侍《はべ》らしめ、託《たく》して殷勤《いんぎん》を致《いた》さしむ。酒間《しゅかん》戯《たわむ》れに代《かわ》りて其《そ》の憶《おも》ひを叙《じょ》す。乃《すなわ》ち吾《わ》が憶《おも》ひを叙《じょ》するなり。

挙袖嫣然掩袖啼
玉釵敲断酒醒時
相思何与封姨事
阻卻郎船故故遅

袖《そで》を挙《あ》げて嫣然《えんぜん》　袖《そで》を掩《おお》ひて啼《な》く
玉釵《ぎょくさい》　敲断《こうだん》す　酒醒《さけさ》むる時《とき》
相思《そうし》は何《なん》ぞ封姨《ほうい》の事《こと》に与《あずか》らん
郎《ろう》の船《ふね》を阻却《そきゃく》して故故《ここ》に遅《おそ》し

文政元年(一八一八)三十九歳の作。『山陽詩鈔』巻三。七言絶句。韻字、啼(上平声八斉)と時・遅(上平声四支)の通押。

○**校書**　芸妓のこと。唐の詩人元稹《げんしん》が芸妓であった薛濤《せつとう》を召して校書(書物の校定)をさせた故事に拠る。○**袖笑**　長崎の遊廓丸山の引田屋抱えの遊女。袖咲とも。この年、二十二歳という。○**江辛夷**　号を芸閣《うんかく》。清の貿易船の船主で蘇州の人。山陽と同年齢。しばしば長崎に来航し、袖笑と馴染んだ。詩・書・画をよくし、来航清人の中では文人として知られ、長崎に遊んだ日本の文人たちは進んで交遊を求めた。山陽も長崎で芸閣の来航を待ち望んだが、結局この年には来航しなかった。山陽は長崎を発つ直前、芸閣に会えなかった憾《うら》みを袖笑の思いに託して詠んだのである。○**水媚川**　水野勝太郎。媚川は号。長崎の唐人屋敷組頭を勤めた。○**殷勤**　手厚くもてなすこと。○**挙袖**　袖をひるがえす。○嫣然　あでやかに笑うさま。○玉釵　玉で造ったかんざし。○敲断　敲《たた》いて折る。○封姨　風の神。○阻却　阻んで後退させる。○故故　しばしば。

袖をひるがえして艶やかに笑ったかと思うと、袖を顔に当てて泣く。酒が醒めてみると、いつの間にか髪に挿していた玉のかんざしは敲き折られている。相思の情愛というのは風の神さまの与《あずか》り知らない事柄なのに、風の神さまはあの人が乗っている船を阻み後退させ、しばしば入港を遅らせてしまう。

◇『山陽詩鈔』の茶山評に、「子成も亦《ま》た善《よ》く児女の態を言ふ。頗《すこぶ》る王敦《おうとん》・桓温《かんおん》に似たり」。王敦と桓温はともに晋の将軍で、権力の簒奪《さんだつ》を謀《はか》った人物。伊藤靄谿《あいけい》『山陽詩鈔新釈』は、この茶山の評を「茶山、戯れに山陽を目して我にそむく者となすか」と解釈する。つまり、この種の軟弱な詩を好まない茶山が、師の自分に背いてこのような詩を作るようになったのかと、冗談交じりに山陽を批判したというのである。

35　泊天草洋

天草洋《あまくさなだ》に泊《はく》す

雲耶山耶呉耶越
雲《くも》か山《やま》か呉《ご》か越《えつ》か

水天髣髴青一髪
万里泊舟天草洋
烟横篷窓日漸没
瞥見大魚波間跳
太白当船明似月

水天髣髴《すいてんほうふつ》　青一髪《せいいっぱつ》
万里《ばんり》　舟《ふね》を泊《はく》す　天草洋《あまくさなだ》
烟《もや》は篷窓《ほうそう》に横《よこ》たはり　日《ひ》漸《ようや》く没《ぼっ》す
瞥見《べっけん》す　大魚《たいぎょ》の波間《はかん》に跳《おど》るを
太白《たいはく》　船《ふね》に当《あた》りて　明《あきら》かなること月《つき》に似《に》たり

文政元年(一八一八)三十九歳の作。『山陽詩鈔』巻四。七言古詩。韻字、越・髪・没・月(入声六月)。

○**天草洋**　現在の長崎県の島原半島南部から熊本県の天草下島西方の海域をいう。山陽は八月二十三日に長崎を発ち、船で千々石湾《ちぢわ》を横断し、天草灘を経て小島という港で下船し、二十五日に熊本に着いた。その間に詠まれた作とされるが、その行程では天草灘に夜泊することはありえず、野口武彦『頼山陽 歴史の帰還者』は「完全なフィクション、山陽の詩的虚構」とする。また、九月一日に熊本から鹿児島に向かう途中の天草での作という説(木崎好尚『頼山陽全伝』)もある。○**雲耶山耶**　蘇軾の「王定国《おうていこく》の蔵する所の煙江畳嶂図《えんこうじょうしょうず》に書す」詩に、「山か雲か遠くして知ること莫《な》し」。○**呉耶越**　中国本土の呉の地方か、越の地方か。呉・越は今の江蘇《こうそ》・浙江《せっこう》省一帯の地域。○**髣髴**　かすかに見えるさま。○**青一髪**　青い一本の髪の毛。詩25の語注参照。なお、木崎好尚『頼山陽全伝』は、山陽が長崎で愛吟した吉村迂斎《うさい》の「大村湾」詩の「一髪の青は分かつ呉越の山」という一句の影響があると指摘する。○**万里泊舟**　杜甫の「絶句」詩に、「門には泊す東呉万里の船」。○**篷窓**　苫《とま》をかけた船の窓。宋の方岳《ほうがく》の「清明の日、舟呉門に次《やど》る」詩に、「篷窓恰《あたか》も受く夕陽の明」。○**瞥見**　ちらっと見える。○**太白**　宵の明星と呼ばれ、夕空に明るく輝く金星のこと。韓愈の「東方半明」詩に、「東方半明にして大星没す。独り太白のみ有りて残月に配す」。

雲であろうか、山であろうか、それとも中国の呉の地であろうか、越の地であろうか。海と空とが接するあたり、あのぼんやりと一本の青い髪の毛のように見えているものは。はるか万里の旅の果て、いま私は天草灘に船泊りをしている。篷船《とまぶね》の窓のあたりには夕もやが漂い、日はしだいに翳《かげ》ってゆく。と、ちらりと波間《なみま》に大きな魚の跳《は》ねるのが見えた。折しも船に向かいあうように宵の明星が現れ、月のように明るく輝き始めた。

◇山陽詩の中でもっとも人口に膾炙《かいしゃ》した作の一つであり、同時代の詩人たちの評価も高かった。山陽が神辺の廉塾を出た後、山陽の跡を継いで廉塾の都講になった北条霞亭《かてい》は、

『山陽詩鈔』の頭評に「此詩を以て西遊第一と為す」と記し、菊池五山はこの霞亭の評を受けて「子譲(霞亭の字)眼高し。余も亦た嘗《かっ》て取りて詩話中に置く。実に絶唱たり」と誉め称えている。ここにいう「詩話」とは五山が編集出版していた『五山堂詩話』のことで、山陽のこの詩は『五山堂詩話補遺』巻三(文政九年刊)の巻頭に、次の詩36とともに紹介され、「二詩これを読めば人をして曠世《こうせい》の想(世に類がないという想い)有らしむ」と評されている。また大窪詩仏は『山陽詩鈔』の頭評に「末の一句は蓋《けだ》し之を意匠の外に得しならん」と記している。

36 阿嵎嶺

危礁乱立大濤間
決眥西南不見山
鶻影低迷帆影没
天連水処是台湾

阿嵎嶺《あくね》

危礁乱立《きしょうらんりつ》す　大濤《だいとう》の間《かん》
眥《まなじり》を決《けっ》すれど西南《せいなん》に山《やま》を見《み》ず
鶻影《こつえい》は低迷《ていめい》し　帆影《はんえい》は没《ぼっ》す
天《てん》の水《みず》に連《つら》なる処《ところ》　是《こ》れ台湾《たいわん》

文政元年(一八一八)三十九歳の作。『山陽詩鈔』巻四。七言絶句。韻字、間・山・湾(上平声十五冊)。
○**阿嵎嶺**　現在の鹿児島県阿久根市辺り。熊本方面から出水《いずみ》を経て鹿児島方面に向かうと、阿久根辺りは右手に東シナ海が一望できる峠道になっている。「嶺」の字を宛てたのはそのためであろう。○**危礁**　切り立った岩礁。○**決眥**　眼を見張り、遠くを見る。○**鶻影**　ハヤブサの姿。蘇軾の「澄邁《ちょうまい》駅の通潮閣」詩に、「杳杳《ようよう》として天低《た》る鶻《こつ》の没する処、青山一髪是《こ》れ中原」。○**低迷**　低く迷い飛ぶ。○**台湾**　明の遺臣として清に抵抗し、明朝復興運動を行った日中混血の武将鄭成功《ていせいこう》(国姓爺《こくせんや》)の根拠地としての台湾という意識が、山陽の脳裏にはあったかもしれない。

大波が打ち寄せる海岸に、切り立った岩礁が乱立している。眼を見張って遠くを見ても、西南の方向に山は見えず、大海原が広がるのみ。海面近くをハヤブサは迷い飛び、船の帆影はそのうち見えなくなった。空が海に接する彼方の水平線あたりが台湾であろうか。

◇阿久根の河南源兵衛のもとに滞在中、山陽は源兵衛の求めに応じて道中の詩を書し、その巻の後に一文を題した。その文中に次のように記している。「書し畢《おわ》りて戸外に出で落日の海に入るを観《み》る。光彩万丈、西南に鶻《こつ》飛びて影の尽くる処を指して傍人に問ふ。

「彼は何の処か」と。曰く「台湾なり」と。鄭成功の儒服を焚きし事を憶い起こし、慨然として之《これ》を久しうす」(『山陽先生題跋』「自書巻の後に題す」)。

『山陽詩鈔』の菊池五山の頭評に、「胸宇豁大《きょううかつだい》、故《ゆえ》に能《よ》く此《この》語を作《な》す」。

37 途上

寒螿喞喞雑鳴蛙
村駅秋風馬影斜
節過重陽菊未発
卻看瓜架著黄花

途《と》上《じょう》

寒螿《かんしょう》喞喞《しょくしょく》　鳴蛙《めいあ》に雑《まじ》る
村駅《そんえき》の秋風《しゅうふう》　馬影《ばえい》斜《なな》めなり
節《せつ》は重陽《ちょうよう》を過《す》ぐるも菊《きく》は未《いま》だ発《ひら》かず
却《かえ》つて看《み》る　瓜架《かか》に黄花《こうか》を著《つ》くるを

文政元年(一八一八)三十九歳の作。『山陽詩鈔』巻四。七言絶句。韻字、蛙・斜・花(下平声六麻)。
○**寒螿**　蜩の一種、ヒグラシ。晩夏から初秋の頃、夕暮れ時にカナカナと鳴く。○**喞喞**　虫のしきりに鳴く声。○**重陽**　九月九日。菊の花が開く時期なので菊の節句ともいわれる。重陽と菊は縁語。○**瓜架**　瓜の蔓をはわせる棚。

夕暮れ時、ヒグラシのカナカナという鳴き声がしきりにし、蛙の鳴き声と混じって聞こえてくる。田舎の宿場には秋風が吹き、夕日に照らされて馬の影が斜めにのびている。重陽の節句も過ぎたのに、この地ではまだ菊の花も咲いておらず、却って夏を思わせる黄色い瓜の花が瓜棚に咲いているのを見つけた。

38 所見

薩南村女可憐生
竹策芒鞋趁暁晴
果下載薪皆牝馬
一人能領数駄行

所《しょ》見《けん》

薩南《さつなん》の村女《そんじょ》　可憐生《かれんせい》
竹策芒鞋《ちくさくぼうあい》　暁晴《ぎょうせい》を趁《お》ふ
果下《かか》の薪《たきぎ》を載するは皆《み》な牝馬《ひんば》
一人《ひとりよ》能く数駄《すうだ》を領《りょう》して行《ゆ》く

文政元年(一八一八)三十九歳の作。『山陽詩鈔』巻四。七言絶句。韻字、生・晴・行(下平声八庚)。

○**薩南**　薩摩国の南部。○**可憐生**　「生」は接尾語。愛すべきである。○**竹策**　竹の鞭。○**芒鞋**　草鞋《わらじ》。○**趁**　追う。○**果下**　背丈の低い馬。果下馬。果樹の下を行けるような三尺程度の高さの小形の馬。○領　率いる。宰領する。○数駄「駄」は荷物を積んだ馬。

薩摩南部の村里の女たちは可憐なものだ。明け方から晴れると、手には竹の鞭《むち》、足には草鞋を履《は》いて、家を出る。薪を載せて運ぶ背丈の低い馬はみな気性のおとなしい牝馬《めすうま》だ。女たちはたった一人で何頭もの駄馬を率《ひき》いて仕事に出る。

◇『山陽詩鈔』に刻された頭注に、茶山は「子成能く風土を言ふ。人をして宛《あたか》も其の境を見せしむ。従前の詩家は必ずしも意を用ひざる所なり」といい、篠崎小竹は「余嘗《かつ》て渋子《しぶし》を経たり。郷兵も亦《ま》た往往にして蹲鴟《そんし》を駄す。此の結句の云ふ所の如し」という。「渋子」は、大隅国志布志(現、鹿児島県志布志市)の宛字。「蹲鴟」は薩摩芋。

39 麑洲逆旅歌

蛟蜃気蒸万家煙
対岸岳影圧城闉
京貨蛮琛列肆鬻

麑洲《げいしゅう》逆旅《げきりょ》の歌《うた》

蛟蜃《こうしん》の気《き》は蒸《む》す　万家《ばんか》の煙《けむり》
対岸《たいがん》の岳影《がくえい》　城闉《じょういん》を圧《あっ》す
京貨《きょうか》　蛮琛《ばんちん》　肆《みせ》を列《なら》べて鬻《ひさ》ぐ

賈舶中雑琉球船」
吾来津楼卸行李
九月葛衣暑未已
豚肉竹筍旅飯腥
寄身側肩累跡裡
挙止便儇認摂商
語言嬌軟知京妓
踧踖自憐一書生
食時争席出争履」
万里誰迫為此行
逆境未可説不平
閑啓行筐抽書読
堆薪撐檐尺五明

賈《こ》舶《はく》　中《なか》に雑《まじ》ふ　琉球《りゅうきゅう》の船《ふね》
吾《われ》　津楼《しんろう》に来《きた》りて行李《こうり》を卸《おろ》せば
九月《くがつ》　葛衣《かつい》　暑《あつ》さ未《いま》だ已《や》まず
豚肉《とんにく》　竹筍《ちくじゅん》　旅飯《りょはん》腥《なまぐさ》く
身《み》を寄《よ》す　側肩累跡《そくけんるいせき》の裡《うち》
挙止《きょし》の便儇《べんけん》　摂商《せっしょう》なるを認《みと》め
語言《ごげん》の嬌軟《きょうなん》　京妓《きょうぎ》なるを知《し》る
踧踖《しゅくせき》　自《みずか》ら憐《あわれ》む　一書生《いちしょせい》
食《くら》ふ時《とき》に席《せき》を争《あらそ》ひ　出《い》づるに履《はきもの》を争《あらそ》ふ
万里《ばんり》　誰《だれ》か迫《せま》りて此《こ》の行《こう》を為《な》す
逆境《ぎゃっきょう》　未《いま》だ不平《ふへい》を説《と》く可《べ》からず
閑《かん》に行筐《こうきょう》を啓《ひら》きて書《しょ》を抽《ぬ》きて読《よ》むに
堆薪《たいしん》　檐《のき》を撐《ささ》へて　尺五《しゃくご》明《あき》らかなり

文政元年(一八一八)三十九歳の作。『山陽詩鈔』巻四。七言古詩。韻字、煙・闉・船(下平声一先)」李・已・裡・妓・履(上声四紙)」行・平・明(下平声八庚)。
○麑洲　鹿児島。山陽の鹿児島到着は九月十日過ぎ頃。**○逆旅**　宿屋。鹿児島では藤田太郎右衛門という宿屋に宿泊したという(『頼山陽全伝』)。**○蛟蜃**　蛟《みずち》(龍の一種)と大《おお》蛤《はまぐり》。蜃気楼《しんきろう》は蜃の吐いた気によって現れるとされた。**○万家煙**　多くの家々から立ち昇る炊事の煙。鹿児島の城下の繁華を表す。**○対岸岳影**　桜島の山容。**○城闉**　城の門。城下町。**○京貨**　都で作られた上質な商品。**○蛮琛**　異国の珍奇な品物。**○賈舶**　商船。**○津楼**　港に臨んだ高殿。藤田太郎右衛門方をいうのであろう。**○葛衣**　葛《くず》の繊維で織った布で仕立てた、夏用の単衣《ひとえ》の着物。**○豚肉**　日本では鹿児島や長崎など一部を除き、当時一般に豚肉は食べなかった。**○側肩**　肩を側《そば》だてる。人が混み合うさま。**○累跡**　足跡を累《かさ》ねる。次々と人がやってきて混雑するさま。欧陽脩「相州昼錦堂記」に、「道を夾むの人、相与に駢肩累迹す」。**○挙止**　立ち居振る舞い。**○便儇**　敏捷なさま。**○摂商**　摂津国(大坂)の商人。**○嬌軟**　なまめかしく柔らかなさま。蘇軾の「薄命の佳人」詩に、「呉音嬌軟、児痴《じち》を帯ぶ」。**○踧踖**　うやうやしく身を慎むさま。『論語』郷党に「君在《いま》せば踧踖如たり」。**○争席**　老子を尋ねて教えを乞うた陽子居《ようしきょ》は、老子の教えに従ってすっかり謙譲な人間になった。老子と会うまでの陽子居は威厳を見せていたため宿屋でも丁重に扱われたが、老子と会って態度を改めて以後は、粗略に扱われるようになった。そのことを『荘子』寓言に、「舎者(宿屋の泊まり客)これと席を争へり」と記すのに拠る。○**行筐**　旅中の荷物を収めておく箱。行李《こうり》。○**堆薪撐檐**　堆《うずたか》く積んだ薪が軒を支えるほどの高さになっている。○**尺五**　一尺五寸。約四五センチメートル。

蛟《みずち》や大蛤《おおはまぐり》が気を吐き出しているかのように家々からは炊事の煙が立ち昇り、対岸の桜島は城下を圧して堂々たる山容を見せている。都の上等品や異国の珍奇な品物を商う店が軒を並べ、商いにやって来た船の中には琉球の船も混じっている。

私が海岸沿いの宿に旅の荷物を下ろすと、九月なのにまだ暑さは収まらず、みな夏用の葛《くず》の衣を着ている。宿の食事には豚肉や筍が出されて生臭く、私は混み合う人々のなかに身を寄せている。雑多な人々のうち、立ち居振る舞いのはしっこいのは大坂の商人、言葉遣いのなまめかしく柔らかいのは京都の芸妓だとわかる。そんななか、われながら哀れなことに一書生の私は遠慮がちに身を慎んでいるため、皆から軽んじられて、食事時には坐る席を争い、外出時には履きものを奪い合うといったありさまだ。

はるか万里の彼方にやってきたこの旅は、誰かに迫られてしているものではないのだから、逆境にも不平を鳴らす筋合いはない。手持ちぶさたに行李を開け書物を取り出して読もうとすると、軒下には堆《うずたか》く薪が積み上げられ、軒端と薪の間のわずか一尺五寸の隙間からしか明かりは入ってこないのである。

◇南国鹿児島の宿屋での不如意な無聊《ぶりょう》ぶりが描かれた面白い作になっている。その点について、『山陽詩鈔』の頭評において菊池五山は、「逆旅逼仄《げきりょひっそく》の態、説き得て太《はなは》だ真なり」、茶山は「既に説く可《べ》からずと道《い》ひ、卻《かえ》つて説くは、愈《いよいよ》不平を見る。無聊の態、想ふ可し。然《しか》して亦《ま》た苦中に楽有る処を知る」と評している。

40　薩摩詞八首
（其一）

郷兵団結百余区
帯箭人交荷鍤夫
茅舎槿籬差整粛
家家多種淡婆姑

薩摩詞《さつまし》八首《はっしゅ》
（その一）

郷兵団結《ごうへいだんけつ》す　百余区《ひゃくよく》
箭《や》を帯《お》ぶる人《ひと》は交《まじ》はる　鍤《すき》を荷《にな》ふ夫《ふ》
茅舎《ぼうしゃ》　槿籬《きんり》　差《や》や整粛《せいしゅく》
家家《いえいえ》　多《おお》く淡婆姑《たばこ》を種《う》う

文政元年(一八一八)三十九歳の作。『山陽詩鈔』巻四。七言絶句。韻字、区・夫・姑(上平声七虞)。
○**郷兵**　郷士。薩摩藩は他藩とは異なる特殊な外城《とじょう》制という藩体制をとっていた。藩庁の置かれた鹿児島のほか、藩内に百余ヶ所の外城(郷)を構え、そこに藩全体で二万余名にのぼる外城士(郷士)が配置され、領内の行政や治安を担当した。○**帯箭人**　武士。ここは郷兵。○**荷鍤夫**　農夫。「鍤」は鋤。○**茅舎**　茅葺《かやぶ》きの小屋。粗末な家。○**槿籬**　木槿《むくげ》の生け垣。○**差**　いくらかの違いはあるものの。○**淡婆姑**　煙草《たばこ》。薩摩は煙草の産地として名高く、国府《こくぶ》煙草は上質の煙草として知られていた。

領内百余区に外城が設けられ、郷士たちが団結してその地を治めている。そこでは、矢を帯びた郷士たちが鋤《すき》を担いだ農夫たちに混じって暮らしている。茅葺きの小家には木槿の生け垣がめぐらされ、少しずつの違いはあるものの整然としたたたずまいで、家々は多く名産の煙草を栽培している。

◇『山陽詩鈔』には「薩摩詞八首」全体の評として、篠崎小竹の「長崎謡は首首皆《み》な婉《えん》、薩摩詞は首首皆な壮。其の風俗自《おの》づから爾《しか》り」、また菊池五山の「外国竹枝詞《がいこくちくし》を読むに似たり」という言葉が刻されている。なお、『外国竹枝詞』というのは清の尤侗《ゆうどう》作の竹枝詞集で、天明五年(一七八五)刊の和刻本がある。

41

(其二)

路遇朝鮮俘獲孫
窯陶為活別成村
可憐埴得扶桑土
造出当年高麗盆

(その二)

路《みち》に遇《あ》ふ　朝鮮俘獲《ちょうせんふかく》の孫《そん》
窯陶《ようとう》　活《かつ》と為《な》して別《べつ》に村《むら》を成《な》す
憐《あわ》れむ可《べ》し　扶桑《ふそう》の土《つち》を埴《しょく》し得《え》て
造《つく》り出《いだ》す　当年《とうねん》の高麗盆《こうらいぼん》

七言絶句。韻字、孫・村・盆(上平声十三元)。

○**俘獲**　生捕りの捕虜。慶長の役で朝鮮に出兵した島津義弘は、慶長三年(一五九八)に朝鮮の陶工を連れ帰り、薩摩で陶器を作らせた。これが後に薩摩焼と呼ばれるようになった。○**窯陶**　陶器を焼くこと。○**活**　生計。○**埴**　陶土にする。○**高麗盆**　朝鮮半島で作られた陶磁器。高麗茶碗。

路上で、慶長の役で連れてこられた捕虜の子孫たちと出会った。彼らは陶器製造を生《なり》業《わい》とし、別に村を作って暮らしている。彼らは日本の土を陶土としてこね、先祖が日本に連れてこられた当時と同じ高麗茶碗を造っている、何とも同情を禁じ得ないことだ。

42 前兵児謡

衣至骭
袖至腕
腰間秋水鉄可断」
人触斬人
馬触斬馬
十八結交健児社」
北客能来何以酬
弾丸硝薬是膳羞
客猶不属饜
好以宝刀加渠頭　好好貨也

前兵児《ぜんへこ》の謡《うた》
衣《ころも》は骭《かん》に至《あた》り
袖《そで》は腕《わん》に至《いた》る
腰間《ようかん》の秋水《しゅうすい》　鉄《てつ》　断《た》つ可《べ》し
人《ひと》触《ふ》るれば人《ひと》を斬《き》り
馬《うま》触《ふ》るれば馬《うま》を斬《き》る
十八《じゅうはち》　交《まじ》はりを結《むす》ぶ　健児《けんじ》の社《しゃ》
北客《ほくきゃく》能《よ》く来《きた》らば何《なに》を以《もっ》てか酬《むく》ひん
弾丸《だんがん》　硝薬《しょうやく》　是《こ》れ膳羞《ぜんしゅう》
客《きゃく》猶《な》ほ属饜《しょくえん》せずんば
好《こう》するに宝刀《ほうとう》を以《もっ》て渠《かれ》が頭《こうべ》に加《くわ》へん　好《こう》は貨《か》を好《こう》

するなり

文政元年(一八一八)三十九歳の作。『山陽詩鈔』巻四。七言古詩。韻字、骭・腕・断(去声十五翰)」馬・社(上声二十一馬)」酬・羞・頭(下平声十一尤)。

○**前兵児**　薩摩では青少年の男子は兵児と呼ばれ、兵児組を結んで仲間意識を涵養《かんよう》した。「前」とつくのは、昔の兵児の意。○**骭**　向こう脛《ずね》。春秋、衛の甯戚《ねいせき》は、牛の角を叩いて「短布単衣適《まさ》に骭に至る」と歌って斉の桓公に認められ上卿となった(『蒙求《もうぎゅう》』)。○**腕**　臂《ひじ》の下端と手との間の動く部分、すなわち手首を指す。○**秋水**　鋭利な刀剣の比喩。○**十八**　十八歳。兵児組に加入する年齢。○**健児社**　兵児組。○**北客**　北方からの客人。これ以後の四句には次のような俗謡が踏まえられており、直接的には薩摩の北に位置する肥後の加藤家を指す。「肥後の加藤が来るならば、烟硝《えんしゅ》肴《さかな》に団子《だご》会釈《えしゃく》、それでもきかずに来るならば、首に刀の引出物」(『日本伝承童謡集成』一による)。○**膳羞**　もてなしのお膳の御馳走。○**属饜**　満足する。○**好**　自注にあるように、引出物を与える。

着物の丈は脛《すね》まで、袖は手首までという武張《ぶば》った身なり。腰の鋭利な刀は鉄をも断ち切れる。

人に触れれば人を斬り、馬に触れれば馬を斬る。我ら十八歳になれば、一人前の兵児として兵児組に加わる。

北の肥後国から加藤が来たら、何をもってもてなそうか。鉄砲の玉、鉄砲の火薬、これがもてなしの御馳走だ。それでも満足しないというのなら、奴らの頭に我が宝刀を引出物としてお見舞い申そう。

◇『山陽詩鈔』に、茶山は「是《こ》れ豈《あ》に今時の詩ならんや」と評し、篠崎小竹は「一時の戯作なるも、風俗の変態を極む。世道に関すること有りて、唯《た》だに辞の奇古なるのみにあらず」と評する。

43　後兵児謡

蕉衫如雪不愛塵
長袖緩帯学都人
怪来健児語言好
一操南音官長嗔」

後兵児《ごへこ》の謡《うた》
蕉衫《しょうさん》は雪《ゆき》の如《ごと》く　塵《ちり》を愛《あい》さず
長袖《ちょうしゅう》　緩帯《かんたい》　都人《とじん》を学《まな》ぶ
怪《あや》しみ来《きた》る　健児《けんじ》　語言《ごげん》の好《よ》きを
一《ひと》たび南音《なんおん》を操《あやつ》れば官長嗔《かんちょういか》る

蜂黄落
蝶粉褪
倡優巧
鉄剣鈍」
以馬換妾髀生肉
眉斧解剖壮士腹

蜂黄落《ほうこうお》ち
蝶粉褪《ちょうふんあ》す
倡優巧《しょうゆうたく》みに
鉄剣鈍《てっけんにぶ》る
馬《うま》を以《もっ》て妾《しょう》に換《か》へて　髀《ひ》　肉《にく》を生《しょう》ず
眉斧《びふ》解剖《かいぼう》す　壮士《そうし》の腹《はら》

文政元年(一八一八)三十九歳の作。『山陽詩鈔』巻四。七言古詩。韻字、塵・人・嗔(上平声十一真)」褪・鈍(去声十四願)」肉・腹(入声一屋)。

○**後兵児**　前の詩の「前兵児」に対して、後の時代の(すなわち現在の)兵児。○**蕉衫**　芭蕉の葉の繊維で織った、琉球産の上等な帷子《かたびら》。○**怪来**　怪しく思う。「来」は助字。○**健児**　兵児。○**語言好**　言葉遣いがきれい。蘇軾「山郇五絶《さんそんごぜつ》」詩其四に「贏《か》ち得《え》たり児童の語音の好きを」。○**南音**　南方の言葉、すなわち薩摩方言。○**官長**　役人の長。上役。○**蜂黄落 蝶粉褪**　色欲に耽って精力が衰えることの比喩。『鶴林玉露《かくりんぎょくろ》』巻四の蝶粉蜂黄に、「蝶交《つる》めば則ち粉退き、蜂交めば則ち黄退く」。○**倡優**　役者。○**以馬換妾**

楽府題に「愛妾換馬」。○髀生肉　「髀」は股《もも》。蜀の劉備が久しく馬に乗らなかったため、内ももに肉が付いたのを嘆いたという「髀肉の嘆」の故事による。○眉斧　美人の眉。美貌に迷わされると男は身を滅ぼすことになるので、斧に喩えた。枚乗「七発」に「皓《こう》歯蛾眉《しがび》(美人の歯と眉)、命《なづ》けて性《せい》を伐《き》るの斧《おの》と曰ふ」。

今の兵児たちは雪のように白い芭蕉布《ばしょうふ》の着物を身につけて汚れるのを嫌がり、袖の仕立ては長く、帯はゆったりと結ばれて、都人《みやこびと》の着こなしを真似ている。不思議なのは兵児たちの言葉遣いが優美なことで、ひとたび薩摩方言でも使おうものなら上役から叱られてしまう。

雄蜂は雌蜂と交わると体色の黄色が落ち、雄蝶は雌蝶と交わると鱗粉《りんぷん》が褪せると言われているが、兵児たちも色欲に耽って精力を消耗し、役者の物真似ばかりが巧みになって、武士の魂である刀はなまくらになってしまった。

馬を売り払って妾《めかけ》を囲ったために、内腿《うちもも》に肉が付く軟弱な体になってしまい、男を亡ぼす斧ともいうべき美女のために、丈夫《ますらお》の剛胆なるべきはらわたも切り刻まれてしまったという為体《ていたらく》なのだ。

◇前・後二詩の連作で、勇猛無骨な武士として名を馳せた薩摩の兵児の昔と今を対照させた異色作である。『山陽詩鈔』には大窪詩仏の次のような頭評が刻されている。「筆力矯健《きょうけん》、詞気跌宕《てっとう》、前後の二詩は寒暑の候を殊《こと》にするが如く変化自在、古楽府《こがふ》に深き者に非《あら》ざれば到ること能《あた》はず」。

44 岡城訪田能村君彝余邂逅君彝於鞆津已五年矣

芒鞋半破鬢飄蕭
迂路尋君不厭遥
海港方舟成昨夢
林窓剪燭又今宵
園多閑地無租圃
屋倚荒山有禄樵
霜菓雨蔬留我酔

岡城《おかじょう》に田能村君彝《たのむらくんい》を訪《と》ふ。余《よ》、君彝《くんい》と鞆津《とものつ》に邂逅《かいこう》して已《すで》に五年《ごねん》なり

芒鞋半《ぼうあいなか》ば破《やぶ》れて　鬢飄蕭《びんひょうしょう》たり
迂路《うろ》　君《きみ》を尋《たず》ねて遥《はる》かなるを厭《いと》はず
海港《かいこう》　舟《ふね》を方《なら》べしは昨夢《さくむ》と成《な》り
林窓《りんそう》　燭《ともしび》を剪《き》るは又《ま》た今宵《こんしょう》
園《えん》に閑地《かんち》多《おお》し　無租《むそ》の圃《ほ》
屋《おく》は荒山《こうざん》に倚《よ》る　有禄《うろく》の樵《しょう》
霜菓《そうか》　雨蔬《うそ》　我《われ》を留《とど》めて酔《よ》はしめ

行蔵総付濁醪澆

行蔵《こうぞう》総《すべ》て付《ふ》す　濁醪《だくろう》の澆《そそ》ぐに

文政元年(一八一八)三十九歳の作。『山陽詩鈔』巻四。七言律詩。韻字、蕭・遥・宵・樵・澆(下平声二蕭)。

○**岡城**　豊後国直入《なおいり》郡岡にあった岡藩七万石の城下町(現、大分県竹田市)。○**田能村君彝**　号を竹田《ちくでん》。山陽より三歳年長。岡藩の藩儒であったが、文化十年(一八一三)に致仕し、以後は岡と京坂の地を往復し、文人画家として知られた。○**鞆津**　備後国鞆の津(現、広島県福山市鞆町)。瀬戸内海航路の要衝の港。文化十一年十月十五日、山陽は鞆の津で竹田と邂逅した。○**芒鞋**　草鞋《わらじ》。○**飄蕭**　風に吹かれてもの淋しくひるがえる。○**迂路**　回り道。○**剪燭**　灯芯を切る。長時間明かりをともしていると、灯芯が炭化して炎が暗くなるので、炎を掻き立てるため灯芯の炭化した部分を切り落とす。つまり、夜更かしをすることを意味する。李商隠「夜雨《やう》、北に寄す」詩に、「何《いつ》か当《まさ》に共に西窓《せいそう》の燭を剪り、却つて巴山《はざん》夜雨の時を話すべし」。○**無租圃**　(自宅の庭を畑にしているので)年貢のかからない畑。○**荒山**　荒涼とした山。○**有禄樵**　俸禄をもらっている樵《きこり》。竹田は文化十年に三十七歳で藩儒の職を辞したが、隠居料として二人扶持を給されていた。○**霜菓**　霜が降りて甘くなった果実。柿の実などをいうのであろう。○**雨蔬**　雨が降った後の新鮮な蔬菜《そさい》。○行蔵　出処進退。『論語』述而に「之を用ふれば則ち行ひ、之を舎《す》つれば則ち蔵《かく》る」。○濁醪　濁り酒。田舎の酒。

草鞋は半ば破れ、鬢の毛は風に吹かれて淋しげにひるがえっている。僕は長旅に疲れたそんな哀れな姿だが、回り道をものともせず遥々《はるばる》君を訪ねてきた。鞆の港で君と舟を並べて遊んだのは過ぎ去った夢となったが、今宵はまた木立に面した窓辺で灯芯を切って明かりを掻き立て、夜遅くまで語り合っている。君の家の庭にある広い空き地は畑になっていて、年貢を納めるのは免ぜられており、家は荒涼とした山に寄りかかるように建てられているので、君はさながら俸禄を頂戴している樵《きこり》のようなものだ。庭で取れた霜後の甘い果物や雨後の新鮮な野菜を酒の肴に、僕はすっかり酔ってしまったよ。田舎づくりの濁り酒を浴びるように飲み、出処進退などという面倒なことは打ち捨てておくことにしよう。

45　訪広瀬廉卿

広瀬《ひろせ》廉卿《れんけい》を訪《と》ふ

咿唔声処認柴関

咿唔《いご》の声《こえ》する処《ところ》　柴関《さいかん》を認《みと》む

村塾新開松竹間
斗折蛇行臨筑水
竹批馬耳見豊山
羨君白首此間住
愧我青鞋何日閑
且喜一尊共醒酔
細論詩律手頻删

村塾《そんじゅく》新《あら》たに開《ひら》く　松竹《しょうちく》の間《かん》
斗折蛇行《とせつだこう》　筑水《ちくすい》に臨《のぞ》み
竹批馬耳《ちくひばじ》　豊山《ほうざん》を見《み》る
羨《うらや》む　君《きみ》が白首《はくしゅ》　此《こ》の間《かん》に住《す》まんを
愧《は》づ　我《わ》が青鞋《せいあい》　何《いつ》の日《ひ》にか閑《かん》ならん
且《しばら》く喜《よろこ》ぶ　一尊《いっそん》　醒酔《せいすい》を共《とも》にし
細《くわ》しく詩律《しりつ》を論《ろん》じて　手《て》頻《しき》りに删《けず》るを

文政元年(一八一八)三十九歳の作。『山陽詩鈔』巻四。七言律詩。韻字、関・間・山・閑・删(上平声十五删)。

○広瀬廉卿　広瀬淡窓《たんそう》のこと。廉卿は字。山陽より二歳年少でこの年三十七歳。広瀬家は豊後国日田《ひた》の豪商で、一族には文学愛好の気風があり、淡窓も亀井南冥に儒学を学び、一年前の文化十四年に日田郊外に咸宜園《かんぎえん》と名付けた家塾を開いた。山陽は十一月三日に日田に到着し、八日に淡窓を咸宜園に訪ねた。**○咿唔**　児童が読書する声。**○柴関**　柴の門。**○村塾**　咸宜園を指す。**○斗折蛇行**　折れ曲がり、うねっているさま。ここは、川の流れの形容。柳宗元の「小丘の西、小石潭《しょうせきたん》に至る記」に「斗折蛇行、明滅見る可《べ》し」。○**筑水**　筑後川。○**竹批馬耳**　竹を削ったようにそそり立つ馬の耳。ここは、山がそそり立っているさま。杜甫「房兵曹の胡馬」詩に「竹批双耳《そうじ》峻《たか》し」。○**豊山**　豊後の山。英彦山《ひこさん》を指す。○**白首**　白髪頭。ここは、将来年老いて白髪頭になってもの意。○**青鞋**　草鞋《わらじ》に同じ。旅中の履きもの。杜甫「劉郎浦を発す」詩に「白頭漁人に伴ひて宿することを厭《いと》ふ。黄帽青鞋帰り去らん来《いざ》」。○**一尊**　一杯の酒。この語を含む尾聯は、杜甫が李白と別れた後に李白を思って詠んだ「春日李白を憶《おも》ふ」詩の尾聯「何《いず》れの時か一尊の酒、重ねて与《とも》に細《くわ》しく文を論ぜん」を意識する。○**詩律**　詩の韻律。○**刪**　詩句に手を入れる。推敲《すいこう》する。

子供たちの読書の声がする所に柴の門があり、新たに開かれた田舎の塾舎が松や竹に囲まれてあった。折れ曲がりうねりながら流れる筑後川に臨み、馬の耳のようにそそり立つ豊後の山が見える所だ。年老いて白髪頭になってもここに住んでいるであろうあなたが羨ましいが、私はいつになったら旅の生活から解放されて草鞋がいらなくなるのかと思うと、我が身が恥ずかしい。しかし、まあ取りあえずは酒杯を手にして酔いを共にし、詳細に詩の韻律を議論して、あれこれ詩句に手を入れるような間柄になれたのを喜ぶことにしよう。

◇『山陽詩鈔』の頭評に、第五句の中の「間」の字について、後藤松陰は「間の字複《かさ》なれり。中に作らば如何《いかん》」と第二句の「間」との重複を指摘し、第八句の「手頻」について、茶山は「手頻は互相に作らば何如」と評している。

この訪問以前から、山陽と淡窓の間には詩のやりとりはあったが、対面したのはこの時が初めてであった。山陽が日田に滞在した一ヶ月ほどの間、二人は何度か席を同じくし、山陽が日田を発つ前夜の十二月四日夜には、留別のため山陽は再び咸宜園に淡窓を訪ねて一泊した。こう見てくると、両者は意気投合したかのごとくであるが、淡窓は山陽の才気には感服したものの、実は人間性についてはかなり突き放した見方をしていた。淡窓の著作『儒林評』に次のような山陽評が見えている。「頼子成ハ予ガ始メテ詩稿ヲ茶山ニ寄呈セシ時、子成茶山ノ塾ニアリ。同ジク評語ヲ加ヘタリ。之ニ因テ詩ヲ以テ贈答ス。後十余年ニシテ、子成海西ニ遊ビ、日田ニ来リテ、初テ相見ヲ遂ゲタリ。予ニ長ズルコト二歳ナリ。後京師ニ卒ス。年五十三ナリ。予ガ眼中ニ見ル処、此人ヨリ才アルハナシト覚ユ。子成ハ才ヲ恃《たの》ミテ傲慢ナリ。貪《むさぼ》ツテ礼ナシ。故ニ少年ノ時、其国ニ容ラル、コト能ハズシテ出亡セリ。海西ニ遊ビシ時ハ、年四十ニ近カリシモ、至ル処人ニ悪《にく》マレ、其地ヲ逐《お》ハレザルハナシ。京師ニ於テモ、偏《あまね》ク毀《そし》リヲ得タル由ナリ。然レドモ其才ハ実ニ秀逸ナリ」。この淡窓の山陽評は必ずしも的外れなものではなく、山陽自身も文政三年六月に識《しる》した「田君彝(田能村竹田)との合作山水に題す」(『山陽先生題跋』)において、「余が面目憎むべく、筆墨も亦た憎むべし。衆の排擯《はいひん》する所と為る」と記している。

46

入豊前過耶馬溪遂訪
雲華師共再遊焉遇雨
有記又得八絶句

(其一)

峰容面面趁看殊
耶馬溪山天下無
安得彩毫如董巨
生縑一丈作横図

豊前《ぶぜん》に入《い》り耶馬溪《やばけい》を過《す》ぐ。遂《つい》に雲華師《うんげし》を訪《と》ひ、共《とも》に再遊《さいゆう》す。雨《あめ》に遇《あ》ひて記《き》有《あ》り。又《ま》た八絶句《はちぜっく》を得《え》たり

(その一)

峰容面面《ほうようめんめん》　看《かん》を趁《お》ひて殊《こと》なり
耶馬《やば》の溪山《けいざん》　天下《てんか》に無《な》し
安《いず》くんぞ彩毫《さいごう》　董巨《とうきょ》の如《ごと》きを得《え》て
生縑一丈《せいけんいちじょう》に横図《おうず》を作《な》さん

文政元年(一八一八)三十九歳の作。『山陽詩鈔』巻四。七言絶句。韻字、殊・無・図(上平声七虞)。

○**耶馬溪**　現在の大分県中津市にある山国川沿いの景勝地。奇岩の連なる渓谷美を特徴とする。もともとこの渓谷は山国谷と呼ばれていたが、山陽が耶馬溪と命名したという。山陽が耶馬溪を初めて見たのは十二月五日、その後十二月九日から十三日にかけて、雲華の案内で再び耶馬溪を訪れた。この行をもとに山陽は自ら「耶馬溪図巻」を描き、それに自ら「耶馬溪図巻記」を題して、耶馬溪の景勝を「海内第一」と称賛した。○**雲華師**　浄土真宗の学僧で法名を大含《だいがん》。豊前国古城にある正行寺《しょうぎょうじ》の第十四世住職。山陽より七歳の年長で、詩書画にも優れ、しばしば上洛して山陽と交遊した。○**記**　「耶馬溪図巻記」をいう。○**面面**　一面一面。○**彩毫**　絵筆。○**董巨**　北宋初期の董源《とうげん》と巨然《きょねん》。ともに山水画家として名高い。○**生縑**　織ったままで練っていない絹。ここは絵を描くための絹地。絵絹。○**一丈**　十尺。約三メートル。

峰々は見る方向が変わるたびに異なった姿を見せる。耶馬溪の山水は天下無双である。何とかしてあの董源や巨然のような画筆の才を得て、一丈もの絵絹に横長の耶馬溪図を描きたいものだ。

◇田能村竹田は『山陽詩鈔』の頭評に、「第一、第五首最も佳なり」という。

47　(其六)

山屐何辞泥路新
天将変套待遊人
群峰得雨如龍闘
隠躍雲間見爪鱗

(その六)

山屐《さんげき》　何《なん》ぞ辞《じ》せん　泥路《でいろ》の新《あら》たなるを
天《てん》　変套《へんとう》を将《も》つて遊人《ゆうじん》を待《ま》つ
群峰《ぐんぽう》　雨《あめ》を得《え》て龍《りゅう》の闘《たたか》ふが如《ごと》し
隠躍《いんやく》として雲間《うんかん》に爪鱗《そうりん》を見《み》る

七言絶句。韻字、新・人・鱗(上平声十一真)。

○**山屐**　山歩きのための履きもの。『南史』謝霊運《しゃれいうん》伝に「常に木屐《もくげき》を著く。山に上れば則ち其の前歯を去り、山を下れば則ち其の後歯を去る」。○**変套**　以前とは変化した状態。二度目に訪れたときの景色が初めての時と変わっていることをいう。○**隠躍**　ほのかに見え隠れするさま。○**爪鱗**　龍の爪と鱗。ここは群峰の一部分の比喩。

山歩き用の履きものをはいているので、新たな泥道も何のその。天は前に来た時とは違った景色を見せて、遊人の訪れを待ってくれている。雨に煙る峰々はまるで龍が闘っているかのよう。雨雲の間に、峰の一部が龍の爪や鱗のようにかすんで見え隠れしている。

48　贈茶山翁

肥山雲霧薩海風
回首游蹤総雪鴻
当時毎思向君語
如今半堕恍惚中
剪尽春燭餘焔在
憶起阿蘇烟騰空

茶山翁《ちゃざんおう》に贈《おく》る

肥山《ひざん》の雲霧《うんむ》　薩海《さつかい》の風《かぜ》
游蹤《ゆうしょう》を回首《かいしゅ》すれば総《すべ》て雪鴻《せっこう》
当時《とうじ》　毎《つね》に思《おも》ふ　君《きみ》に向《むか》ひて語《かた》らんと
如今《じょこん》　半《なか》ばは堕《お》つ　恍惚《こうこつ》の中《なか》
春燭《しゅんしょく》を剪《き》り尽《つ》くして　余焔《よえん》在《あ》り
憶《おも》ひ起《お》こす　阿蘇《あそ》の烟《けむり》の空《そら》に騰《あが》るを

文政二年(一八一九)四十歳の作。『山陽詩鈔』巻四。七言古詩。韻字、風・鴻・中・空(上平声一東)。

○**肥山**　肥前国・肥後国の山。○**薩海**　薩摩の海。○**游蹤**　旅の足跡。○**雪鴻**　鴻は大型の雁。雪の上に残した雁の足跡の意で、時が経てばはかなく消えてしまうことの喩え。

蘇軾の「子由《しゆう》の澠池《べんち》に旧を懐《おも》ふに和す」詩に、「人生到る処知る何にか似るを。応《まさ》に飛《ひ》鴻《こう》の雪泥《せつでい》を踏むに似たるべし」。〇如今　今現在。〇恍惚　ありやなしやの状態。『老子』二十一に「道の物たるや、惟《た》だ恍、惟だ惚」。〇阿蘇　阿蘇山。前年の十月、山陽は阿蘇山を眺めながら、熊本から豊後岡に向かった。

肥前・肥後の山々にかかる雲や霧を眺め、薩摩の海からの風に吹かれながら、九州を旅してまいりました。旅の足跡を思い出してみますに、それらはすべて雪に印された雁の足跡のように、春になった今は儚《はかな》くも消え去ってしまいました。旅をしていました時には、旅中の見聞をあなたに向かって語りたいといつも思っておりましたが、今となっては、それらの半分はありやなしやの中に埋もれてしまいました。こうして春の宵にあなたと夜更けまで話し込み、灯《ともしび》の芯を切り尽くした後の燃え残りの炎を見ていますと、旅の途中、阿蘇山の噴煙が空に立ちのぼるのを眺めたことが思い出されます。

◇九州遊歴の帰途、山陽は広島の実家に立ち寄り、母梅颸《ばいし》を伴って上方に向かい、二月二十八日に神辺《かんなべ》の菅茶山を訪うた。山陽一行は同月三十日に神辺を発つが、神辺滞在中、山陽は茶山に九州遊歴の土産話をし、茶山はそれを随筆『筆のすさび』に書き留めている。『山陽詩鈔』の頭評には、この詩に次韻した茶山の詩が記されている。なお、山陽の叔父杏坪《きょうへい》の「結処は奇事なり」という頭評も刻されている。

49 到家

窮巷蹂深泥
暁雨方絲絲
近家情卻怕
旧寓認還疑
山妻記足音
喜極反成悲
両歳始帰到
塵埃面目黧
燂湯洗吾脚
薪湿火伝遅

家《いえ》に到《いた》る
窮巷《きゅうこう》　深泥《しんでい》を蹂《ふ》めば
暁雨《ぎょうう》　方《まさ》に糸糸《しし》たり
家《いえ》に近《ちか》づきて　情却《じょうかえ》つて怕《おそ》れ
旧寓《きゅうぐう》　認《みと》めて還《ま》た疑《うたが》ふ
山妻《さんさい》　足音《あしおと》を記《き》し
喜《よろこ》び極《きわ》まりて反《かえ》つて悲《かな》しみを成《な》す
両歳《りょうさい》にして始《はじ》めて帰《かえ》り到《いた》れば
塵埃《じんあい》に面目黧《めんぼくくろ》し
湯《ゆ》を燂《あたた》めて吾《わ》が脚《あし》を洗《あら》はんとすれば
薪《たきぎ》湿《しめ》りて　火《ひ》の伝《つた》はること遅《おそ》し

薪湿且不妨　　薪《たきぎ》の湿《しめ》るは且《しばら》く妨《さまた》げず
唯喜会有期　　唯《た》だ喜《よろこ》ぶのみ 会《あ》ふに期《き》有《あ》るを

文政二年(一八一九)四十歳の作。『山陽詩鈔』巻四。五言古詩。韻字、絲・疑・悲・黧・遅・期(上平声四支)。

○**到家**　山陽が妻の待つ京都二条通高倉東入ル北側にあった住居に帰ったのは、文政二年三月十一日。広島からは母を伴っていたが、ひとまず母梅颸《ばいし》は大坂に留まり、山陽は母を京に迎える準備のため、先に一人で帰京した。○**窮巷**　場末の貧民街。○**糸糸**　糸のように細いさま。春雨などの形容。○**山妻**　山出しの妻。自分の妻を謙遜した言い方。山陽の妻梨影《りえ》はこの年二十三歳。○**喜極…**　杜甫の「行在所《あんざいしょ》に達するを喜ぶ」詩の「喜心翻倒《ほんとう》して極まり、嗚咽《おえつ》して泣巾《なみだきん》を沾《ぬ》らす」に拠るか。○**面目**　顔付き。○**黧**　黄味を帯びて浅黒い。○**燂**　温める。

場末の町の深い泥濘《ぬかるみ》を踏みしめつつ歩く夜明け方、糸のような春雨がしとしとと降っている。我が家に近づくと逆に心配な気持が増し、昔のままの住まいが目に入っても、はたしてこれが我が家であろうかと疑わしくも思われる。我が女房は私の足音に気付いてすぐ表に出てきたが、喜びが極まってかえって悲しみがこみ上げ、泣き笑いの表情を見せる。二年越しの旅から初めて帰ってきたので、私の顔は塵《ちり》や埃《ほこり》にまみれて浅黒くなっている。湯を沸かして汚れた脚を洗おうとするが、薪が湿っていて火の回りが遅い。薪が湿っているのはまあかまわない。ただ喜ばしいのは、こうして夫婦が再び会う時が来たことである。

◇茶山は『山陽詩鈔』の頭評に、この詩と次の「母を迎ふ」詩について、「二詩細膩《さいじ》にして喜ぶべし」と記している。「細膩」は、きめが細かく滑らかなこと。また、頼杏坪の評に「万里単行して歳を経たり。帰家の情態、宜しく許《か》くの如くなるべし」。

50 迎母

移寓就爽塏
将欲迎阿嬢
窓櫺糊新紙
枕衾検旧筐

母《はは》を迎《むか》ふ

寓《ぐう》を移《うつ》して爽塏《そうがい》に就《つ》き
将《まさ》に阿嬢《あじょう》を迎《むか》へんと欲《ほっ》す
窓櫺《そうれい》　新紙《しんし》を糊《こ》し
枕衾《ちんきん》　旧筐《きゅうきょう》を検《けん》す

十歳甘桂玉
不敢累故郷
新帰多欠闕
百需大蒼黄
戒婦具酒食
勿問有与亡
母曰嗟吾子
差使人意強

十歳《じっさい》 桂玉《けいぎょく》に甘《あま》んじ
敢《あ》へて故郷《こきょう》を累《わずら》はさず
新帰《しんき》 欠闕《けんけつ》多《おお》く
百需《ひゃくじゅ》 大《おお》いに蒼黄《そうこう》
婦《つま》を戒《いまし》めて酒食《しゅしょく》を具《そな》へ
有《あ》ると亡《な》きとを問《と》ふこと勿《な》からしむ
母曰《ははいわ》く「嗟《ああ》 吾《わ》が子《こ》よ
差《やや》人意《じんい》をして強《つよ》からしむ」

文政二年(一八一九)四十歳の作。『山陽詩鈔』巻四。五言古詩。韻字、嬢・筐・郷・黄・亡・強(下平声七陽)。

○**迎母**　山陽に伴われて広島から出てきた山陽の母梅颸《ばいし》は大坂に留まっていたが、三月十九日に京都に迎えられた。　○**移寓**　山陽の住居は二条高倉にあったが、在京中の母の世話をするため、一時的に木屋町二条下ルの柴屋長次郎方の川座敷に移居した。　○**爽塏**　明るく乾燥した土地。　○**阿嬢**　母。阿は、親しみをこめた接頭語。　○**窓櫺**　れんじ

(格子)窓。○枕衾　枕と掛け布団。寝具。○旧筐　使い古した行李。筐は、衣服などを収納する竹製のかご。○十歳　十年。山陽が京都に住むようになってからの年数。山陽が京都に居を定めたのは文化八年(一八一一)なので、足掛け九年だが、概数として十年といった。○甘桂玉　高い物価に甘んずる。桂材と玉は高価な物。詩14の語注参照。○新帰　新たに嫁ぐ。「帰」は、嫁に行く。山陽が梨影《りえ》を家に入れたのは文化十一年のこと。しかし、梅颸と梨影との対面はこの時が初めてであった。あるいは、旅から新たに帰った意に解釈することもできるが、前者の意味で訳した。○百需　多くの必要品。○蒼黄　あわてふためくさま。○有与亡　有無に同じ。○差使…　やや心強く思わせる。『後漢書』呉漢伝に「呉公は差や人意をして強からしむ」。

住まいを快適な地に移し、母上をお迎えしようと思った。れんじ窓には障子紙を新しく貼り替え、寝具を用意するため古い行李の中を探したりした。十年の間、京都の高い物価に甘んじて生活してきたが、敢えて故郷に迷惑をかけることはしなかった。新婦梨影には足りない点も多く、あれこれ必要な品を求めて大あわてなありさまだ。しかし、そうした妻を戒めて、有るとか無いとか言わせずに、心を込めて酒や食事を用意させた。すると母上は、「ああ、我が子よ。お前も少しは頼もしくなったものだね」と言われた。

◇『山陽詩鈔』の頭評において、篠崎小竹は一首前の「家に到る」詩と合わせて、「二篇の結び皆な揚がらざるに似たり。惜しむべし」とやや低い評価を与えたが、これに対し、後藤松陰は「此の如き結句、何ぞ揚がらざることこれ有らん」と反論している。

51　奉母遊嵐山前此丁外艱
尋西遊不遊五年矣

不到嵐山已五年
万株花木倍鮮妍
最忻阿母同衾枕
連夜香雲暖処眠

母《はは》を奉《ほう》じて嵐山《あらしやま》に遊《あそ》ぶ。此《これ》より前《まえ》、外艱《がいかん》に丁《あた》り、
尋《つ》いで西遊《さいゆう》す。遊《あそ》ばざること五年《ごねん》なり

嵐山《あらしやま》に到《いた》らざること已《すで》に五年《ごねん》
万株《ばんしゅ》の花木《かぼく》　倍《ます》ます鮮妍《せんけん》
最《もっと》も忻《よろこ》ぶ　阿母《あぼ》と衾枕《きんちん》を同《おな》じくし
連夜《れんや》　香雲《こううん》暖《あたた》かき処《ところ》に眠《ねむ》るを

文政二年(一八一九)四十歳の作。『山陽詩鈔』巻五。七言絶句。韻字、年・妍・眠(下平声一先)。

○**嵐山**　京都西郊の景勝地。『梅颸《ばいし》日記』によれば、三月二十四日に嵐山に遊び二十四日と二十五日の夜は嵯峨野《さがの》の三軒茶屋《さんげんぢゃや》(雪・月・花)のうちの雪亭という茶屋に連泊した。

○**丁外艱**　父の喪にあたる。山陽の父春水は文化十三年(一八一六)二月十九日に没し、山陽は三年の喪に服した。○**鮮妍**　あでやかで麗しい。○**忻**　心が晴々として喜ぶ。○**香雲**　花のむらがり咲くさま。ここは満開の桜花をいう。李白「山僧を尋ね、遇はずして作る」詩に「香雲偏《あまね》く山に起こり、花雨天より来る」。

もう五年も嵐山の花見には出かけていなかった。久しぶりにやって来ると、たくさんの桜の木はますます色あでやかに麗しい花を咲かせていた。最も嬉しかったのは、母上と同じ部屋に泊まり、毎夜満開の桜に包まれて暖かな思いの中で眠ったことである。

52　和州路上

小市平橋路幾叉
法隆寺遠接当麻
行人買酔和州路
満野東風黄菜花

和州路上《わしゅうろじょう》
小市平橋《しょうしへいきょう》　路幾叉《みちいくさ》
法隆寺《ほうりゅうじ》は遠《とお》く当麻《たいま》に接《せっ》す
行人《こうじん》　酔《よい》を買《か》ふ　和州《わしゅう》の路《みち》
満野《まんや》の東風《とうふう》　黄菜花《こうさいか》

文政二年(一八一九)四十歳の作。『山陽詩鈔』巻五。七言絶句。韻字、叉・麻・花(下平声六麻）。

○**和州**　大和国。山陽は母梅颸《ばいし》を伴って、吉野の桜を見るため、三月二十八日に京都を発った。四月三日・四日、吉野ですでに盛りを過ぎていた桜を見た後、四月五日に当麻《たいま》寺《でら》に参詣し、ついで法隆寺に向かった。この詩はその時の情景を詠んだもの。○**平橋**　反りのない平らな橋。○**路幾叉**　道が幾つにも分かれている。○**当麻**　北葛城郡当麻村（現、奈良県葛城市）の当麻寺。「当麻曼荼羅《まんだら》」などで知られる古刹。○**行人**　旅人。山陽・梅颸の一行をいう。○**買酔**　茶店などで売っている酒を痛飲する。○**東風**　春風。

○**黄菜花**　黄色の菜の花。

　小さな町を過ぎ、平らな橋を渡り、幾つにも枝分かれした道を歩いて、当麻寺までやってくると、遠くに法隆寺が見える。我々旅の一行は茶店で酒を飲んですっかりほろ酔い機嫌。春風の吹くなか、大和路は辺り一面黄色の菜の花が満開だ。

◇『山陽詩鈔』には、「尋常の語、人をして曾遊《そうゆう》を憶《おも》い起こさしむ。趙閑閑《ちょうかんかん》の「太平象有り村村の酒」は此の句に譲るに似たり」という茶山の評が刻されている。「曾遊云々」は、茶山は前年の文政元年に大和に旅しているからである。なお、趙閑閑は金の詩人趙秉文《へいぶん》、閑閑老人と号した。

53　題牛穉従母奔図

牛穉《うしわか》、母《はは》に従《したが》ひ奔《はし》るの図《ず》に題《だい》す

索乳柔拳凍欲亀　乳《ちち》を索《もと》むる柔拳《じゅうけん》　凍《こご》えて亀《きん》せんと欲《ほっ》す
白旄佗日挽回春　白旄《はくぼう》　佗日《たじつ》　春《はる》を挽回《ばんかい》す
可憐命薄成終始　憐《あわ》れむ可《べ》し　命《めい》の薄《うす》きこと終始《しゅうし》を成《な》すを
又作芳山践雪人　又《ま》た芳山《ほうざん》に雪《ゆき》を践《ふ》む人《ひと》と作《な》る

文政二年(一八一九)四十歳の作。『山陽詩鈔』巻五。七言絶句。韻字、亀・春・人(上平声十一真)。

○**牛稚**　牛若(丸)。源義経の幼名。○**従母**　平治の乱で夫源義朝が敗れた後、常盤御前《ときわごぜん》は今若・乙若・牛若の三人の子を連れて雪の中を都落ちし、大和に身を寄せた。○**柔拳**　当時二歳だった牛若の柔らかな拳《こぶし》。○**亀**　ひび割れができる。○**白旄**　源氏の白旗。○**命薄**　薄命に同じ。不運なこと。○**芳山践雪**　平家討滅に功績のあった義経が、兄頼朝の不興を買い、追討されて雪の中を吉野山に逃走したことをいう。

母常盤御前に抱かれて乳を探す牛若の柔らかな拳《こぶし》は、凍《こご》えてひび割れんばかり。しかし、その牛若は後年成長して源義経と名乗り、源氏の白旗を手に源氏の春を取り戻した。けれども哀れなことに、義経は生涯不運が続き、また吉野山に雪を踏む落人《おちうど》になってしまったのである。

◇この詩題には「以下の十一首、母を送り藝に到る往反《おうはん》の作なり」という自注が付されている。山陽は母の帰郷を送るために、この年閏四月十日に京都を発ち、母を広島まで送り届けた後、帰路は途中遊歴を重ねて八月十四日に帰京した。その間の十一首の作のうちの一首。なお、『山陽詩鈔』には「能《よ》く言ひ難きの事を言ふ。巧みに過ぐるも亦《ま》た妨げず」という茶山の評が刻されている。

54　鴨河寓居雑詩(四首)　　鴨河寓居雑詩《かもがわぐうきょざっし》(四首)

(其三)　　(その三)

夜山幾尺出欄横　　夜山幾尺《やざんいくしゃく》　欄《らん》を出《い》でて横《よこ》たはる
俯聴蒼烟罩水声　　俯《ふ》して聴《き》く　蒼烟《そうえん》の水声《すいせい》を罩《こ》むるを

月黒橋身看不見
唯従燈影認人行

月黒《つきくろ》くして　橋身《きょうしん》看《み》れども見《み》えず
唯《た》だ灯影《とうえい》に従《よ》りて人《ひと》の行《い》くを認《みと》むるのみ

文政二年(一八一九)四十歳の作。『山陽詩鈔』巻五。七言絶句。韻字、横・声・行(下平声八庚)。

○**鴨河寓居**　母梅颸を迎えるために賃居した木屋町二条下ルの柴屋長次郎方の川座敷をいう。○**蒼烟**　青黒いもや。夜霧。○**罩**　包み込む。○**月黒**　月光のない闇夜。○**橋身**　橋の姿。○**灯影**　ここは人が手に持つ提灯《ちょうちん》の光。

夜の山が黒々と何尺かの高さで、欄干の上方に横たわっている。俯《うつむ》いて耳を傾け、青黒い夜霧に包み込まれた鴨川の水音を聴く。闇夜なので橋の姿は看ようとしても見えないが、ただ橋の上を動く提灯の光によって人が歩いているのが分かるばかりだ。

◇『山陽詩鈔』の頭評に、大窪詩仏は「僕曾《かつ》て句有りて云はく「烟合《がっ》して岸無きかと疑ひ、火過ぎて橋有るを知る」と。亦《ま》た此《こ》の意なり」と評している。なお、詩仏のこの詩句は、『詩聖堂詩集二編』巻六に収める「夜、墨沱川《すみだがわ》を下る」と題する五言律詩の頷聯である。

55 烹　蕈

竹笋与松蕈
菜中誰争席
狎覇春与秋
各自標風格
其味足孤行
不用借外物
如何堕俗庖
腥臊動相戹
紫蕈小家数
猶嫌塩豉迹
況此群蔬雄
一隊各抜戟
吾家有制度

蕈《きのこ》を烹《に》る
竹笋《ちくじゅん》と松蕈《しょうじん》と
菜中《さいちゅう》　誰《だれ》か席《せき》を争《あらそ》はん
狎《こもごも》に覇《は》たり　春《はる》と秋《あき》と
各自《かくじ》　風格《ふうかく》を標《しめ》す
其《そ》の味《あじ》　孤行《ここう》するに足《た》り
用《もち》ひず　外物《がいぶつ》を借《か》るを
如何《いかん》せん俗庖《ぞくほう》に堕《お》ち
腥臊《せいそう》　動《やや》もすれば相《あ》ひ戹《やく》す
紫蕈《しじゅん》は小家数《しょうかすう》なるも
猶《な》ほ嫌《きら》ふ　塩豉《えんし》の迹《あと》
況《いわ》んや此《こ》の群蔬《ぐんそ》の雄《ゆう》の
一隊《いったい》　各《おのおの》　戟《げき》を抜《ぬ》くをや
吾《わ》が家《や》に制度《せいど》有《あ》り

百法従擺落
嫩蕈帯土香
紫玉不須擘
鉄鐺活火炰
玉脂泣瓊液
酒漿助其滋
橘柚発精魄
爽気流歯間
腹貯西山碧
此訣秘不伝
昔受採芝客

百法《ひゃっぽう》　擺落《はいらく》に従《したが》ふ
嫩蕈《どんじん》　土香《どこう》を帯《お》び
紫玉《しぎょく》　擘《さ》くを須《もち》ひず
鉄鐺《てっそう》　活火《かっか》に炰《あぶ》れば
玉脂《ぎょくし》　瓊液《けいえき》泣《な》く
酒漿《しゅしょう》　其《そ》の滋《じ》を助《たす》け
橘柚《きつゆう》　精魄《せいはく》を発《はっ》す
爽気《そうき》　歯間《しかん》に流《なが》れ
腹《はら》に貯《たくわ》ふ　西山《せいざん》の碧《みどり》
此《こ》の訣《けつ》　秘《ひ》して伝《つた》へず
昔《むかし》　採芝《さいし》の客《きゃく》に受《う》く

文政三年(一八二〇)四十一歳の作。『山陽詩鈔』巻五。五言古詩。韻字、席・格(入声十一陌)、物(入声五物)、戹・迹・戟(入声十一陌)、落(入声十薬)、擘・液・魄・碧・客(入声十一陌)の通押。

○竹笋　竹の子。○松蕈　松茸。○狎　交互に。かわるがわる。○覇　覇者になる。第一の地位を占める。○俗庖　俗人の台所。○腥臊　生臭い。○戹　災厄に遭う。くるしむ。○紫蓴　紫色を帯びた蓴菜《じゅんさい》。○小家数　大家ではない。ここは、そんなに大した食物ではないの意。○塩豉　塩と味噌。陸機は王武子に江東の佳味を問われて、「千里の蓴羹《じゅんこう》但だ未だ塩豉を下さざるのみ」と答えた(『世説新語』言語)。○群蔬　多くの蔬《そ》菜《さい》。○一隊各抜戟　一隊を成して単独で戦う。多くの中で独り別格を具えていることの比喩。『左氏伝』襄公十年の「狄虒彌《てきしび》、大車の輪を建てて之を蒙《おお》ふに甲を以てし、以て櫓《たて》と為し、左に之を執り、右に戟を抜き、以て一隊を成す」に拠る。○制度　おきて。○擺落　払い落とすこと。簡略の意。○嫩蕈　傘が開く前の若い松茸。○紫玉　紫色の宝玉。嫩蕈の比喩。○擘　手で裂く。○鉄鐺　浅い鉄鍋。○活火　勢いよく燃える火。○炰　焙《あぶ》る。○瓊液　道教でいう、不老長生の玉液。○酒漿　広く酒をいう。○滋　滋味(美味い味)。○橘柚　柑橘類の総称。○精魄　精魂に同じ。たましい。精神。○西山　古代中国の賢人兄弟である伯夷《はくい》と叔斉《しゅくせい》が隠遁したという首陽山《しゅようざん》の別名。伯夷と叔斉はこの山で薇《わらび》だけを食べて餓死したという。○碧　碧霞の略か。碧霞は青色の霞で、隠士や神仙の居所をあらわす。○訣　奥義。秘密の方法。○採芝　芝は霊芝《れいし》(ひじりたけ)。商山に隠遁した四皓《しこう》(鬚《ひげ》も眉も白かった四人の老人)は漢の高祖の招聘《しょうへい》に応ぜず、

「曄曄《ようよう》たる紫芝《しし》、以て飢を療す可《べ》し」と歌う「採芝操」という楽府を作ったことから、隠遁を意味する。

竹の子と松茸は、野菜のなかで他に並ぶものがあろうか。春と秋にかわるがわる覇者となり、おのおのその風格を示している。風味はそれ自身で十分であり、他の味を借りる必要はない。しかし、俗人の台所に落ちると、ややもすれば生臭いものと一緒にされるという災厄に遭ってしまうのは、どうにもしようのないことだ。蓴菜《じゅんさい》はそれほど大した食物ではないが、それでも塩味や味噌味が勝つのを嫌うものである。ましてや、この野菜の中の雄ともいうべき竹の子と松茸は、自《みずか》ら一隊を成して戦う別格の存在なのである。わが家にはそれらを料理する時の掟《おきて》がある。それはどんな場合もあまり手を加えないということである。若い松茸は土の香りを帯び、紫の玉のような姿をしており、手で裂くまでもない。浅い鉄鍋に入れてよく熾《おこ》った火で焙《あぶ》ると、まるで涙を流すかのように美味しい玉のような液が溢れ出す。それに酒を加えて滋味を増し、柑橘をしぼって松茸の真味を発揮させるのである。食べれば爽やかな気が口中に溢れ出し、腹の中には賢人・高士が隠遁した西山の碧色の霞が貯えられたような気がする。この調理法の奥義は秘して他人には伝授しないが、私はそれを昔、山中で霊芝《れいし》を採る高士から授かったのである。

◇『山陽詩鈔』において茶山は「恨むらくは筍の字を顧みず」と評して、後半部に竹の子への言及がないことに不満を述べ、後藤松陰は「東坡公《とうばこう》」と評して、美食家であった蘇軾の作を思い起こさせることを指摘している。なお、蘇軾には「筍・芍薬《しゃくやく》を送り公擇《こうたく》に与ふる二首」と題する竹の子の調理に関わる五言古詩などもある。

56 高　雄

万株楓葉畳秋霞
下有渓流一道斜
最是初陽射林隙
紅雲堆裡掣金蛇

高雄《たかお》
万株《ばんしゅ》の楓葉《ふうよう》　秋霞《しゅうか》を畳《たた》み
下《した》に渓流《けいりゅう》の一道《いちどう》斜《なな》めなる有《あ》り
最《もっと》も是《こ》れ初陽《しょよう》　林隙《りんげき》に射《しゃ》し
紅雲《こううん》堆《うずたか》き裡《うち》　金蛇《きんだ》を掣《ひ》く

文政三年(一八二〇)四十一歳の作。『山陽詩鈔』巻五。七言絶句。韻字、霞・斜・蛇(下平声六麻)。

○高雄　現在の京都市右京区梅ヶ畑。清滝川の右岸に位置し、古来紅葉で名高い。**○渓**

流　清滝川を指す。○**初陽**　朝日。○**掣**　引く。特定のものを引き抜く。

数多《あまた》の楓の葉を秋霧が垂れ込め、その下には斜めに一筋の渓流が見える。もっとも美しいのは、木々の間に朝日が射し込み、雲のようにうずたかく重なる紅葉の中を、渓流が金色の蛇をうねらせたように流れてゆく時だ。

57　余娶婦未幾丁艱至此獲一男児志喜(五首)

(其二)

痴心祝汝誦詩書
措大生涯又挙雛
唯有呱呱聒人耳
此声早晩化咿唔

余《よ》、婦《つま》を娶《めと》り未《いま》だ幾《いく》ばくならずして艱《かん》に丁《あ》ふ。此《ここ》に至《いた》りて一男児《いちだんじ》を獲《え》たり。喜《よろこ》びを志《しる》す(五首)

(その二)

痴心《ちしん》は祝《いの》る　汝《なんじ》が詩書《ししょ》を誦《しょう》せんことを
措大《そだい》の生涯《しょうがい》　又《ま》た雛《すう》を挙《あ》ぐ
唯《た》だ呱呱《ここ》の人耳《じんじ》に聒《かまびす》しき有《あ》るも
此《こ》の声《こえ》　早晩《そうばん》　咿唔《いご》に化《か》せん

文政三年(一八二〇)四十一歳の作。『山陽詩鈔』巻五。七言絶句。韻字、書(上平声六魚)と雛・唔(上平声七虞)の通押。
○余娶婦　山陽と梨影《りえ》との結婚は文化十一年(一八一四)、山陽三十五歳、梨影十八歳だった。○丁艱　親の喪にあうこと。山陽の父春水は文化十三年(一八一六)二月十九日に没し、山陽は三年の喪に服した。○一男児　この年十月七日、梨影は辰蔵《たつぞう》を出産した。○痴心　愚かな心。ここは山陽の親馬鹿な心。○祝　祝禱する。祈る。○措大　貧しい失意の読書人。自嘲のニュアンスがある。○又　すでに山陽は離縁した初妻淳子との間に都具《とく》雄《お》(後に余一、号を聿庵《いつあん》)という男児を儲《もう》けていた。○雛　幼子。○呱呱　赤ん坊の泣き声。○咿唔　児童の読書する声。

親馬鹿な我が心は、お前が詩書を読誦《どくしょう》するようになることを祈る。書生の一生を送る私はこうして又た幼子を儲けた。今はただ泣き声が耳にうるさいだけだが、それはいずれ読書の声に変わるのであろう。

58　(其三)

拳如山蕨半舒芽
膚似海榴新脱花

(その三)

拳《こぶし》は山蕨《さんけつ》の半《なか》ば芽《め》を舒《の》ばすが如《ごと》く
膚《はだ》は海榴《かいりゅう》の新《あら》たに花《はな》を脱《だっ》するに似《に》たり

只管啼号覓母乳
嬌瞳猶未識爺爺

只管《ひたすら》啼《な》き号《さけ》んで母《はは》の乳《ちち》を覓《もと》む
嬌瞳《きょうどう》は猶《な》ほ未《いま》だ爺爺《やや》を識《し》らず

七言絶句。韻字、芽・花・爺（下平声六麻）。

○山蕨　山に生えているワラビ。**○海榴**　ザクロ。六月ごろに鮮紅色の花が咲く。**○脱花**　花が落ちる。**○嬌瞳**　愛らしい瞳。**○爺爺**　父。

お前の握りしめた手は半分芽を伸ばした山のワラビのように可憐で、肌は花を落としたばかりのザクロの小さな実のように艶々《つやつや》している。お前はひたすら泣き叫んで母の乳を欲しがるが、愛らしい瞳は父である私のことをまだ分かっていないようだ。

59　遊山鼻

隔水霜林密又疎
理筇恰及小春初
野橋分路行穿竹
村店臨流喚買魚

山鼻《やまはな》に遊《あそ》ぶ

水《みず》を隔《へだ》つる霜林《そうりん》　密《みつ》又《ま》た疎《そ》なり
筇《つえ》を理《おさ》めて恰《あたか》も及《およ》ぶ　小春《しょうしゅん》の初《はじ》め
野橋《やきょう》　路《みち》を分《わ》かつ　行《ゆ》きて竹《たけ》を穿《うが》ち
村店《そんてん》　流《ながれ》に臨《のぞ》む　喚《よ》びて魚《さかな》を買《か》ふ

酔後索茶何待熟
談餘得句不須書
聯吟忘卻帰途遠
点点紅燈已市闠

酔後《すいご》　茶《ちゃ》を索《もと》むるに　何《なん》ぞ熟《じゅく》するを待《ま》たん
談余《だんよ》　句《く》を得《う》るも　書《しょ》するを須《もち》ひず
聯吟《れんぎん》　忘却《ぼうきゃく》す　帰途《きと》の遠《とお》きを
点点《てんてん》たる紅灯《こうとう》　已《すで》に市闠《しりょ》

文政三年(一八二〇)四十一歳の作。『山陽詩鈔』巻五。七言律詩。韻字、疎・初・魚・書・闠(上平声六魚)。

○**山鼻**　山城国愛宕《おたぎ》郡山端村(現、京都市左京区)。修学院の西、高野川に沿った地域。○**霜林**　霜が降りた後の林。○**恰**　『詩家推敲』に「事機ノ合スルヲイフ」。○**小春**　陰暦十月。○**村店**　麦飯とろろ汁を名物にして名高かった平八茶屋を指す。○**熟**　(茶を)じゅうぶんに煮出す。○**聯吟**　複数の人間で一首の詩を共作すること。○**市闠**　町の門。市街地。

霜が降りて色づいた木々が、川向こうに三々五々生えている。陰暦十月の初め頃、この期を逃さず杖を手に散策に出かけた。野中の橋を渡ると道が分かれ、竹林の中を突っ切っていくと、村の茶屋が川に臨んで建っていたので、川漁師《かわりょうし》を呼び、魚を買い料理させた。ほろ酔い加減で命じた茶は、しっかり煮出されていなくてもよいし、お喋りした後に出来た詩はわざわざ書き記すまでもない。友人たちと一首の詩を共作しながらの帰り道、道の遠いことなどすっかり忘れていたが、気がついたら赤い提灯の明かりが点々と見えており、もう町に着いていたのだった。

◇茶山は『山陽詩鈔』の頭評において、この詩の前半部について「行歩の間、得る所此《こ》の如きは罕《まれ》なり。人をして其の地を蹈《ふ》むが如くならしむ」と評し、第八句については「是れ二条の新地なるを知る」と評している。この評言は、「点点たる紅灯」というのは左京区川端二条にあった二条新地という花街の明かりに違いなく、お前は帰途ここに立ち寄ったのであろうと、茶山は山陽をからかったのである。

60 得家書

新歳得家書
先喜平安字
席裏与薦包

家書《かしょ》を得たり
新歳《しんさい》 家書《かしょ》を得《え》て
先《ま》づ喜《よろこ》ぶ 平安《へいあん》の字《じ》
席裏《せきか》と薦包《せんぽう》と

件件未開視
析書忙読之
矮帋字累累」
老母頗健飯
未至艱臥起
念吾嘗桂玉
儒餐乏肥美
紅魚買疎鬣
緑禽賖反觜
剖解塩豉貯
拮据労手指
書中知詳悉
慈容違顔咫
脱包色味新

件件《けんけん》　未《いま》だ開《ひら》き視《み》ず
書《しょ》を析《ひら》きて忙《いそが》しく之《これ》を読《よ》めば
矮紙《わいし》に字累累《じるいるい》たり
老母《ろうぼ》頗《すこぶ》る健飯《けんぱん》
未《いま》だ臥起《がき》に艱《くる》しむに至《いた》らず
吾《われ》の桂玉《けいぎょく》を嘗《な》め
儒餐《じゅさん》　肥美《ひび》に乏《とぼ》しきを念《おも》ひ
紅魚《こうぎょ》　疎鬣《そりょう》を買《か》ひ
緑禽《りょくきん》　反觜《はんし》を賖《おぎの》る
剖解《ぼうかい》して塩豉《えんし》に貯《たくわ》へ
拮据《きっきょ》　手指《しゅし》を労《ろう》す
書中《しょちゅう》　詳悉《しょうしつ》を知《し》り
慈容《じよう》　顔《かんばせ》を違《さ》ること咫《ちか》し
包《つつ》みを脱《だっ》すれば色味《しきみ》新《あら》たなり

寸切片片是
為羹何忍嘬
感泣遥拝跪
十年徒遠遊
何以供甘旨
反哺吾未能
仍使母哺子
回首愧烏鴉
眼断暮山紫

寸切《すんせつ》　片片《へんぺん》是《こ》れなり
羹《あつもの》と為《な》し　何《なん》ぞ嘬《すす》るに忍《しの》びんや
感泣《かんきゅう》し　遥《はる》かに拝跪《はいき》す
十年《じゅうねん》　徒《いたず》らに遠遊《えんゆう》す
何《なに》を以《もっ》てか甘旨《かんし》を供《きょう》せん
反哺《はんぽ》　吾《われ》未《いま》だ能《よ》くせず
仍《な》ほ母《はは》をして子《こ》に哺《はぐく》ましむ
首《こうべ》を回《めぐ》らして烏鴉《うあ》に愧《は》づれば
眼《まなこ》は暮山《ぼさん》の紫《むらさき》に断《た》ゆ

文政四年(一八二一)四十二歳の作。『山陽詩鈔』巻六。五言古詩。韻字、字・視・累(去声四寘)」起・美・觜・指・咫・是・跪・旨・子・紫(上声四紙)。
○家書　家からの手紙。新年早々に届いた、母梅颸《ばいし》の広島からの手紙。この手紙と一緒に鯛の塩漬けと鴨の味噌漬けが送られてきた。これら二品については、山陽の前年十一月十二日付け梅颸宛ての手紙に、「極寒の節、寒気見舞に鯛もらひ申され候はゞ、みそ漬は使口《つかいくち》少く、味今一息《いまひといき》に候故、やはり塩を切り、すぐに簀《スト》包にして、御越し下さる可く候。みそ漬なれば、料理したり、桶よ何よと世話多く候。塩の方よろしく候。しかし極新鮮ならねばよろしからず候。鳥なども新鮮なる分、御もらひに候はゞ、是はみそ漬ならでは六ケ《むつか》敷《しく》候歟《か》。是二条、頼み置き申し候」とあるようにもともと山陽がねだったものであり、『梅颸日記』文政三年十二月二十七日に「京・大坂へ出すものに付、いそがし。塩鯛、今日料理、直《じき》に遣《つかわす》。鴨みそ漬、夜前こしらへる。右、徳太郎(山陽の通称)へ大鯛一、此日迄、塩して有。大にて少々ふるし」と記されているように、年も押し詰まって梅颸はこれら二品を調理して京の山陽に送ったのである。○**平安**　封書の脇付の文字。発信人が無事であることを示す。○**席裏与薦包**　ムシロでくるんだものとコモで包んだもの。塩鯛と味噌漬けの鴨の二つの包みをいう。○**件件**　品々。○**矮紙**　丈の短い紙。新日本古典文学大系『頼山陽詩集』脚注に「梅颸は夫の春水からやかましく言われたため、藩公用便の寸法に合わせた丈の短い紙に細字で事の委細を詳記することが習慣となった」という。○**累累**　ものが重なり連なっているさま。ここは、字が細々と書かれているさま。○**健飯**　食欲旺盛。○**桂玉**　物価の高いこと。詩14の語注参照。○**儒餐**　儒者の貧しい食事。○**紅魚**　鯛。○**疎鬣**　疎らな背鰭《せびれ》。すなわち大きな魚をいう。○**緑禽**　鴨。○**賖**　購入する。○**反觜**　成鳥。○**塩豉**　塩と味噌。○**拮据**　忙しく動かすこと。○慈容　慈悲深い容貌。○違顔咫　間近に顔があること。一咫は八寸。『左氏伝』僖公九年に「天威、顔を違《さ》ること咫尺《しせき》ならず」。○啜　丸呑みする。すすり込む。『礼記』曲礼上に「羹《あつもの》を啜る毋《なか》れ」。○十年　文化六年に広島の家を出てから足かけ十三年だが、概数をいった。○甘旨　美味しい食べもの。○反哺「哺」は親鳥が口移しで子にえさを与えること。烏《からす》は親孝行な鳥で、成長した子烏は老いた親鳥に反哺するという。養育してくれた親の恩に報いて親を養うこと。○暮山紫　夕暮れ時の紫の山肌。山陽は夕暮れ時の東山《ひがしやま》と鴨川の眺めを、山紫《さんし》水明《すいめい》と表現し、後に鴨川沿いに建てた家の書斎を山紫水明処と名付けた。

新年に家からの手紙が届き、封書に記された平安の文字を見て先ず喜んだ。ムシロにくるんだものと薦《こも》に包んだものとが一緒に届いたが、それらの品をまだ開けて見ることはしていない。手紙の方を開いて慌《あわ》ただしく読んでみると、短い紙に字が細々《こまごま》と書かれていた。

老いた母は食欲旺盛で、まだ起き臥しに困るようなことはない。母は私が物価高に苦しみ、貧乏儒者の食事が粗末なことを心配して、立派な鯛を買い、成鳥の鴨を購い、手間ひまを惜しまず捌《さば》いて塩や味噌に漬けてくれたのである。手紙でその詳細を知り、慈愛に満ちた母の顔を間近で見るような気がした。包みを開けてみると色味も新鮮で、細かく切り分けられた一片一片があった。これらを熱い汁物にして、安易に啜《すす》り込むようなことができようか。ありがたさのあまり感涙にむせび、母のいる遥か広島の方角を跪《ひざまず》いて拝んだ。私は十年にわたって成すこともなく遠く親元を離れて暮らしている。そんな私がどうしたら母に美味しいものをさしあげることができようか。恩に報いて親を養うということが私はいまだにできないで、なお母に食べさせてもらっているようなありさまだ。老いた親鳥に食べ物を運ぶという鳥に対して恥ずかしく思いながら、振り返って、塒《ねぐら》に帰る烏を見ていると、夕暮れ時の紫色の東山に消えて見えなくなってしまった。

◇『山陽詩鈔』の頭評において、茶山は「宛然として目に在り」と評している。

61 美人影

眠驚胡蝶認嬌痕
俯仰猶知笑語温

美《び》人《じん》影《えい》

眠《ねむ》り驚《さ》めて　胡蝶《こちょう》　嬌痕《きょうこん》を認《みと》む
俯仰《ふぎょう》して猶《な》ほ知《し》る　笑語《しょうご》の温《あたた》かきを

青鎖髻鬟烟黯淡
玉階裙帯月黄昏
湘簾燈滅春如夢
華帳香騰夜返魂
最是鞦韆日斜処
和他花影出芳園

青鎖《せいさ》の髻鬟《けいかん》 烟《けむり》黯淡《あんたん》
玉階《ぎょっかい》の裙帯《くんたい》 月《つき》黄昏《こうこん》
湘簾《しょうれん》 灯《ともしび》滅《き》えて 春《はる》 夢《ゆめ》の如《ごと》く
華帳《かちょう》 香《かおり》騰《あが》りて 夜《よる》 魂《たましい》を返《かえ》す
最《もっと》も是《こ》れ鞦韆《しゅうせん》 日《ひ》斜《なな》めなる処《ところ》
他《か》の花影《かえい》に和《わ》して芳園《ほうえん》より出《い》づ

文政四年(一八二一)四十二歳の作。『山陽詩鈔』巻六。七言律詩。韻字、痕・温・昏・魂・園(上平声十三元)。

○**美人影**　美女の姿。詠物詩の題目。版本『山陽詩鈔』に「五声五影詩」として収められている十首の詠物詩の内の一首。『頼山陽詩集』(頼山陽全書)によれば、草稿段階では「十声詩」「十影詩」として全二十首だった。○**眠驚**　はっとして目覚める。○**胡蝶**　『荘子』斉物論の荘周が夢で蝶になったのか、蝶が夢で荘周になったのか、夢と現実の区別がつかないという「胡蝶の夢」の寓話を意識した表現。○**嬌痕**　なまめかしさの痕跡。○**俯仰**　俯《うつむ》いたり仰向《あおむ》いたりする。○**笑語温**　夢の中での(恋人との)談笑が温柔なものであったこと。○**青鎖**　皇宮の門や窓を装飾する青色の紋様。転じて、宮殿や豪奢な建物をいう。○**髻鬟**　まげ。○**烟黯淡**　黯淡は薄暗い。唐呉融の「東帰して華山を望む」詩に「奈《いか》んともせず春烟の暗澹を籠むるを」。○**玉階**　美しい階段。また、宮殿の階段。○**裙帯**　もすそ(女性が腰から下につける衣)と帯。○**月黄昏**　宋の林逋《りんぽ》の「山園小梅」詩に「暗香浮動月黄昏《あんこうふどうつきこうこん》」。○**湘簾**　湘竹で作ったすだれ。湘竹は、湘水のほとりに産する竹。湘水のほとりで舜帝の死を知った、蛾皇《がこう》・女英《じょえい》という二人の妃が嘆き悲しみ、その涙のために竹に斑点が生じたという。○**華帳**　華麗な帳《とばり》。○**返魂**　焚くことで死者の霊魂を呼び戻せる香を返魂香《へんごんこう》といい、漢の武帝はこれを焚いて死んだ李夫人の魂を呼び戻したという。○**最是**　すべてのなかで一番は。○**鞦韆**　ぶらんこ。女性の遊戯としては艶やかな雰囲気のあるもの。清明節(旧暦の三月)頃の遊びでもあった。○**芳園**　美しい庭園。

美女の姿は眠りから目覚めた胡蝶のよう。夢の中でのなまめかしさの痕跡を残し、俯いたり仰向いたりしながら、温柔に笑語した記憶をなお留めているかのようだ。宮殿の豪奢な建物を背景にした美女の髷《まげ》は薄暗い靄《もや》に包まれ、宮中の美しい階段に裳裾《もすそ》を引いて立つ美女の姿を夕暮れ時の月が照らす。灯火が消え、湘簾に閉じこめられた春夢のような部屋の中で、華麗な帳《とばり》に返魂香《へんごんこう》の煙が立ちのぼり、宵闇《よいやみ》の中から浮かび上がる亡き美女の姿。しかし、もっとも美しく思われるのは、斜陽が照らす頃、ブランコに乗った美女が咲き誇る花の影とともに、美しい庭園の垣の外に姿を現わした時だ。

◇『山陽詩鈔』の「五声五影詩」という詩題に付された自注に、「余、詠物を喜ばず。その啞謎《あめい》に類するを嫌ふのみ」とあるように、謎かけのようだとして山陽はもともと詠物詩を好まなかった。したがって、山陽に詠物の作は少なく、この詩などは異色作の一つと言って良い。ちなみに、山陽が長崎での対面を望みながら果たせなかった、来航清人の江芸閣《こううんかく》(詩34の語注参照)は、『山陽詩鈔』のこの詩の頭評において「清麗芊綿《せいれいせんめん》、情韻《じょういん》双絶《そうぜつ》、佳句千古に足ると謂《い》ふ可《べ》し」と激賞している。

62 校外史竟宴分賦近古
英雄吾得安土公

艱危寧料狐濡尾
顚躓誰悲狼跋胡

外史《がいし》を校《こう》して竟宴《きょうえん》す。近古《きんこ》の英雄《えいゆう》を
分《わ》け賦《ふ》す。吾《われ》は安土公《あづちこう》を得《え》たり

艱危《かんき》 寧《いずく》んぞ料《はか》らんや 狐《きつね》 尾《お》を濡《ぬら》さんとは
顚躓《てんち》 誰《だれ》か悲《かな》しむ 狼《おおかみ》 胡《こ》を跋《ふ》むを

七道荊榛鋤未了　　七道《しちどう》の荊榛《けいしん》　鋤《す》きて未《いま》だ了《おわ》らず
留将一半付家奴　　一半《いっぱん》を留《とど》め将《もっ》て家奴《かど》に付《ふ》す

文政四年(一八二一)四十二歳の作。『山陽詩鈔』巻六。七言絶句。韻字、胡・奴(上平声七虞)。

○**校外史**　『日本外史』の校訂。文化七年(一八一〇)七月二十六日付け築山捧盈《つきやまたかみつ》宛ての山陽書簡に「籠居以来、日本外史と申す、武家の記録二十巻、著述成就仕《つかまつ》り居《お》り候へども」とあるように、『日本外史』本文の脱稿はこの年よりかなり前に果たされていたが、その後訂正増補を加え、この年の七月頃に一応の校訂を終えたものと思われる。○**竟宴**　書物の編集などが終わった後に開く宴会。○**分賦**　竟宴の参加者で詩題を分担して詩を賦す。○**安土公**　安土城を築いた織田信長公。○**艱危**　危難。○**狐濡尾**　事が成就しようとして難に遭う。『易経』未済の「小狐汔《ほと》んど済《わた》らんとして、其《そ》の尾を濡らす。利《よろ》しき攸无《ところな》し」に拠る。○**顚躓**　つまずき倒れる。本能寺の変で明智光秀に攻め殺されたことを指す。○**狼跋胡**　身から出た錆《さび》で危険に遭う。『詩経』豳《ひん》風・狼跋《ろうばつ》の「狼其《そ》の胡を跋《ふ》んで、載《すなわ》ち其の尾に疐《たお》る」に拠る。胡は、頤《あご》の下にある垂れた肉。○**七道**　東海道・東山道・北陸道・山陰道・山陽道・南海道・西海道の総称。日本全国。○**荊榛**　雑草と雑木。荒れ果てたさまや、邪魔なものの比喩。○一半　半分。○家奴　下僕。ここは木下藤吉郎(豊臣秀吉)を指す。藤吉郎は初めて信長に拝謁したとき、信長に対して「願はくは君、復《ま》た臣を収めて奴《ど》となせ」(『日本外史』巻十五)と訴えたという。

織田信長は天下統一を目前にして危難に遭ったが、どうしてそれを予期したであろうか。身から出た錆でつまずき倒れてしまったのだが、誰がそれを悲しんだであろうか。雑草や雑木のはびこる日本全土を統一に向けて鋤き終わらないうち、道半《なか》ばにして、下男あがりの秀吉に渡すことになったのである。

63　是夜初雨後晴　　是《こ》の夜《よ》、初《はじ》め雨《あめ》ふり後《のち》に晴《は》る

簷収点滴月揚明　　簷《のき》は点滴《てんてき》を収《おさ》め　月《つき》は明《めい》を揚《あ》ぐ
独起幽階夜幾更　　独《ひと》り幽階《ゆうかい》に起《た》つ　夜幾更《よるいくこう》
欲暖残樽妻已睡　　残樽《ざんそん》を暖《あたた》めんと欲《ほっ》すれば　妻《つま》は已《すで》に睡《ねむ》る
雨痕満地総虫声　　雨痕《うこん》　地《ち》に満《み》ちて　総《すべ》て虫声《ちゅうせい》

文政四年(一八二一)四十二歳の作。『山陽詩鈔』巻六。七言絶句。韻字、明・更・声(下平声

八庚)。

○**是夜**　八月十五日すなわち仲秋の名月の夜の作。この日、山陽宅では薩摩の国から来ていた門人大河原世則《おおがわらつぐのり》が帰国するというので小宴が催された。その宴の後の情景。ただし、予定が延びて大河原世則が実際に帰国したのは十二月になってからである。○**点滴**　雨だれ。○**揚明**　明るい光を放つ。○**幽階**　ひっそりとした階《きざはし》(建物から庭に下りる階段)。○**幾更**　何時。更は夜の時間を五等分して数える単位。○**残樽**　樽の中の飲み残しの酒。○**雨痕**　雨の降った痕、すなわち庭一面に散り敷いている雨粒。

軒端の雨だれは収まって、月が明るい光を放っている。ひっそりとした階に独り立って思う、はたして今は夜の何時《なんどき》であろうか。樽の中の飲み残しの酒を温めたいのだが、妻はもう眠っている。庭一面に月光に輝く雨粒が散り敷き、あたりは総《すべ》て虫の声。

64　山水小景五首　　山水小景《さんすいしょうけい》　五首《ごしゅ》

(其四)　　(その四)

菊老有餘香　　菊老《きくお》いて余香《よこう》有《あ》り
空階寒日薄　　空階《くうかい》　寒日《かんじつ》薄《うす》し

秋林夕多風　秋林《しゅうりん》　夕《ゆう》べに風多《かぜおお》く
木葉掃還落　木葉《もくよう》　掃《は》けば還《ま》た落《お》つ

文政四年(一八二一)四十二歳の作。『山陽詩鈔』巻六。五言絶句。韻字、薄・落(入声十薬)。
○余香　残り香。○空階　人気《ひとけ》のない階《きざはし》。○寒日　冬の日射し。杜甫の「杜位《とい》に寄す」詩に「寒日簷《のき》を経て短し」。

菊の花は盛りが過ぎても残り香がある。人気のない階に冬の日が薄く射している。秋の林は夕暮れ時になると風が立ち、木の葉は掃いても掃いても落ちてくる。

◇『山陽詩鈔』の頭評に、茶山は「淡処《たんしょ》、味濃し」と記している。

65　寒犬

寒犬《かんけん》

五柳無陰風数驚　五柳《ごりゅう》　陰無《かげな》く　風《かぜしばしば》数驚《おどろ》く
守門黄耳可憐生　門《もん》を守《まも》る黄耳《こうじ》　可憐生《かれんせい》
看梅帰晩昏揺尾　梅《うめ》を看《み》て帰《かえ》り晩《おそ》ければ　昏《く》れて尾《お》を揺《ふ》り

賞雪期来暁発声
檐短難逃霜気重
巷深時警月光明
想他輞水淪漣処
僮僕眠醒聞豹鳴

雪《ゆき》を賞《しょう》する期《とき》来《きた》れば　暁《あかつき》に声《こえ》を発《はっ》す
檐《のき》短《みじか》くして逃《のが》れ難《がた》し　霜気《そうき》の重《しげ》きを
巷《ちまた》深《ふか》くして時《とき》に警《けい》す　月光《げっこう》の明《あか》るきを
想《おも》ふ　他《か》の輞水淪漣《もうすいりんれん》の処《ところ》
僮僕《どうぼく》　眠《ねむ》り醒《さ》めて　豹鳴《ひょうめい》を聞《き》きしを

文政四年(一八二一)四十二歳の作。『山陽詩鈔』巻六。七言律詩。韻字、驚・生・声・明・鳴(下平声八庚)。

○**寒犬**　冬の犬。○**五柳**　五本の柳。陶潜(淵明)が自らを仮託した「五柳先生伝」に、「宅辺に五柳樹有り。因《よ》りて以《もっ》て号と為す」。この詩は詠物題の詩なので、実際の山陽宅に五本の柳があったかどうかを詮索する必要はないであろう。○**驚**　烈しく吹く。○**黄耳**　晋の陸機《りくき》の飼った駿敏な愛犬の名。『晋書』陸機伝に「初め機に駿犬有り。名づけて黄耳と曰《い》ひ、甚《はなは》だ之を愛す」。○**可憐生**　かわいそうである。「生」は助字。○**霜気**　骨を刺すような寒気。○**巷深**　路地の奥。○**時警月光明**　「警」は警戒して遠吠えする。伊藤靄谿《あいけい》『山陽詩鈔新釈』に「成都は曇天多きため、日を見て吠ゆる犬ありと。その翻案か」と解する。○輞水　陝西《せんせい》省藍田《らんでん》県の南を流れる川。王維《おうい》の別荘輞川荘《もうせんそう》はこの川の畔にあった。○淪漣　さざ波。王維の「山中より裴《はい》秀才迪《てき》に与ふる書」に「夜、華子岡《かしこう》に登れば、輞水は淪漣たり」。○豹鳴　豹のような鳴き声。王維の「山中より裴秀才迪に与ふる書」に「深巷の寒犬は吠声《はいせい》豹の如し」。

わが家の五本の柳はすでに葉が落ちて陰もなく、しばしば烈しい風が吹き付ける。そんなところで門を守っている吾が愛犬はかわいそうだ。観梅に出かけ遅く帰ってきても夕闇の中で尻尾を振って迎えてくれ、雪見の時期が到来すると明け方から喜んで吠えたてる。吾が陋屋《ろうおく》は軒先が短いので、厳しい寒気から逃れ難く、路地の奥は暗いので、明るい月の光に驚いて遠吠えをする。あの王維の別荘があった輞水のさざ波の立つ辺りで、別荘の下男は冬の夜に目覚めて、豹のような凄《すさ》まじい犬の鳴き声を聞いたというが、そんなことが想われるような冬の犬の鳴き声である。

◇『山陽詩鈔』ではこの詩は「四寒詠」という総題のもとに収められている。「寒犬」以外の題は「寒僕」「寒婢」「寒猫」である。総題「四寒詠」に付された自注に、「蔣蔵《しょうぞう》園《えん》に十寒詠有り。大抵、無情の物に係《かか》る。余、有情中に就きて痛痒《つうよう》最も相関はる者を抜き、四寒詩を作る」。すなわち、この「四寒詠」は清の蔣士銓《しょうしせん》(蔵園は号)の「十寒詠」に対抗して作った詠物詩だというのである。

66　冬日間居雑詠(五首)

(其一)

桂玉雖艱猶逸居
紅塵僦得一廛廬
廃毫鋒退可為画
故紙背明猶学書
妻計禦冬親漬菜
客思娯夕手携魚
休言此際無詩本
瓶裏寒花香有餘

冬日間居雑詠《とうじつかんきょざつえい》(五首)

(その一)

桂玉《けいぎょく》　艱《かん》なりと雖《いえど》も猶《な》ほ逸居《いっきょ》し
紅塵《こうじん》　僦《か》り得《え》たり　一廛廬《いちてんろ》
廃毫《はいごう》　鋒退《ほうしりぞ》きて　画《え》を為《な》す可《べ》く
故紙《こし》　背明《せあき》らかにして　猶《な》ほ書《しょ》を学《まな》ぶ
妻《つま》は冬《ふゆ》を禦《ふせ》ぐを計《はか》りて親《みずか》ら菜《な》を漬《つ》け
客《きゃく》は夕《ゆうべ》を娯《たの》しまんと思《おも》ひて手《て》づから魚《さかな》を携《たずさ》ふ
言《い》ふを休《や》めよ　此《こ》の際《さい》　詩本無《しほんな》しと
瓶裏《へいり》の寒花《かんか》　香《かおり》に余《あま》り有《あ》り

文政四年(一八二一)四十二歳の作。『山陽詩鈔』巻六。七言律詩。韻字、居・廬・書・魚・

餘(上平声六魚)。

○桂玉　物価の高いこと。詩14の語注参照。○逸居　気ままに暮らすこと。○紅塵　賑やかな場所。○僦得　賃借りする。この年四月に、山陽は京都両替町押小路上ル東側に転居し、その借家を薔薇園《そうびえん》と名づけた。○廛廬　住宅。○廃毫　使い古した筆。○鋒筆先。○背明　紙の裏側が白い。○此際　この時候。○詩本　詩の素材。○寒花　寒い季節に咲く花。菊の花をいうことが多い。

高い物価に苦しみながらも気ままに暮らし、繁華な町中《まちなか》に一軒家を借りている。したがって、使い古して毛先のちびた筆は画を描くのに役立て、反古紙《ほごがみ》の裏の白い所は書の稽古に使うという倹約第一の暮らしぶりだ。妻は冬支度に手ずから菜っ葉を漬け、客は夕べを一緒に楽しく過ごそうと自分で魚を持って訪ねてくる。この時候には詩を詠む材料がないなどと言ってくれるな。花瓶に挿してある寒菊から余りある香りが漂ってくるではないか。

◇『山陽詩鈔』の頭評に、茶山は「瑣《さ》砕《さい》の処を叙写して頗《すこぶ》る尊叔《そんしゅく》先生に似たり」と記している。尊叔先生とは山陽の叔父頼杏坪のことを指す。

67 同士謙巨海遊沙河

嫩麦抽針菜茁芽
東城已可岸烏紗
鴨鳧拍拍流初暖
牛犢牟牟日欲斜
雪尽総無無草処
林開時有有梅家
一瓢辨酒備微倦
返照橋辺魚可叉

士謙《しけん》・巨海《きょかい》と同《おな》じく沙河《すながわ》に遊《あそ》ぶ

嫩麦《どんばく》は針《はり》を抽《ぬ》き　菜《な》は芽《め》を茁《だ》す
東城《とうじょう》　已《すで》に烏紗《うしゃ》を岸《たか》くす可《べ》し
鴨鳧《おうふ》拍拍《はくはく》として　流《なが》れ初《はじ》めて暖《あたた》かく
牛犢牟牟《ぎゅうとくぼうぼう》として　日《ひ》斜《なな》めならんと欲《ほっ》す
雪尽《ゆきつ》きて総《すべ》て草《くさな》無き処《ところな》無く
林《はやしひら》開けて時《とき》に梅有《うめあ》る家《いえあ》有り
一瓢《いっぴょう》　酒《さけ》を弁《べん》じて微倦《びけん》に備《そな》ふ
返照橋辺《へんしょうきょうへん》　魚《うお》　叉《さ》す可《べ》し

文政五年(一八二二)四十三歳の作。『山陽詩鈔』巻六。七言律詩。韻字、芽・紗・斜・家・叉(下平声六麻)。

○**士謙**　内藤士謙。号を静修。長門《ながと》萩藩の京都留守居役で漢詩をよくした。○**巨海**　小田巨海。号を海僊《かいせん》・百谷《ひゃっこく》。周防国の人。京都で画家として活躍した。○**沙河**　砂川。京の地名で、高野川から引かれた水路である太田川が、今出川通より少し南で鴨川に流れ込む辺り。茶屋などがある行楽地。この二人と山陽が砂川に遊んだのは陰暦二月のことと推測される。〇**嫩麦**　若い麦。〇**茁**　勢いよく芽が出るさま。〇**東城**　町の東の郊外。〇**岸烏紗**「岸」は高くする、角立てる。「烏紗」は黒い薄絹で作った頭巾。散歩するのに良い季節になったことをいう。〇**鴨鳧**　かも。〇**拍拍**　羽根をバタバタさせる音。〇**牛犢**　子牛。〇**牟牟**　モーモーという牛の鳴き声。〇**弁**　用意する。〇**微倦**　軽い草臥《くたび》れ。〇**返照橋辺**　夕日に照らされた橋の辺り。〇**叉**　ヤスで魚を刺して捕る。ここは、酒の肴《さかな》にするための行動をいう。

若い麦は針のような茎を伸ばし、野菜は勢いよく芽を出している。黒い薄絹の頭巾を被《かぶ》って京の東郊を散策するにはよい季節になった。鴨たちは暖かくなり初めた川でバタバタと羽ばたき、子牛たちは斜陽に照らされてモーモーと鳴いている。すっかり雪も消えてあたり一面草が生え、林を通り過ぎると梅の花の咲く家が見える。少し草臥《くたび》れたら飲もうと思って瓢簞《ひょうたん》には酒が入れてある。あの夕日に照らされた橋の辺りで、ヤスで魚を捕まえて、酒の肴にしよう。

◇『山陽詩鈔』の頭評には、茶山の「前聯、古人に愧《は》ぢず」という評が刻されている。

「前聯」とは頷聯のことで、第三句・第四句の対句部分をいう。

68 新居

新居逢元日
推戸晴曦明
階下浅水流
涓涓已春声
臨流洗我研
研紫映山青
地僻少賀客
自喜省送迎
棲息有如此
足以慊素情
所恨唯一母

新《しん》居《きょ》

新居《しんきょ》　元日《がんじつ》に逢《あ》ふ
戸《と》を推《お》せば　晴曦《せいぎ》明《あきら》かなり
階下《かいか》に浅水《せんすい》流《なが》れ
涓涓《けんけん》として已《すで》に春声《しゅんせい》
流《なが》れに臨《のぞ》みて我《わ》が研《すずり》を洗《あら》へば
研《すずり》の紫《むらさき》は山《やま》の青《あお》に映《うつ》る
地僻《ちへき》にして賀客《がきゃく》少《すく》なく
自《みずか》ら喜《よろこ》ぶ　送迎《そうげい》を省《はぶ》くを
棲息《せいそく》　此《かく》の如《ごと》き有《あ》り
以《もっ》て素情《そじょう》に慊《かな》ふに足《た》る
恨《うら》む所《ところ》は唯《た》だ一母《いちぼ》

迎養志未成
安得共此酒
慈顔一咲傾
磨墨作郷書
酔字易縦横

迎養《げいよう》の志《こころざし》　未《いま》だ成《な》らざるを
安《いず》くんぞ得《え》ん　此《こ》の酒《さけ》を共《とも》にし
慈顔《じがん》一咲《いっしょう》して傾《かたむ》くるを
墨《すみ》を磨《す》りて郷書《きょうしょ》を作《な》せば
酔字《すいじ》　縦横《じゅうおう》なり易《やす》し

文政六年(一八二三)四十四歳の作。『山陽詩鈔』巻七。五言古詩。韻字、明・声(下平声八庚)、青(下平声九青)、迎・情・成・傾・横(下平声八庚)の通押。
○**新居**　文政五年(一八二二)十一月に転居した東三本木南町の住居。山陽が京都に住むようになってから、文政二年頃の木屋町の仮住まいを含めて六軒目の住まいであるが、賃居ではなく初めての持ち家で、ここが終《つい》の棲家《すみか》になった。鴨川に臨んでいたことから山陽はこの住まいを水西荘《すいせいそう》と名づけ、文政十一年春には敷地内に山紫水明処《さんしすいめいしょ》と名づける書斎を建てた。○**晴曦**　晴れた日の光。○**階下**　建物から庭に下りる階段のもと。○**浅水**　鴨川の本流のそばを枝分かれして流れる小流をいうか。○**涓涓**　細い流れが緩やかに流れるさま。陶潜(淵明)の「帰去来の辞」に「泉は涓涓として始めて流る」。○**春声**　春を感じさせる音。○研紫　山陽の愛硯は紫石硯だった。文政九年作の「文房七詠」の内の一首として二十年来愛用の「硯」が詠まれているが、その注に「紫質緑眼、彫りて海龍を為す」とある。○山青　東山《ひがしやま》の緑の山肌。○賀客　年賀の客。○愜素情　平素の思いにぴったりする。○一母　たった一人の母。父春水はすでに没していたので、親としては母だけの意。○迎養　親と同居して孝養を尽くすこと。○郷書　郷里への手紙。○縦横　乱雑なさま。

新居に移って元日を迎えた。戸を推し開けると晴れた日の光が明るく輝いている。階《きざはし》のもとには浅い小川が流れ、サラサラとすでに春めいた音を立てている。流れに向かって愛用の硯を洗うと、硯石の紫色が東山の緑の山肌に映《は》えて見える。場所が辺鄙なため年賀の客は少なく、送り迎えの手間が省けるのが嬉しい。このような住まいを手に入れて、平素の思いを十分に満たすことができた。ただ残念なのは、たった一人の母親を迎えとって孝養を尽くしたいという志が、未だ叶えられないということだ。何とかしてこの酒をともに酌み交わし、母が慈愛に満ちた顔を綻《ほころ》ばせながら杯を傾けるのを見たいものだ。そんなことを思いながら、墨を磨って郷里の母への手紙を書くと、酒に酔って書いた字は、つい乱雑になってしまう。

◇『山陽詩鈔』の頭評で、茶山は「意到りて筆随ふ。此《これ》自《おの》づから本色」と評している。

69　示塾生

憐我二三子
負笈向吾依
紙窓与土壁
燈花聚唔咿
歳除宴妻孥
呼致共酒卮
唱和聊同楽
講誦且緩期
君輩皆人子
豈不憂暌離
爺嬢当此際

塾生《じゅくせい》に示《しめ》す

憐《あわ》れむ　我《わ》が二三子《にさんし》
笈《きゅう》を負《お》ひ　吾《われ》に向《む》かひて依《よ》る
紙窓《しそう》と土壁《どへき》と
灯花《とうか》に聚《あつ》まりて唔咿《ごい》す
歳除《さいじょ》　妻孥《さいど》と宴《えん》し
呼《よ》び致《いた》して酒卮《しゅし》を共《とも》にす
唱和《しょうわ》　聊《いささ》か楽《たの》しみを同《おな》じくし
講誦《こうしょう》　且《しばら》く期《き》を緩《ゆる》くす
君輩《くんぱい》は皆《み》な人《ひと》の子《こ》
豈《あ》に暌離《けいり》を憂《うれ》へざらんや
爺嬢《やじょう》　此《こ》の際《さい》に当《あ》たり

当各説吾児　当《まさ》に各《おのおの》吾《わ》が児《じ》を説《と》くべし
已忍愛日意　已《すで》に愛日《あいじつ》の意《い》を忍《しの》ぶ
勿失惜陰時　惜陰《せきいん》の時《とき》を失《うしな》ふ勿《なか》れ

文政六年(一八二三)四十四歳の作。『山陽詩鈔』巻七。五言古詩。韻字、依(上平声五微)、咿・卮・期・離・児・時(上平声四支)の通押。
○**二三子**　師が弟子たちに呼びかける語。諸君。『論語』述而に「子曰く、二三子、我を以て隠せり(隠しごとをしている)と為すか」。○**負笈**　故郷を離れて遠くに遊学する。笈は、背負って持ち運ぶ書物箱。○**灯花**　灯芯が燃えてできる花の形をしたもの。「灯花聚」で夜遅くまで集まって、の意を含む。○**唔咿**　読書する声。○**歳除**　大晦日《おおみそか》。○**妻孥**　妻と子。○**講誦**　声を出して書物を読みながら講義すること。講読すること。○**緩期**　ここは、休講するの意。○**睽離**　そむき離れる。ここは子が親許を離れる。○**爺嬢**　父と母。○**此際**　この時節。ここは年末・年始の時期。○**愛日意**　日の過ぎるのを惜しんで父母に孝養を尽くそうとする心。『揚子法言』に「孝子は日を愛す」。○**惜陰**　時が過ぎるのを惜しむ。『晋書』陶侃《とうかん》伝に「大禹《たいう》は聖者なるに乃《すなわ》ち寸陰を惜しむ。衆人に至りては当に分陰を惜しむべし」。

我が愛する諸君よ。君たちは書物箱を背負い、私を頼りに学ぼうとしてやって来た。君たちは障子と土壁の粗末な部屋で、夜遅くまで灯火を囲んで読書に励んでいる。大晦日の夜、家族での内々の宴に、君たちも呼んで一緒に杯を交わすことにした。宴席で詩を唱和して少しばかり楽しみを共にし、講読の授業はしばらく休講としよう。君たちはみな人の子だ。どうして父母の膝下《しっか》を離れているのを憂えないことがあろうか。ご両親はこの年末・年始に当たり、きっとそれぞれ我が子のことを話題にしているにちがいない。君たちはすでに父母に孝養を尽くしたいという心を抑え忍んでいるのであるから、時が過ぎるのを惜しみ、勉学に励むべき大切な時期を失うようなことがあってはならないのだ。

◇『山陽詩鈔』には茶山の頭評が二つ刻されている。一つは、「先生、金茎《きんけい》の露《つゆ》、知らず誰か能《よ》く嘗《な》むるを得ん」。「金茎」は、漢の武帝が建てた承露盤《しょうろばん》を支える銅の柱。この承露盤で得た露は不老長生に効果があるとされたが、茶山評の「金茎の露」は酒を意味し、山陽は塾生たちと「酒卮《しゅし》を共にす」と言いながら、実は自分一人で飲んでしまったのではないかと、茶山は山陽を揶揄《やゆ》したのである。もう一つの評は、「結二句は堂々の陣」。これもまた、塾生に対して先生風を吹かせる山陽に向かって、昔の山陽を知っている茶山としては皮肉を言わずにはいられなかったのであろう。

70　文治経卓歌

含公経卓獲摂賈
製造雅質非粗窳
朱髹未剝光沢瑩
尺度勾股応規矩
背書経隝寺所置
造於文治歳丙午
誰哉築嶋平相国
活埋童男代強弩
塡浪纔成梁武堰
遷都擬拠董卓塢

文治《ぶんじ》経卓《きょうたく》の歌《うた》

含公《がんこう》の経卓《きょうたく》　摂賈《せっこ》に獲《え》たり
製造《せいぞう》は雅質《がしつ》にして粗窳《そゆ》に非《あら》ず
朱髹《しゅきゅう》未《いま》だ剝《は》げず　光沢瑩《こうたくかがや》く
尺度《しゃくど》　勾股《こうこ》　規矩《きく》に応《おう》ず
背《せ》に書《しょ》す　経隝寺《きょうじまでら》の置《お》く所《ところ》
文治《ぶんじ》の歳《とし》は丙午《へいご》に造《つく》ると
誰《た》そや嶋《しま》を築《きず》く　平相国《へいしょうこく》
童男《どうなん》を活《い》き埋《う》めて強弩《きょうど》に代《か》ふ
浪《なみ》を塡《うず》めて纔《わず》かに成《な》る　梁武《りょうぶ》の堰《えん》
都《みやこ》を遷《うつ》して拠《よ》らんと擬《ぎ》す　董卓《とうたく》の塢《お》

経営総為姦雄資
己為前狼彼後虎
丙午正当変革年
軍号始膺総追捕
王沢一熄殺運旺
長使鋒鏑換干羽
国勢推移有機関
此器雖小感所聚
竭来天魔迭出降
衆生枉遭脩羅苦
況此喉牙百戦地
白骨相撑誰嗅咻
久矣琳宮亦滄桑
無復仙梵雑戦鼓

経営《けいえい》　総《すべ》て姦雄《かんゆう》の資《し》と為《な》る
己《おのれ》は前狼《ぜんろう》為《た》り　彼《かれ》は後虎《こうこ》
丙午《へいご》　正《まさ》に当《あ》たる　変革《へんかく》の年《とし》
軍号《ぐんごう》　始《はじ》めて膺《う》く　総追捕《そうついぶ》
王沢《おうたく》一《ひと》たび熄《や》んで　殺運旺《さつうんさか》んに
長《なが》く鋒鏑《ほうてき》をして干羽《かんう》に換《か》へしむ
国勢《こくせい》の推移《すいい》は機関《きかん》有《あ》り
此《こ》の器《うつわ》　小《しょう》なりと雖《いえど》も　感《かん》の聚《あつま》る所《ところ》
竭来《けつらい》　天魔《てんま》　迭《たが》ひに出《い》で降《くだ》り
衆生《しゅじょう》は枉《ま》げて脩羅《しゅら》の苦《く》に遭《あ》ふ
況《いわ》んや此《こ》の喉牙《こうが》　百戦《ひゃくせん》の地《ち》
白骨相《はっこつあ》ひ撑《ささ》へて　誰《だれ》か嗅咻《うく》せん
久《ひさ》しいかな　琳宮《りんきゅう》も亦《ま》た滄桑《そうそう》
復《ま》た仙梵《せんぼん》の戦鼓《せんこ》に雑《まじ》る無《な》し

回頭塵界歴幾劫
独有此物存寰宇
公且倚卓拈念珠
為公歴指説万古
源右大将既滅平氏餘党伏匿所在乃奏請置諸国守護地頭随在追捕而自総之世称曰総追捕使武門掌国権始此実文治丙午歳也足利氏以還摂津常被兵経嶋寺罹燹

頭《こうべ》を回《めぐ》らせば塵界《じんかい》　幾劫《いくごう》をか歴《へ》たる
独《ひと》り此《こ》の物《もの》の寰宇《かんう》に存《そん》する有《あ》り
公《こう》　且《しばら》く卓《たく》に倚《よ》りて念珠《ねんじゅ》を拈《ひね》れ
公《こう》の為《ため》に歴指《れきし》して万古《ばんこ》を説《と》かん
源　右大将《みなもとのうだいしょう》既《すで》に平氏《へいし》を滅《ほろ》ぼし、余党《よとう》、所在《しょざい》を伏匿《ふくとく》す。乃《すなわ》ち奏請《そうせい》して諸国《しょこく》に守護《しゅご》地頭《じとう》を置《お》き、随在《ずいざい》追捕《ついぶ》して自《みずか》ら之《これ》を総《す》ぶ。世《よ》称《しょう》して総追捕使《そうついぶし》と曰《い》ふ。武門《ぶもん》の国権《こっけん》を掌《つかさど》ること此《これ》に始《はじ》まる。実《じつ》に文治《ぶんち》丙午《へいご》の歳《とし》なり。足利氏《あしかがし》以還《いかん》、摂津《せっつ》常《つね》に兵《へい》せられ、経嶋寺《きょうじまでら》、燹《せん》に罹《かか》る。

文政六年(一八二三)四十四歳の作。『山陽詩鈔』巻七。七言古詩。韻字、賈・窳・矩・午・弩・塢・虎・捕・羽・聚・苦・咻・鼓・宇・古(上声七麌)。

○文治経卓　文治年間(一一八五―九〇)に製作された経机《きょうづくえ》。**○含公**　山陽の親友で浄土真宗の学僧大含《だいがん》。雲華《うんげ》と号した。詩46の語注参照。**○摂賈**　大坂の商人。**○雅質**　優雅でしっかりしている。○粗窳　粗末で歪《ゆが》む。○朱髹　朱色の漆。○尺度　寸法。○勾股　直角をなす縦・横の二辺。○規矩　物差し。○経隝寺　経が島は平清盛が兵庫の大輪田泊《おおわだのとまり》に築いた波除けの人工島で、そこに建立された寺。○丙午　文治二年(一一八六)の干支。○平相国　平清盛。相国は太政大臣の唐名。清盛は太政大臣になったのでこう称される。○童男　海神の怒りを鎮めるため、香川民部の子の松王丸が人柱《ひとばしら》として海に沈められたという。神戸市兵庫区にある築島来迎寺は松王丸の菩提《ぼだい》を弔うために建立された寺。○強弩　強い大弓。『五代史』によれば、呉越王であった銭鏐《せんりゅう》は、海岸に堤防を築こうとした際に海潮の勢いで妨げられたため、強弩数百で潮頭を射たところ波がおさまり堤防を完成することができたという。○梁武堰　梁の武帝は檀渓《だんけい》に堰堤《えんてい》を築き、敵の襲撃を防いだという(『梁書』武帝紀)。○遷都　平清盛は治承四年(一一八〇)に都を福原に遷した。○董卓塢　塢は小城。後漢の董卓は小城を郿《び》に築き、穀物を蓄えて備えとした(『後漢書』董卓伝)。○姦雄　悪智恵に長けた英雄。ここは源頼朝を指す。○己　平清盛を指す。○前狼・後虎　「前門の虎、後門の狼」を言い換えたもの。○彼　源頼朝を指す。○軍号　軍隊の名号。○膺　受ける。○総追捕　平氏の余党を捜索追討するため、頼朝は総追捕使を称した。詩の後に付される自注参照。○王沢　天子の恩沢。君王の恵み。○殺運　殺伐とした気運。○鋒鏑　矛先《ほこさき》と鏃《やじり》。転じて武器。○干羽　古代中国の宮廷には文舞と武舞とがあり、干は武の舞いに用いる盾《たて》、羽は文の舞いに用いる鳥の羽。ここは、礼楽文治の政治をいう。○機関　仕掛け。契機となる構造。○感　感慨。○掲来　去来に同じ。歳が去り、また歳が来ること。○天魔　人々に災いをもたらす悪魔。ここは、覇権を争い殺戮《さつりく》を繰り返した武門の頭領たちをいう。○脩羅　修羅に同じ。戦乱、闘争。○喉牙　喉《のど》と歯。経島寺のあった兵庫の地は畿内の喉と歯の位置にあたる。○噢咻　悲しみ傷む。○琳宮　寺院。経島寺を指す。○滄桑　滄海が桑田に変わってしまうような、激しい転変をいう。○仙梵　読経の声。○塵界　俗世界。○幾劫　劫は、極めて長い時間をいう。○寰宇　天下。○歴指　次々と指し示す。○源右大将　源頼朝。○以還　以来このかた。○罹燹　戦火に罹災する。

大含公《だいがんこう》の経卓は大坂の商人から手に入れたものであるが、造りは優美でしっかりしており、粗末で歪《ゆが》んだようなものではない。朱の漆は剝《は》げておらず、つやつやと光沢があり、縦・横の寸法もきっちりと物差し通りになっている。裏側には「これは経島寺のもので、文治丙午の歳に造る」と書かれている。そもそも経が島を築いたのは誰かというと、それは平相国清盛にほかならない。清盛は島を築くときに男児を生き埋めにして海神に捧げ、呉越王が海潮を鎮めるのに用いた強弩《きょうど》の代わりにしたという。それによって浪を鎮め、ようやく梁の武帝が築いた堰堤《えんてい》のような経が島を完成させ、董卓が小城を郿《び》に築いて後の備えにしようとしたように、福原に都を遷して本拠にしようとしたのである。しかし、清盛の奔走は総て乱世の雄たる源頼朝のためのものになった。いわば清盛本人は前門の狼であり、頼朝は後門の虎だった。この経卓の造られた丙午の歳文治二年は、正に歴史上の変革の年であった。頼朝の軍勢は初めて総追捕使《そうついぶし》の名を受け、天子の恩沢は衰えて殺伐とした気運が盛んになり、長らく礼楽《れいがく》に換えるに武器をもってする武断政治の時代になった。国の勢いの移り変わりにはそうなるべき契機というものがある。この経卓は小さな器物にすぎないが、眺めているとさまざまな感慨が湧いてくる。以来、歳去り歳来《きた》りて天魔のような武家の頭領たちが代わる代わる登場し、世の人々は強いられて戦乱の苦しみに遭うことになった。ましてや畿内の喉元《のどもと》にあたるこの地は多くの戦乱に見舞われ、白骨が支えあうように重なりあっているが、誰もそれを悲しみ傷む者はいない。長い年月が過ぎ去ったのだ。経島寺は跡形もなくなり、再び読経の声が陣太鼓の音に雑《まじ》って聞こえることもない。振り返ってみれば、この俗世界はどれほどの長い時間を経てきたのであろうか。その中でこの経卓だけが天下に伝存している。大含公よ、まずはこの経卓に寄って数珠《じゅず》を爪繰《つまぐ》られよ。貴公のために次々と指し示して万古《ばんこ》の歴史を説くことにしよう。

◇『山陽詩鈔』には茶山の頭評が二つ刻されている。一つはこの詩全体についてのもので、「一韻到底にして事を叙するに一に非《あら》ず。而《しか》して窘苦《きんく》の跡無し」。もう一つは第七句から第十句あたりの典拠の使い方についてのもので、「浄海は隩《みなと》を安んずるが為にし、呉翁は攻戦の為にす。事、恐らくは倫《りん》せざらん。豈《あ》に佳典の代ふべきもの無からんや」。浄海は清盛の法号。隩は港。呉翁は呉の建康に都した梁武帝をいう(新日本古典文学大系『頼山陽詩集』脚注)。茶山は詩句に用いた典故がバランスを欠いているので、もっと適切な典故に代えるべきだと指摘したのである。

なお、『山陽詩鈔』巻七のこの詩の前後には、この詩の他に「多賀城瓦研歌《たがじょうがけんか》」「芳野竹笛歌《よしのちくてきか》」「興国鉄鈴歌《こうこくてつれいか》」と題される、歴史的な古物を詠む長篇の古詩が連続して収められている。この種の詩は、山陽の親友であった市河米庵の父市河寛斎《かんさい》が好んで詠んだ。山陽は文政四年秋に出版された『寛斎先生遺稿』を米庵から献呈されており、この詩集に収められていた寛斎の歴史的な古物の詩に刺戟《しげき》されて、このような連作を試みたのかもしれない。

71　同君彝遊朱雀

朱雀橋辺売酒家
竹林匜水水穿沙
荷葉青褪柿子赤
此処一酔魚可叉」
昨日北城今南郭
莫辞頻頻同行楽」
摂山青露林缺処
知君帰帆従此去

君彝《くんい》と同《おな》じく朱雀《すざく》に遊《あそ》ぶ
朱雀橋辺《すざくきょうへん》　売酒《ばいしゅ》の家《いえ》
竹林《ちくりん》は水《みず》を匜《めぐ》り　水《みず》は沙《すな》を穿《うが》つ
荷葉《かよう》は青褪《あおあ》せて　柿子《しし》は赤《あか》し
此処《ここ》に一酔《いっすい》せん　魚《うお》　叉《さ》す可《べ》し
昨日北城《きのうほくじょう》　今南郭《いまなんかく》
辞《じ》する莫《なか》れ　頻頻《ひんぴん》として行楽《こうらく》を同《おな》じくするを
摂山《せつざん》の青《あお》は露《あら》はる　林《はやし》の欠《か》くる処《ところ》
知《し》る　君《きみ》が帰帆《きはん》　此《これ》従《よ》り去《さ》るを

文政六年（一八二三）四十四歳の作。『山陽詩鈔』巻七。七言古詩。韻字、家・沙・叉（下平声六麻）」郭・楽（入声十薬）」処・去（上声六語）。
○**君彝**　田能村竹田《たのむらちくでん》の字。詩44の語注参照。竹田は豊後岡を出て、この年五月十日に入京、京都滞在中に山陽とさかんに交遊した。○**朱雀**　現在の京都市伏見区朱雀町あたり。○**朱雀橋**　伏見の朱雀にあった丹波橋を、劉禹錫《りゅううしゃく》の「烏衣巷《ういこう》」詩の「朱雀橋辺野草の花」という詩句を意識しながら、こう表現したか。〇**売酒家**　山陽は九月十六日に、竹田・大含と連れだって朱雀に遊び、丹波屋という茶屋に上がった。〇**叉**　ヤスで魚を捕らえる。〇**昨日北城**　城郭の北、すなわち町の北の郊外。前日の九月十五日に山陽は北山に遊んだが、その留守宅に竹田が訪れ、竹田は山陽の跡を追ったという。〇**南郭**　城郭の南、すなわち町の南の郊外。伏見あたりを指す。〇**摂山**　摂津の山々。〇**帰帆**　帰途の船。実際に竹田が大坂から船便で帰郷するのは翌文政七年一月のことである。〇**此**　摂津を指す。

朱雀橋畔の酒楼に上がると、竹林が川を囲み、川が砂を穿って流れている。蓮の葉の緑は褪《あ》せたが、柿の実は赤く色づいている。ここで酒を酌もう。酒の肴に川で魚を捕ってくれ。

昨日はともに京の北郊に遊び、今日は京の南郊にいる。しばしば行楽を共にするのを断《ことわ》ってはいけない。

林の途切れたところから摂津の山々の緑の山肌が見えている。君が郷里に帰る船は、そこから出て行くのだと僕は知っている。

◇『山陽詩鈔』の茶山の頭評に、「古詩に「前日風雪の中」とは是れ往事を道《い》ふ。此詩《このし》は是《こ》れ来境を指す。同一の感愴《かんそう》なり」とある。茶山は「古詩一首」(『古詩源』)という題の「歩して城東の門を出で、遥かに江南の路を望む。前日風雪の中、故人此《これよ》従り去る。我は河水を渡らんと欲するも、河水深くして梁《はし》無し。願はくは双黄鵠《そうこうこく》と為り、高く飛びて故郷に還らん」という詩と比較して、この『古詩源』の詩が過去のことを詠んだのに対し、山陽の詩は未来の心境を詠んだものだと指摘しているのである。

72　中秋無月侍母

不同此夜十三回
重得秋風奉一巵
不恨尊前無月色
免看児子鬢辺絲

中秋《ちゅうしゅう》、月無《つきな》し。母《はは》に侍《じ》す

此夜《このよ》を同《おな》じくせざること十三回《じゅうさんかい》
重《かさ》ねて秋風《しゅうふう》に一巵《いっし》を奉《ほう》ずるを得《え》たり
恨《うら》みず　尊前《そんぜん》に月色《げっしょく》無《な》きを
看《み》らるるを免《まぬか》る　児子《じし》鬢辺《びんぺん》の糸《いと》

文政七年(一八二四)四十五歳の作。『山陽詩鈔』巻八。七言絶句。韻字、回(上平声十灰)と巵・絲(上平声四支)の通押。

○**侍母**　この年、母梅颸《ばいし》は二度目の上洛を果たし、三月十五日に京都に着き、十月七日に帰郷のため京を発つまで京都に滞在し、大坂などにも遊んだ。この年の『梅颸日記』八月十五日に、「終日陰、微雨、無月。……亭にて書生衆も共に酒呑、詩出来る」。○**十三回**　文化六年(一八〇九)年末に山陽が郷里広島を出て神辺《かんなべ》に赴いて以来。正確には十四回とあるべきところだが、平仄の都合で十三回としたか。なお「三」は平声、「四」は仄声。○**一卮**　一杯の酒。○**尊前**　酒樽の前。宴席をいう。○**児子**　山陽自らを指す。○**鬢辺糸**　鬢の毛が白くなったことをいう。

母上と中秋の月を一緒に眺められなかったことが十三回に及んだが、今夜は秋風が心地よく吹くなか、再び母上に一杯のお酒を差し上げることができた。この席が月光に照らされていないのを恨みには思わない。そのお蔭で私の鬢のあたりの白髪を、母上に見られずに済むのだから。

◇『山陽詩鈔』の茶山評に、「子成の小作は皆な趣を成す。外に求めず、工《たく》みを用ひずして足る。今時、対局する者少なし」。

73　君彝去後周歳写豆瓜題詩来寄賦答

摘豆剖瓜与吾酔
多君能記去年事」
炰鼈膏泣臙脂坡
膾鯉雪飛柳枝家
京城逢迎知幾処
独憶吾家豆与瓜」
応是淡交久不厭
屋梁残月両照面」
赤馬関連白鶴崎
問君再遊何為期
今歳已過刈豆節
明年猶及種瓜時

君彝《くんい》去《さ》りて後周歳《のちしゅうさい》、豆瓜《とうか》を写《うつ》し、
　詩《し》を題《だい》し来《きた》り寄《よ》す。賦《ふ》して答《こた》ふ
豆《まめ》を摘《つ》み瓜《うり》を剖《さ》きて吾《われ》と酔《よ》ひき
多《た》とす　君能《きみよ》く去年《きょねん》の事《こと》を記《き》するを
炰鼈《ほうべつ》の膏《あぶら》は泣《な》く　臙脂《えんじ》の坡《は》
膾鯉《かいり》の雪《ゆき》は飛《と》ぶ　柳枝《りゅうし》の家《いえ》
京城《けいじょう》の逢迎《ほうげい》　知《し》る幾処《いくしょ》ぞ
独《ひと》り憶《おも》ふ　吾《わ》が家《や》の豆《まめ》と瓜《うり》と
応《まさ》に是《こ》れ淡交久《たんこうひさ》しくして厭《あ》かざるべし
屋梁《おくりょう》の残月《ざんげつ》　両《ふた》つながら面《かお》を照《て》らさん
赤馬《あかま》が関《せき》は連《つら》なる　白鶴崎《しろつるさき》
問《と》ふ　君《きみ》が再遊《さいゆう》　何《いつ》をか期《き》と為《な》す
今歳已《こんさいすで》に豆《まめ》を刈《か》るの節《せつ》を過《す》ぐ
明年猶《みょうねんな》ほ及《およ》べ　瓜《うり》を種《う》うるの時《とき》

文政七年(一八二四)四十五歳の作。『山陽詩鈔』巻八。七言古詩。韻字、酔・事(去声四寘)」坡(下平声五歌)と家・瓜(下平声六麻)の通押」厭(去声二十九艶)と面(去声十七霰)の通押」崎・期・時(上平声四支)。

○**君彝**　田能村竹田《たのむらちくでん》の字。竹田は文政六年五月に来京し、東山双林寺前の愛山居に寓し、文政七年正月に京を発って豊後岡に帰郷した。○**周歳**　満一年。この詩は文政七年十月頃の作と推定されるので、竹田が帰郷してから正確には満一年にならないが、概略としてこう表現したのであろう。○**写豆瓜…**　帰郷した竹田が豆や瓜の画を描き、みずから詩を題して山陽に送ってきたのである。○**多**　ありがたいと思う。○**炰鼈**　すっぽんの炙《あぶ》り焼き。『詩経』小雅・六月に「諸友に飲ましめ御《すす》むるに、炰鼈膾鯉あり」。○**膏泣**　膏が焼けてジュウジュウと音をたてる。李賀の「将進酒」詩に「龍を烹《に》、鳳《ほう》を炰《あぶ》りて玉脂《ぎょくし》泣く」。○**臙脂坡**　臙脂は、化粧用の紅。坡は土手。ここは鴨川沿いの花街をいう。○**膾鯉**　鯉の刺身。○**雪飛**　白い鯉の膾《なます》を、雪に見立てた表現。○**柳枝家**　唐の韓《かん》愈《ゆ》の侍妓の名は柳枝、また白居易の侍妓小蛮《しょうばん》は舞いが上手く、腰は柳枝のようだったということから、芸妓のいる家。○**逢迎**　人を接待すること。○**淡交**　君子の交わり。『荘子』山木に「君子の交りは淡きこと水の若《ごと》し」。○**屋梁残月**　屋根のあたりに見える明け方の月。杜甫の「李白を夢む」詩の「落月は屋梁に満ち、猶《な》ほ顔色を照らすかと疑ふ」から、友を想う情の篤いことを含意する。○赤馬関　長門《ながと》国下関。本州から九州への中継地。○白鶴崎　豊後国鶴崎(現、大分県大分市)。瀬戸内海航路の港があった。○刈豆節　秋。○種瓜時　瓜の種を蒔くのは春。

豆を摘み取り、瓜を切って酒の肴《さかな》にし、酒を酌み交わしたね。そうした去年の出来事を君がよく覚えていてくれたのを有難く思うよ。

一緒に遊んだ鴨川沿いの花街では、すっぽんの炙《あぶ》り焼きがジュウジュウと膏《あぶら》の音をたて、芸妓のいる茶屋では鯉の刺身が空から舞い降りてくる雪のように白かった。京都では君をもてなすため色々な所に行ったが、思い出すのは我が家で食べたあの豆と瓜の味ばかりだ。

君と僕との交わりは瓜と豆の味のような淡白な君子の交わりで、きっと厭きることなく長く続くだろう。屋根のあたりに残月が懸かっている。こうした月を見てかつて杜甫が李白のことを想ったように、今はお互いの顔を残月が照らして、君は僕を、僕は君のことを想っている。

九州への入口赤馬が関は、君の住む豊後国の最寄りの港である鶴崎につながっている。

君はいつこちらに再遊するつもりだろうか。今年はもう豆を刈り取る季節は過ぎてしまった。来年の瓜を植える季節に、また遊びに来ないか。
◇『山陽詩鈔』の頭評において、茶山は第三・第四句の「炰鼈膏泣臙脂坂、膾鯉雪飛柳枝家」という対句表現について、「一聯を挿入し、客を借りて主を形《あら》はす。是《こ》れ詩家の要訣なり」と評している。

74　侍輿短歌

母坐籃輿児草鞋
隔著輿窓相伝杯
小歇野店擘霜菓
児献母酬咲顔開
葛原聴妓酒如澠
華港泛鷁肴如陵
帰程一杯還可楽

侍輿《じょ》の短歌《たんか》
母《はは》は籃輿《らんよ》に坐《ざ》し　児《じ》は草鞋《そうあい》
輿窓《よそう》を隔著《かくちゃく》して　杯《さかずき》を相伝《あいつた》ふ
野店《やてん》に小歇《しょうけつ》して霜菓《そうか》を擘《さ》き
児《じ》は献《けん》じ　母《はは》は酬《むく》ひて　咲顔《しょうがん》開《ひら》く
葛原《かつげん》に妓《ぎ》を聴《き》きて酒《さけ》は澠《じょう》の如《ごと》く
華港《かこう》に鷁《げき》を泛《うか》べて肴《さかな》は陵《おか》の如《ごと》し
帰程《きてい》の一杯《いっぱい》　還《ま》た楽《たの》しむ可《べ》し

回首両都成陳迹　首《こうべ》を回《めぐ》らせば　両都《りょうと》は陳迹《ちんせき》と成《な》る

文政七年(一八二四)四十五歳の作。『山陽詩鈔』巻八。七言古詩。韻字、鞋(上平声九佳)と杯・開(上平声十灰)の通押」澠・陵(下平声十蒸)」楽(入声十薬)と迹(入声十一陌)の通押。

○侍輿　駕籠《かご》に付き従うこと。山陽の母梅颸《ばいし》は三月十五日以来京都に滞在していたが、十月七日に帰郷のため京を発った。山陽は母を広島まで送った。その途中での作。○短歌　古詩の短いもの。○藍輿　竹の駕籠。○隔著　隔てる。著は、動作をあらわす語に付く助辞。○小歇　小休止する。小憩する。○霜菓　霜にあって色づき熟した果物。○咲顔　笑顔に同じ。○葛原　京の真葛《まくず》が原《はら》。円山《まるやま》、祇園《ぎおん》付近の地名。梅颸・山陽母子は連れだって祇園の二軒茶屋で酒を酌んだことがあった。○澠　中国古代の斉の地に流れていた川の名。『左氏伝』昭公十二年に「酒有ること澠の如く、肉有ること陵の如し」とあり、酒宴の盛大なことをいう。○華港　浪華《なにわ》の港。○鷁　鷺《さぎ》に似た大形の鳥で、風波に耐えて飛ぶといわれることから、船首にこの鳥の姿を彫刻して飾りとした。ここは華やかな屋形船をこう表現したのであろう。梅颸は京都滞在中に何度か大坂に遊び、篠崎小竹などに招かれて舟遊びをしている。○両都　京都と大坂。○陳迹　過去の遺跡・出来事。

母上は駕籠に坐り、子の私は草鞋《わらじ》がけで付き従い、駕籠の窓を隔てて酒杯を回らす。野中の茶店で小憩し、霜後の熟した果物を剝《む》いて酒杯をやりとりすれば、満面に笑顔が綻びる。

京の真葛が原で芸妓の歌を聴いた時には、酒は川のように尽きることなく、浪華の港で舟遊びをした時には、肴は丘のように積まれていた。

故郷へ帰る道中での一杯の酒はまた楽しむべきだ。振り返って見れば、母上と楽しさをともにした京都と浪華という二つの都は、もはや過去の思い出の場所になってしまったのだから。

◇『山陽詩鈔』の頭評において、篠崎小竹は「澠の如し、陵の如しは恐らくは套《とう》ならん」という。第五句・第六句に見られるこの表現は『左氏伝』を典拠とするものであるが、陳腐な表現だと批判したのである。

75　戯作摂州歌

兵可用　酒可飲
海内何州当此品
屠販豪俠堕地異
腹貯五州水淰淰
阿吉不肯捐与人
阿藤営宅城如錦」
龍顚虎倒両逝波
戦血満地化嘉禾
伊丹剣稜美如何
各酹一杯能飲麼

余書此詩与摂人剣稜主人偶見奪取即贄其酒来謁定交始于此

戯《たわむ》れに摂州《せっしゅう》の歌《うた》を作《つく》る

兵用《へいもち》ふ可《べ》し　酒飲《さけの》む可《べ》しと
海内《かいだい》　何《なん》の州《しゅう》か　此《こ》の品《ひん》に当《あ》たらん
屠販豪俠《とはんごうきょう》　地《ち》に堕《お》ちて異《こと》なり
腹《はら》に貯《たくわ》ふ　五州《ごしゅう》の水《みず》の淰淰《しんしん》たるを
阿吉《あきつ》は肯《あえ》て捐《す》てて人《ひと》に与《あた》へず
阿藤《あとう》は宅《いえ》を営《いとな》みて　城《しろ》　錦《にしき》の如《ごと》し
龍顚《りゅうたお》れ虎倒《とらたお》れて　両《ふた》つながら逝波《せいは》
戦血《せんけつ》　地《ち》に満《み》ちて嘉禾《かか》と化《か》す
伊丹《いたみ》の剣稜《けんびし》　美如何《びいかん》
各《おのおの》一杯《いっぱい》を酹《そそ》がん　能《よ》く飲《の》むや麼《いな》や

余《よ》、此詩《このし》を書《しょ》して摂人《せつじん》に与《あた》ふ。剣稜主人《けんびししゅじん》偶《たまたま》見《み》て奪《うば》ひ取《と》る。即《すなわ》ち其《そ》の酒《さけ》を贄《し》し来《きた》り謁《えっ》す。交《こう》を定《さだ》むること此《これ》に始《はじ》まる。

文政七年(一八二四)四十五歳の作。『山陽詩鈔』巻八。七言古詩。韻字、飲・品・淰・錦(上声二十六寝)」波・禾・何・麼(下平声五歌)。

○摂州　摂津国。現在の大阪府北西部と兵庫県南東部の地域にあたる。○兵可用　酒可飲　摂津国は全国を統一するためには戦略上の要地であり、また池田や灘《なだ》など摂津国内には上質の酒の産地が多い。『晋書』郗超《ちちょう》伝における桓温《かんおん》の言葉に「京口《けいこう》は酒飲む可し、兵用ふ可し」。○品　品評の意。○屠販豪侠　家畜を解体して販売する者のような豪快で侠気のある人物。○堕地異　生まれ落ちたときから他の人とは異なっている。○五州　五畿内(大和国・山城国・河内国・和泉国・摂津国)。○淰淰　水が流れるさま。○阿吉　織田信長の幼名である吉法師に、親しみの意をあらわす接頭語「阿」を付けた言い方。○阿藤　豊臣秀吉の若いときの通称である藤吉郎に、接頭語「阿」を付けた言い方。○城　秀吉の築城した大坂城。○龍顚虎倒　龍虎顚倒に同じ。龍は信長を、虎は秀吉を指す。杜甫の「柟樹《なんじゅ》風雨の抜く所と為るの歎き」詩に、「虎《こ》倒龍顚《とうりゅうてん》榛棘《しんきょく》に委《い》す」。○逝波　過ぎ去って帰ってこない水の流れ。陸游《りくゆう》の「舟は会稽山《かいけいざん》下を過ぐ。因《よ》りて舟を繋ぎ近村に遊び、暮に迨《およ》びて乃《すなわ》ち帰る」詩に「歳月は逝波の如し」。○嘉禾　実の多くついた立派な稲。酒の材料。○伊丹剣稜　伊丹の銘酒剣菱。○酹　酒を地に注いで神を祭る。○麼　疑問の助辞。○摂人　『頼山陽全伝』は、西宮(後に伊丹)の蘭方医原老《はらろう》柳《りゅう》かと推定する。○剣稜主人　剣菱の蔵元であった坂上桐陰《さかがみとういん》。自注にあるように、桐陰はこれがきっかけで山陽の門人になった。○贄　贈り物をする。

桓温はかつて京口の地を指して、兵を用いるべき、また酒を飲むべきの地であると評したという。摂津以外、日本の中でいったいどこにこの品評に当たる国があろうか。古来この地には豪快で侠気の士が多いが、彼らは生まれ落ちたときから他国の人とは違っており、その腹中には畿内五ヶ国に流れる豊かな水が貯えられているのである。吉法師こと織田信長は摂津国を攻略してもあえて人に与えようとはしなかったし、藤吉郎こと豊臣秀吉はこの国に居城として壮麗な大坂城を築いた。

しかし、龍虎のように勇猛だった信長も秀吉もともに川の水のように流れ去って過去の人物になり、戦《いく》さで流された血に覆われた地面には今や見事な米が実っている。それらの米で醸された伊丹の銘酒剣菱の美味《おいし》さはどうだ。信長や秀吉の地下の霊魂にそれぞれ一杯のこの酒を注ぐことにしよう。はたして彼らの霊魂は飲んでくれるだろうか。

◇『山陽詩鈔』には、次のような二つの茶山の頭評が刻されている。「此種《このしゅ》の詩は、これを古人の中に求むるに、老杜(杜甫)は沈鬱《ちんうつ》にして発揚を忌む。放翁(陸游)に至りては尽情踼厲《じんじょうとうれい》（心情を尽くし表現を磨《みが》くこと）、人をして快暢《かいちょう》ならしむ。本邦に在りては則ち子成有るのみ」。また「吉法師・藤吉郎、新たにその称を定む。歌詞の諷詠（諷刺的に詠むこと）においては固《もと》より当《まさ》に此《こ》の如くなるべきのみ」。

76　哭阿辰此日春尽

別春又別児
此日両傷悲
春去有来日
児逝無会期
幻華一現暫娯目
造物戯人何獪哉
明年東郊尋春路
誰復挈瓢趁爺来

阿辰《あしん》を哭《こく》す、此日《このひ》春尽《はるつ》く

春《はる》に別《わか》れ　又《ま》た児《じ》に別《わか》る
此日《このひ》　両《ふた》つながら傷悲《しょうひ》す
春《はる》は去《さ》るも来《きた》る日《ひ》有《あ》り
児《じ》は逝《ゆ》きて会《あ》ふ期無《ときな》し
幻華《げんか》一《ひと》たび現《げん》じて暫《しばら》く目《め》を娯《たの》しましむ
造物《ぞうぶつ》の人《ひと》に戯《たわ》むるる　何《なん》ぞ獪《かい》なるや
明年《みょうねん》　東郊《とうこう》　春《はる》を尋《たず》ぬる路《みち》
誰《だれ》か復《ま》た瓢《ひさご》を挈《たずさ》へて爺《ちち》を趁《お》ひ来《きた》らん

文政八年（一八二五）四十六歳の作。『山陽詩鈔』巻八。雑言古詩。韻字、児・悲・期（上平声四支)」哉・来(上平声十灰)。

○阿辰　文政三年十月七日に妻梨影《りえ》との間に生まれた辰蔵《たつぞう》。文政八年三月二十八日、疱《ほう》瘡《そう》のため六歳で没した。○春尽　この年の春尽《しゅんじん》の日は三月三十日。辰蔵が没した翌々日にあたる。○幻華　幻の花。儚《はかな》く散ってしまった愛らしき花、すなわち辰蔵の比喩。○造物　造物者。万物を創造した神。○獪　悪がしこい。○東郊　東の郊外。ここは京都の東山あたりを指す。○挈瓢　酒を入れた瓢簞《ひょうたん》を手に提げる。○爺　父。

今日は春と訣別し、またこの春には吾《わ》が児《こ》辰蔵と死に別れた。今日という日はともども悲傷の感に胸が塞《ふさ》がる。春は去ってもまた来年にはやって来るが、吾が児は逝ってしまえばもう会う時は来ない。

幻の花のようにいったん吾が児はこの世に現れて我が目を娯しませてくれたが、天の神さまは何と悪がしこく人を玩《もてあそ》ぶのであろうか。来年東山に春景色を尋ねても、その道でもう誰も酒を入れた瓢簞を手に持って、この父を追いかけてくる者はいないのだ。

◇『山陽詩鈔』の茶山の頭評に、「長歌の悲しみ、慟哭《どうこく》に過ぐ。子成は真に詩を知る者なり」。

77　南遊往反数望金剛山　想楠河州公之事慨然　有作

山勢自東来
如鳥開双翼
遥夾大江流
相望列黛色
南者金剛山
挿天最岐嶷
拖尾抵海垠
蜿蜒画南域
隠与城郭似
擁護天王国
想見豫章公

南遊《なんゆう》して往反《おうはん》　数《しばしば》　金剛山《こんごうさん》を望《のぞ》む。
楠河州公《なんかしゅうこう》の事《こと》を想《おも》ひ、慨然《がいぜん》として
作《さく》有《あ》り

山勢《さんせい》　東《ひがし》より来《きた》り
鳥《とり》の双翼《そうよく》を開《ひら》くが如《ごと》し
遥《はる》かに夾《はさ》む　大江《たいこう》の流《ながれ》
相《あ》ひ望《のぞ》んで黛色《たいしょく》を列《つら》ぬ
南《みなみ》は金剛山《こんごうさん》
天《てん》に挿《さしはさ》んで最《もっと》も岐嶷《きぎょく》
尾《お》を拖《ひ》きて海垠《かいぎん》に抵《いた》り
蜿蜒《えんえん》として南域《なんいき》を画《かく》す
隠《いん》として城郭《じょうかく》と似《に》て
擁護《ようご》す　天王《てんのう》の国《くに》
想見《そうけん》す　予章公《よしょうこう》

孤塁扞群賊
合囲百万兵
陣雲繞麓黒
臣豈不自惜
受託由面勅
灑泣誓吾旅
為君鏖鬼蜮
果然七尺軀
自有回天力
宕叡連武庫
隔江対正北
公死実在彼
在公尽臣職
所惜壊長城

孤塁《こるい》　群賊《ぐんぞく》を扞《ふせ》ぎしを
合囲《ごうい》　百万《ひゃくまん》の兵《へい》
陣雲《じんうん》　麓《ふもと》を繞《めぐ》りて黒《くろ》し
臣《しん》は豈《あ》に自《みずか》ら惜《お》しまざらんや
託《たく》を受《う》くるは面勅《めんちょく》に由《よ》る
泣《なみだ》を灑《そそ》いで吾《わ》が旅《りょ》に誓《ちか》ひ
君《きみ》が為《ため》に鬼蜮《きいき》を鏖《みなごろし》にす
果然《かぜん》　七尺《しちしゃく》の軀《からだ》
自《おの》づから天《てん》を回《めぐ》らす力有《ちからあ》り
宕叡《とうえい》は武庫《むこ》に連《つら》なり
江《こう》を隔《へだ》てて正北《せいほく》に対《たい》す
公《こう》の死《し》は実《じつ》に彼《かしこ》に在《あ》り
公《こう》に在《あ》りては臣職《しんしょく》を尽《つ》くせしのみ
惜《お》しむ所《ところ》は長城《ちょうじょう》を壊《こぼ》つ

寧支大廈仄
吾行歴泉紀
往反縁大麓
顧瞻山海間
慷慨三大息
丈夫有大節
天地頼扶植
悠悠六百載
姦雄迭起踣
一時塗人眼
難洗史書墨
仰見山色蒼
万古浄如拭

寧《いずく》んぞ大廈《たいか》の仄《かたむ》くを支《ささ》へん
吾《わ》が行《こう》　泉紀《せんき》を歴《へ》て
往反《おうはん》　大麓《たいろく》に縁《よ》る
顧瞻《こせん》す　山海《さんかい》の間《かん》
慷慨《こうがい》　三《み》たび大息《たいそく》す
丈夫《じょうふ》　大節《たいせつ》有り
天地《てんち》　頼《よ》りて扶植《ふしょく》す
悠悠《ゆうゆう》たり　六百載《ろっぴゃくさい》
姦雄《かんゆう》　迭《たが》ひに起踣《きぼく》す
一時《いちじ》　人眼《じんがん》を塗《ぬ》るも
洗《あら》ひ難《がた》し　史書《ししょ》の墨《すみ》
仰《あお》ぎ見《み》れば山色《さんしょく》蒼《あお》く
万古《ばんこ》　浄《きよ》きこと拭《ぬぐ》ふが如《ごと》し

文政八年(一八二五)四十六歳の作。『山陽詩鈔』巻八。五言古詩。韻字、翼・色・嶷・域・国・賊・黒・勅・蜮・力・北・職・仄(入声十三職)、麓(入声一屋)、息・植・踣・墨・拭(入声十三職)の通押。

○**南遊**　文政八年四月十九日、山陽は大含《だいがん》(雲華《うんげ》)や門人の柘植葛城《つげかつじょう》とともに京を発ち、大坂で篠崎小竹・阿部縑洲《けんしゅう》と合流して紀州を遊歴し、四月二十八日に帰京した。○**金剛山**　大阪府と奈良県にまたがる金剛山地の主峰。標高一一二五メートル。山麓に楠木《くすのき》正成《まさしげ》の守った千早城や赤坂城があった。○**楠河州公**　楠木正成。河内守に任ぜられたのでこういう。○**慨然**　胸がつまって嘆くさま。○**大江**　淀川を指す。○**黛色**　眉墨のような色。遠山の山色の形容。○**岐嶷**　『詩経』大雅・生民の詩から、幼くして抜きん出ているさまをいうが、ここは山の聳《そび》え立つさま。○**海垠**　海岸。○**蜿蜒**　うねうねと続くさま。○**隠**　威厳があって重々しいさま。○**天王国**　天皇の居する地。畿内をいう。○**予章公**　予章はクスノキ。したがって楠公。○**孤塁**　孤立した砦。千早城や赤坂城を指す。○**合囲**　四方から囲む。○**受託**　依頼を受ける。○**面勅**　直接拝謁して受けた勅命。○**旅**　軍勢。○**君**　後醍醐天皇を指す。○**鬼蜮**　『詩経』小雅・何人斯《かじんし》の詩から、陰険な人をいう。○**果然**　思った通りに。○**七尺軀**　身長七尺の体。一人前の丈夫。○**回天力**　時勢を一変させる力。『新唐書』張玄素《ちょうげんそ》伝に「張公、事を論ずるに回天の力有り」。○宕叡　愛宕《あたご》山と比叡《ひえい》山。愛宕山は京都市右京区の北西端にあり、東の比叡山と対峙する。○武庫　武庫《むこ》山。現在の六甲山に当たる。楠木正成が戦死した湊川《みなとがわ》の古戦場はその麓にある。○彼　湊川を指す。○長城　重要な人物の比喩。ここは楠木正成を指す。○大廈　大きな家。ここは朝廷の比喩。『文中子』事君に「大廈の将《まさ》に顚《たお》れんとするや、一木の支える所に非《あら》ざるなり」。○泉紀　和泉国と紀伊国。○大麓　金剛山の麓。○顧瞻　振り返って見る。○三大息　しばしば大きなため息をつく。「三」は、しばしばの意。○大節　守るべき大切な節義。○扶植　支え立てる。○姦雄　機略に長《た》けた英雄。○起踣　起こったり倒れたりする。○塗人眼　人の目を眩《くら》ませる。

山の形勢は東から続いて、鳥が両翼を開いたような形をしており、遥か大河淀川の流れを挟み込んで、眉墨《まゆずみ》色の山並みを連ねているのが見える。その南にあるのが金剛山で、天に聳《そび》えもっとも高く抜きん出ている。山容は尾を曳《ひ》いて海岸に到り、うねうねと続いて南方との境界をなしている。そのさまは威厳に満ちて、城郭のように畿内の地を守護している。想い見るに、楠木正成公はここに孤立した砦《とりで》を築き、多くの賊軍を防いだのである。砦は四方を百万の軍勢に囲まれ、金剛山の麓には黒々とした雲が繞っているかのようだった。その時の正成公の心意気は、「私だとて命を惜しまないことがあろうか。

しかし、私は討賊の勅命を帝から直接受けたのだ。涙を流して私は吾が軍勢に誓う、後醍醐帝のために陰険非道な賊軍を皆殺しにしようではないか」というものだった。正成公はやはり一人前の丈夫として、自ら時勢を一変させるだけの力があったのだ。愛宕山と比叡山は武庫山に連なり、淀川を隔てて金剛山の真北に向かい合っている。正成公が死んだのは実にあの武庫山の麓であったが、正成公においてその死はひとえに臣下としての職分を尽くしたものであった。しかし、かけがえのない重要な人物を失ってしまったのはまことに惜しいことであり、正成公なくして、どうして朝廷の傾くのを支えることができただろうか。和泉国と紀伊国を遊歴するこのたびの私の旅は、往きも帰りも金剛山の麓を通るものであったが、山と海の間を振り返り見て、慷慨の念に迫られてしばしば大きなため息をついた。丈夫《ますらお》には大切な節義というものがあり、天地はそれに支えられて立っているのである。六百年という歳月が悠々として過ぎ去り、機略に長けた英雄たちが入れ替わりに起こっては倒れた。一時は人の目を眩《くら》ましても、史書に墨で書かれた文字を洗い流すことはできない。そんなことを思いながら仰ぎ見ると、金剛山の山色は青々として永遠に拭ったような清浄さを見せている。

◇『山陽詩鈔』の茶山頭評に、「優游《ゆうゆう》迫らず、感慨余り有り。余数《しばしば》此公《このこう》を題せしが、頗《すこぶ》る譲ること有るを覚ゆ」、また「桜井の七古、此《これ》を視れば劣るに似たり」という。「桜井の七古」とは次の詩78を指す。

なお、この詩について山陽自らは、「自ら金剛山の詩の後に書す」(『頼山陽文集』)と題する文章において、次のように述べている。「強哉《きょうさい》(山陽の門人藤井竹外の字)、余に此詩《このし》を書せんことを索《もと》む。大麓の下、旧《も》と「顧瞻山海間、慷慨三大息」の二句有り。其《そ》の贅《ぜい》なるを覚えて書せず。書き終りて通読すれば、竟《つい》に删《けず》る可《べ》からざるなり」。つまり、この二句は無駄だと思って、竹外に依頼されてこの詩を書したときは省いたが、書き終って読み直してみると、やはり删るべきではないと気付いたというのである。

78　過桜井駅址　以下至歳終

赴播遂省藝往反作

山碕西去桜井駅

伝是楠公訣子処

林際東指金剛山

桜井《さくらい》の駅址《えきし》を過《す》ぐ　以下《いか》歳終《さいしゅう》に至《いた》り、

播《ばん》に赴《おもむ》き、遂《つい》に芸《げい》に省《せい》す、往反《おうはん》の作《さく》

山碕《やまざき》　西《にし》に去《さ》れば　桜井《さくらい》の駅《えき》

伝《つた》ふ　是《こ》れ楠公《なんこう》　子《こ》に訣《わか》るる処《ところ》と

林際《りんさい》　東《ひがし》に指《ゆび》させば金剛山《こんごうさん》

堤樹依稀河内路」
想見警報交奔馳
促駆羸羊餧獰虎」
問耕拒奴織拒婢
国論顛倒君不悟」
駅門立馬臨路岐
遺訓丁寧垂髫児
従騎粛聴皆含涙
児伏不去叱起之
西望武庫賊氛悪
回頭幾度覩去旗」
既殲全躬支傾覆
為君更貽一塊肉
剪屠空復膏賊鋒

堤樹依稀《ていじゅいき》たり　河内《かわち》の路《みち》
想見《そうけん》す　警報《けいほう》　交《こもごも》奔馳《ほんち》し
羸羊《るいよう》を促《うなが》し駆《か》りて獰虎《どうこ》に餧《くらわ》せしを
耕《こう》を問《と》ひて奴《ど》を拒《こば》み　織《しょく》に婢《ひ》を拒《こば》み
国論顛倒《こくろんてんとう》して君《きみ》悟《さと》らず
駅門《えきもん》　馬《うま》を立《た》てて路《みち》の岐《わか》るるに臨《のぞ》み
遺訓丁寧《いくんていねい》なり　垂髫《すいちょう》の児《じ》
従騎粛《じゅうきしゅく》として聴《き》き　皆《み》な涙《なみだ》を含《ふく》み
児《じ》は伏《ふ》して去《さ》らず　叱《しっ》して之《これ》を起《た》たしむ
西《にし》のかた武庫《むこ》を望《のぞ》めば賊氛《ぞくふん》悪《わる》し
頭《こうべ》を回《めぐ》らして幾度《いくたび》か去旗《きょき》を覩《み》る
既《すで》に全躬《ぜんきゅう》を殲《つ》くして傾覆《けいふく》を支《ささ》へ
君《きみ》の為《ため》に更《さら》に貽《のこ》す　一塊《いっかい》の肉《にく》
剪屠《せんと》空《むな》しく復《ま》た賊鋒《ぞくほう》を膏《うるお》す

頗似祁山与綿竹
脈脈熱血灑国難
大澱東西野艸緑
雄志難継空逝水
大鬼小鬼相望哭

頗《すこぶ》る祁山《きざん》と綿竹《めんちく》とに似《に》たり
脈脈《みゃくみゃく》たる熱血《ねっけつ》　国難《こくなん》に灑《そそ》ぎ
大澱《たいでん》の東西《とうざい》　野艸緑《やそうみどり》なり
雄志《ゆうし》継《つ》ぎ難《がた》く　空《むな》しく逝水《せいすい》
大鬼小鬼《だいきしょうき》　相《あ》ひ望《のぞ》んで哭《こく》す

文政八年(一八二五)四十六歳の作。『山陽詩鈔』巻八。七言古詩。韻字、処(去声六御)と路(去声七遇)の通押」虎(上声七麌)」悟(去声七遇)」岐・児・之・旗(上平声四支)」覆・肉・竹(入声一屋)、緑(入声二沃)、哭(入声一屋)の通押。
○桜井駅　現在の大阪府三島郡島本町桜井。京都と西宮を結ぶ山崎街道の宿駅で、淀川の右岸に位置する。建武三年(一三三六)五月、九州から大軍を率いて攻め上ってきた足利尊氏を迎え撃つべく、楠木正成は京都を発って摂津国湊川《みなとがわ》に向かった。すでに死を覚悟していた正成は桜井駅にさしかかった時、同行していた十一歳の息子正行《まさつら》を呼んで、自分の死後も朝廷のために働くことを命じ、正行を領地の河内国に帰した。**○歳終**　年末。
○赴播　この年、山陽は姫路藩の仁寿山《じんじゅさん》学問所に招かれ、出講のため八月二十二日に京を発った。この作は、姫路へ向かう途次のもの。○**省芸**　姫路滞在中に安芸国竹原の叔父頼春風が没し、十月四日に竹原に赴いて墓参ののち広島に帰省した。○**山碕**　現在の京都府乙訓《おとくに》郡大山崎町。○**金剛山**　詩77の語注参照。○**依稀**　ぼんやりと見えるさま。○**警報**　賊軍である足利尊氏の軍勢が攻め上ってくるとの報せ。○**奔馳**　馬に乗って駆ける。○**羸羊…**　「羸羊」は痩せ衰えた羊、朝廷の軍の比喩。「獰虎」は凶悪な虎、尊氏の軍の比喩。○**問耕…**　事に当たるのに老練の人の意見を入れないことをいう。『宋書』沈慶之《しんけいし》伝の「耕は当《まさ》に奴に問ふべく、織は当に婢に問ふべし」に拠る。歴史的な事実としては、朝廷が楠木正成の軍略を却け、公卿の坊門清忠《ぼうもんきよただ》の意見を採用して、結果的に湊川での敗戦を招いたことを指す。○**君**　後醍醐天皇。○**遺訓**　子供へ遺言として与えた教訓。○**垂髫児**　お下げ髪の児童。正行を指す。○**従騎**　騎馬の従者。○**武庫**　詩77の語注参照。○**賊氛**　賊軍の立ちのぼらせる悪気。○**去旗**　領地の河内国に向かって去ってゆく正行一行の旗。○**全躬**　全身。○**傾覆**　国家が傾きくつがえること。○**一塊肉**　ただ一人の子孫。正行をいう。宋の幼君趙昺《ちょうへい》が崩御したとき、その母楊太后《ようたいごう》は「我の死を忍びて艱関《かんかん》ここに至りしは、正に趙氏の一塊肉の為なるのみ」と言って慟哭《どうこく》した(『宋史』帝昺紀)。○**剪屠**　斬り殺されること。正行は正平三年(一三四八)に河内国四条畷《しじょうなわて》の戦いで足利方と戦って敗死した。○**膏**　膏血で濡らす。○**祁山**　中国甘粛《かんしゅく》省東部の山。

諸葛亮《しょかつりょう》(孔明)は魏と戦うためにここに何度も出陣した。○綿竹　中国四川省北部の地名。諸葛亮の息子の瞻《せん》はここで戦死した。○大澱　淀川をいう。○逝水　川の水の流れを歳月の過ぎ行くのに喩えた言い方。『論語』子罕《しかん》の「子、川の上《ほとり》に在りて曰く、逝く者は斯《か》くの如きか、昼夜を舎《お》かず」に拠る。○大鬼小鬼　楠木正成・正行父子の亡霊。『左氏伝』文公二年に「新鬼は大に、故鬼は小なるを見る」。

山崎から西に行けば桜井の駅である。ここは楠木正成公が息子と別れた所だと伝えられている。東の方角を指さすと、林の間に金剛山が聳《そび》え、土手の並木越しに河内国に向かう道がかすかに見えている。

歴史を思い起こしてみれば、賊軍が攻め上ってくるという警報がこもごも馳せめぐり、痩せ衰えた羊を追い立てて獰猛《どうもう》な虎の餌食《えじき》にするように、弱体な官軍を強大な賊軍に立ち向かわせたのである。

農作業について尋ねるのに下僕を拒否し、機織《はたお》りについて尋ねるのに下女を拒否するがごとく、すぐれた武将だった正成公の献策を入れず、国家の大事を定める議論が顚倒していることに、後醍醐帝は気付かなかったのである。

正成公は宿駅の入口に馬を止め、分かれ道を前にして、まだ幼い下げ髪の正行《まさつら》に諄々《じゅんじゅん》と遺訓を説き示した。騎馬の従者たちは皆涙ぐみながら粛然《しゅくぜん》として耳を傾け、正行は平伏したまま動こうとしなかったが、正成公は叱咤《しった》して起たせた。正成公が西の武庫山の方角を望むと、賊軍の起こす悪気が立ち昇っていたが、正成公は何度も振り返って、河内へ去っていく正行一行の軍旗を眺めた。

正成公はすでに全身を尽くして傾き覆《くつがえ》ろうとする国家を支えていたが、帝のために更にただ一人の息子正行を残したのである。しかし、その正行も斬り殺されて、父と同じように空しく賊の刃を血で塗ることになってしまったのは、祁山《きざん》に出陣した諸葛亮《しょかつりょう》と綿竹《ちく》で戦死した諸葛瞻《せん》父子に大変良く似ている。楠公父子は脈々と流れる熱血を国難に注いだが、今や淀川の東西には緑の野草が生い茂っている。楠公父子の雄志を継承するのは難しく、川の流れは歳月とともにいたずらに過ぎ去ってゆくばかりだ。楠公父子の亡霊はあの世からこの地を眺めて、声を挙げて歎き泣いているであろう。

◇『山陽詩鈔』の頭評において、茶山は「余曾《かつ》て此《この》図に題す。此《これ》を誦して始めて一著《いっちゃく》を輸するを覚ゆ」という。「一著を輸する」は負けるの意。また茶山は「此は是《こ》れ子成の長技なり」とも評する。

79 入藝

乱山高下夾輿窓
水落寒溝露石矼
傷雨棉花猶採擷
経蝗粟粒纔舂撞
往還成例秋冬節
豊歉関心父母邦
飄蕩寧期涓滴補
廿年愧負読書釭

芸《げい》に入《い》る

乱山高下《らんざんこうげ》し　輿窓《よそう》を夾《はさ》む
水落《みずお》ちて　寒溝《かんこう》　石矼《せきこう》を露《あら》はす
雨《あめ》に傷《いた》む棉花《めんか》　猶《な》ほ採擷《さいけつ》し
蝗《いなご》を経《へ》たる粟粒《ぞくりゅう》　纔《わず》かに舂撞《しょうどう》す
往還《おうかん》　例《れい》を成《な》す　秋冬《あきふゆ》の節《せつ》
豊歉《ほうけん》　心《こころ》に関《かか》はる　父母《ふぼ》の邦《くに》
飄蕩《ひょうとう》　寧《いずく》んぞ期《き》せん　涓滴《けんてき》の補《ほ》
廿年《にじゅうねん》　負《そむ》くを愧《は》づ　読書《どくしょ》の釭《こう》

文政八年(一八二五)四十六歳の作。『山陽詩鈔』巻八。七言律詩。韻字、窓・矼・撞・邦・釭(上平声三江)。

○**入芸**　安芸国に入る。姫路で竹原の叔父春風の訃報に接した山陽は、十月四日に安芸国竹原に赴き、次いで広島に帰省した。○**夾輿窓**　駕籠《かご》の窓の両側から高下する乱山が見えることをいう。○**水落…**　蘇軾「後赤壁の賦」に「水落ちて石出づ」。○**寒溝**　冬の冷たい水路。○石矼　飛び石。○棉花　通常、棉花の摘み取りは陰暦七、八月頃におこなう。○採擷　摘み取る。○経蝗　蝗《いなご》の被害を受けた。○舂撞　臼《うす》で搗《つ》く。○豊歉　豊作と不作。○飄蕩　落ちぶれてさすらうこと。○涓滴　極めて少ない。○廿年　広島の家を出て神辺《かんなべ》の廉塾《れんじゅく》に赴いて以来の二十年。山陽が廉塾に赴いたのは文化六年(一八〇九)の年末のことなので、足掛け十七年であるが、その概数。○読書釭　読書のための灯火。「釭」は、灯火の油入れの皿。

駕籠の左右の窓からは高く低く連なる山々が見え、水が涸《か》れて寒々とした水路には飛び石が露出している。雨に傷んだ棉花の摘み取りがまだ行われており、蝗の害を受けた籾《もみ》はかろうじて臼で搗《つ》かれている。故郷への往復はいつも秋冬の季節なので、父母の国である安芸国が豊作か不作かが気にかかる。他郷を流浪する私は故国に対してわずかばかりの補いをすることもできないでいる。故郷を出て以来二十年、学者として何の成果も挙げていないのが、書物を照らしてくれる灯火に対して恥ずかしい。

80　有疾

疾《しつ》有《あ》り

薬鼎猶烟気

薬鼎《やくてい》　猶《な》ほ烟気《えんき》

書窓乍雨声
不眠知漏永
廃読愧燈明
母在恐先死
児亡寧再生
著書多鹵莽
誰肯助吾成

書窓《しょそう》　乍《たちま》ち雨声《うせい》
眠《ねむ》られずして漏《ろう》の永《なが》きを知《し》り
読《よ》むを廃《はい》して灯《ともしび》の明《あか》るきに愧《は》づ
母《はは》在《あ》りて先《さき》に死《し》せんことを恐《おそ》れ
児《じ》亡《な》くして寧《なん》ぞ再《ふた》び生《い》きんや
著書《ちょしょ》　鹵莽《ろもう》多《おお》し
誰《だれ》か肯《あえ》て吾《われ》を助《たす》け成《な》さん

文政八年(一八二五)四十六歳の作。『山陽詩鈔』巻八。五言律詩。声・明・生・成(下平声八庚)。

○**有疾**　山陽道への旅から帰京後、十一月半ば頃から十二月半ば頃にかけて、山陽は体調不良で臥床した。○**薬鼎**　薬を煎じる鍋。○**漏**　水時計の漏刻。ここは、時間の意。○**母在**　母梅颸《ばいし》は六十六歳で健在。○**児亡**　辰蔵がこの年三月二十八日に六歳で病没したことをいう。詩76参照。○**鹵莽**　粗雑なこと。○**肯**　承知して。合点して。

薬を煎じる鍋にはまだ煙が立ち昇っており、書斎の窓からは急に降りだした雨音が聞こえてくる。寝つけないので夜の時間が長く感じられるが、本を読むのをやめているのが明るい灯火に対して恥ずかしい。老いてなお健在な母より自分が先に死んではならないと思ったり、幼くして死んでしまった我が子はもう生き返ることはないのだと考えたりする。私の著作には粗雑なところが多い。誰かそれを分かって力を貸してくれ、私の著作を完成させてくれる人はいないだろうか。

◇『山陽詩鈔』の篠崎小竹の頭評に、「情実、人を感ぜしむ」。

81 秋仲同春琴春村遊
嵯峨宿三家店
擬向嵐山看月明
侵蹊秋草少人行
春来脆管嬌絃地
半是虫声半水声

秋仲《しゅうちゅう》、春琴《しゅんきん》・春村《しゅんそん》と同《とも》に
嵯峨《さが》に遊《あそ》び、三家店《さんかてん》に宿《しゅく》す
嵐山《あらしやま》に向《お》いて月明《げつめい》を看《み》んと擬《ほっ》す
蹊《こみち》を侵《おか》す秋草《あきくさ》　人《ひと》の行《い》くこと少《まれ》なり
春来《しゅんらい》　脆管嬌絃《ぜいかんきょうげん》の地《ち》
半《なか》ばは是《こ》れ虫声《ちゅうせい》　半《なか》ばは水声《すいせい》

文政九年(一八二六)四十七歳の作。『山陽遺稿』巻一。七言絶句。韻字、明・行・声(下平声八庚)。
○秋仲　仲秋に同じ。陰暦八月。嵯峨野に月見に出かけたのは八月十二日だった。**○春琴**　浦上《うらがみ》春琴。文人画家浦上玉堂《ぎょくどう》の息子で、京都に住んで画家として活躍していた。山陽の親友の一人。**○春村**　香川景嗣《かげつぐ》。春村は号。香川景柄《かげもと》の養子となり梅月堂五世を嗣いだ。京都岡崎に住んで歌人として活躍した。**○三家店**　嵯峨野の三間茶屋。雪・月・花の三亭からなっていた。詩51参照。**○向**　「於」に同じ。平仄の関係で「向」を用いた。**○春来**　春以来このかた。**○脆管嬌絃**　軽やかな管楽器の音となまめかしい絃楽器の音、すなわち軽やかで艶っぽい音楽。

嵐山で明月を見ようと思い出かけたが、嵯峨野の小径《こみち》は秋の草に覆われ、行く人も稀《ま》れだ。春以来このかた、ここは軽やかな笛となまめかしい三味線の音に溢れていたが、今や聞こえてくるのは虫の声と川瀬の音ばかりだ。

82　席上内子作蘭戯題
贈士謙

席上《せきじょう》、内子《ないし》蘭《らん》を作《つく》り、戯《たわむ》れに題《だい》し
士謙《しけん》に贈《おく》る

荊釵藜杖接清歓　　荊釵《けいさい》藜杖《れいじょう》　清歓《せいかん》に接《せっ》す

夫作峥嶸妻作蘭
渠痩儂頑誰肯愛
一家風味与君看

夫《おっと》は峥嶸《そうこう》を作《つく》り　妻《つま》は蘭《らん》を作《つく》る
渠《かれ》は痩《や》せ　儂《われ》は頑《かたく》な　誰《だれ》か肯《あ》て愛《め》でんや
一家《いっか》の風味《ふうみ》　君《きみ》と与《とも》に看《み》る

文政九年(一八二六)四十七歳の作。『山陽遺稿』巻一。七言絶句。韻字、歓・蘭・看(上平声十四寒)。

○**席上**　この年八月某日、萩藩士内藤士謙は帰藩することになり、山陽と梨影《りえ》夫妻を木屋町の茶屋に招き、留別の宴を張った。その席上での作。○**内子**　妻。○**作蘭**　蘭の画を描く。○**士謙**　萩藩士内藤士謙。詩67参照。○**荊釵**　イバラのかんざし。妻梨影の粗末な身なりをいう。○**藜杖**　アカザの杖。夫山陽の持ち物。軽くて丈夫なので老人が用いた。○**峥嶸**　山の険しいさま。○**渠**　彼に同じ。○**儂**　我に同じ。○**風味**　風趣。おもむき。

妻はイバラのかんざしを挿し、私はアカザの杖をつくという粗末簡便な身なりでお招きにあずかり、あなたの清らかで心のこもったご接待を受けました。席上、そのお礼に私は険しい山を描き、妻は蘭を描きました。妻の蘭は貧弱でみすぼらしく、私の山はごつごつしており、そのようなものを好きこのんで誰が愛でてくれましょうか。しかし、それが我が家の趣であり、それをあなただけは一緒に見てくださるのです。

◇山陽は梨影と結婚する前の文化十年九月三十日付けの篠崎小竹宛ての手紙の中に、文墨の趣味を解する妻を得たいと述べ、「清人の夫妻同じく画を作るに題す」という次のような七言絶句を書きつけている。「閨中《けいちゅう》の清課氷紈《ひょうがん》を煎《せん》じ、夫は篔簹《うんとう》を写し妻は蘭を写す、想ひ得たり画中双絶を成すを、水晶簾下《すいしょうれんか》肩を倚《よ》せて看《み》る」。詩中の「氷紈」は純白な絵絹《えぎぬ》、「篔簹」は竹。梨影は山陽との結婚後、画を学んだ。山陽が理想とした夫婦のあり方に近づこうと努力したのであろう。山陽も妻の努力を認めていたのである。

83 哭　妹

忽得凶音読復疑
秋前猶有寄兄詞
形容自覚倍枯槁
老樹相連唯一枝

妹《いもうと》を哭《こく》す
忽《たちま》ち凶音《きょういん》を得《え》て　読《よ》みて復《ま》た疑《うたが》ふ
秋前《しゅうぜん》　猶《な》ほ兄《あに》に寄《よ》する詞《ことばあ》有り
形容《けいよう》　自《みずか》ら覚《おぼ》ゆ　倍《ます》ます枯槁《ここう》するを
老樹《ろうじゅ》相《あ》ひ連《つら》なること唯《た》だ一枝《いっし》

文政九年(一八二六)四十七歳の作。『山陽遺稿』巻一。七言絶句。韻字、疑・詞・枝(上平声四支)。

○妹　山陽にとっては唯だ一人の妹で名を三穂《みほ》。広島藩士進藤彦助に嫁していたが、この年七月九日に三十八歳で病没した。三穂の遺女万世《ませ》も二日後の十一日に三歳で夭折したという。○凶音　悪い報せ。ここは妹の死去を伝える手紙。○枯槁　痩せ衰える。

○老樹　老境に入っている山陽自身の比喩。「連枝」は兄弟姉妹をいう。

いきなり訃報がもたらされ、読みはしたものの信じられなかった。秋になる前にはお前は兄である私にまだ便りを寄せてきていた。私も齢《よわい》を重ね、自分でもますます肉体の衰えを感じるようになっている。老樹のようになった私にとって、お前は枝を連ねるたった一人の妹だったのに。

84　題百虫図　　百虫図《ひゃくちゅうず》に題《だい》す

翅暈金碧蝶夢長　　翅《はね》は金碧《きんぺき》を暈《ぼか》して蝶夢《ちょうむ》長《なが》く

鬚黏紅英蜂衙忙」　　鬚《ひげ》は紅英《こうえい》を粘《つ》けて蜂衙《ほうが》忙《いそが》し

蟷螂攘臂亦嬉戯　　蟷螂《とうろう》は臂《ひじ》を攘《はら》つて亦《ま》た嬉戯《きぎ》し

蝦蟆怒目適嫵媚」
応是蜾蠃負螟蛉
細聴如聞類我声」
蟬抱蓮房恋墜粉
知倚冷露潤喉吻」
飛翾蝡動天機同
一幅生意毫末中
展向晴窓娯吾目
不省吾亦為裸虫

蝦蟆《がま》は目《め》を怒《いか》らせて適《まさ》に嫵媚《ぶび》
応《まさ》に是《こ》れ蜾蠃《から》　螟蛉《めいれい》を負《お》ふべく
細《こま》かに聴《き》けば聞《き》こゆるが如《ごと》し　類我《るいが》の声《こえ》
蟬《せみ》は蓮房《れんぼう》を抱《いだ》いて墜粉《ついふん》を恋《こ》ふるも
知《し》る　冷露《れいろ》に倚《よ》りて喉吻《こうふん》を潤《うるお》すを
飛翾《ひけん》　蝡動《せんどう》　天機《てんき》同《おな》じく
一幅《いっぷく》の生意《せいい》　毫末《ごうまつ》の中《なか》
展《の》べて晴窓《せいそう》に向《む》かひて吾《わ》が目《め》を娯《たの》しましめ
省《せい》せず　吾《われ》も亦《ま》た裸虫《らちゅう》為《た》るを

文政九年(一八二六)四十七歳の作。『山陽遺稿』巻一。七言古詩。韻字、長・忙(下平声七陽)」戯・媚(去声四寘)」蛉・声(下平声八庚)」粉・吻(上声十二吻)」同・中・虫(上平声一東)。

〇**百虫図**　群虫図とも。さまざまな虫の姿を一枚の画に描いたもの。柳沢淇園《やなぎさわきえん》、伊藤若《じゃく》冲《ちゅう》など江戸時代には多くの画家によって描かれたが、山陽がこの詩を題した百虫図が誰のものかは未詳。○**蝶夢**　『荘子』斉物論の、荘周が夢で蝶になったのか、蝶が夢で荘周になったのか、夢と現実の区別がつかないという「胡蝶の夢」の寓話を意識する。○**粘**　粘りつく。○**紅英**　紅い花びら。○**蜂衙**　多くの蜂が集まる蜂の役所。すなわち蜂の巣。○**蟷螂**　カマキリ。○**攘臂**　肘《ひじ》を張って腕を奮う。○**適**　思いがけなく。期せずして。○**嫵媚**　姿の愛らしいさま。○**蜾蠃**　似我蜂《じがばち》。七、八月頃、地中に穴を掘り、青虫などを捕らえ、貯えて幼虫の餌にする。『詩経』小雅・小宛に「螟蛉に子有れば、蜾蠃之《これ》を負ふ」。○**螟蛉**　青虫。○**類我声**　蜾蠃すなわち似我蜂は、獲物の虫を地中に引き込む時、羽をジイジイとならすので、それを昔の人は「似我似我《ジガジガ》(我に似よ、我に似よ)」と鳴いていると聞き、そのために引き込んだ青虫が蜂になって出て来ると考え、似我蜂の名が付いたという。○**蓮房**　蓮の子房。○**墜粉**　こぼれ落ちた蓮の花の花粉。杜甫の「秋興八首」詩の第七に「露冷やかにして蓮房墜粉紅なり」。○**喉吻**　喉と口もと。○**飛翾**　飛びあがる。○**蠕動**　(虫が)うごめく。○**天機**　天から与えられた働き。造化の秘密。○**一幅**　一枚の画。○**毫末**　筆の先端。○**裸虫**　羽毛や鱗などの無い裸の虫。『大戴礼《だいたいれい》』易本命に「倮《はだか》の虫三百六十にして聖人は之が長たり」とあるように、人間もこれに含まれる。

羽に金碧色のぼかしを入れた蝶は長い時をまどろみ、鬚《ひげ》に紅い花びらをくっつけた蜂は忙しげに巣を出入りしている。

カマキリもまた肘《ひじ》を張って遊び戯れ、蝦蟇《がま》は目を怒らしているのがかえって愛嬌。似我蜂《じがばち》はきっと青虫を背負っているのであろう。耳を傾けて聴くと、「我に似よ」という似我蜂の声が聞こえてくるようだ。

蜱は蓮の子房を抱き、蓮の花粉が水面に落ちるのを待ちわびているようだが、実は冷たい露で喉や口もとを潤しているのであろう。

飛揚する虫もうごめく虫も、天から与えられた造化の働きという点では同じだが、この一幅の画の中にはそれらが巧みな筆先によって生き生きと描かれている。この画を明るい窓辺に広げて楽しく眺めているが、そういう自分もまた裸の虫であることに気がつかなかった。

85　遂奉遊芳埜(三首)　遂《つい》に奉《ほう》じて芳埜《よしの》に遊《あそ》ぶ(三首)

(其二)　(その二)

侍輿下阪歩遅遅　輿《よ》に侍《じ》して坂《さか》を下《くだ》るに　歩《あゆ》み遅遅《ちち》たり

鶯語花香帯別離
母已七旬児半百
此山重到定何時

鶯語《おうご》　花香《かこう》　別離《べつり》を帯《お》ぶ
母《はは》は已《すで》に七旬《しちじゅん》　児《じ》は半百《はんぴゃく》
此山《このやま》に重《かさ》ねて到《いた》るは定《さだ》めて何《いず》れの時《とき》ぞ

文政十年(一八二七)四十八歳の作。『山陽遺稿』巻二。七言絶句。韻字、遅・離・時(上平声四支)。

○**芳埜**　大和国吉野。この年二月十九日に広島を発った母梅颸《ばいし》と叔父杏坪《きょうへい》は、三月五日に京都に着いた。三月十五日、山陽は母と叔父と一緒に嵐山に遊び、ついで一行は吉野へ花見に出かけた。これは三月二十日の作。山陽と梅颸の吉野行は文政二年以来であった。詩52参照。○**侍輿**　母の乗っている駕籠《かご》に付き従う。○**鶯語**　鶯のさえずる声。○**七旬**　七十歳。母の年齢六十八歳の概数。○**半百**　五十歳。山陽の年齢四十八歳の概数。

母上の駕籠に付き従って、ゆっくりと吉野の坂を下った。鶯のさえずり、花の香り、すべてに別れの悲哀が漂っている。母上はすでに古稀《こき》の七十歳、子供である私も知命《ちめい》の五十歳だ。この山にもう一度やって来るのは、はたしていつのことであろうか。

◇この後、山陽が母梅颸を伴って吉野に遊ぶ機会はやってこなかった。

86　全家奉母及叔父遊江州諸勝由志賀越(二首)

全家《ぜんか》、母《はは》及《およ》び叔父《おじ》を奉《ほう》じて江州《ごうしゅう》の諸勝《しょしょう》に遊《あそ》び、志賀越《しがご》えに由《よ》る(二首)

(其二)

奉母閑遊尽挈家
後先奴婢咲啞啞
穉孫同載板輿裡
露面輿窓喚阿爺

(その二)

母《はは》を奉《ほう》じて閑遊《かんゆう》尽《ことごと》く家《いえ》を挈《たずさ》ふ
後先《こうせん》の奴婢《どひ》　咲《わら》ひ啞啞《ああ》
稚孫《ちそん》同《おな》じく載《の》る　板輿《はんよ》の裡《うち》
面《かお》を輿窓《よそう》に露《あら》はして阿爺《あや》を喚《よ》ぶ

文政十年(一八二七)四十八歳の作。『山陽遺稿』巻二。七言絶句。韻字、家・啞・爺(下平声六麻)。

○**全家**　一家すべて。山陽と妻梨影《りえ》および又二郎(五歳、後に号を支峰《しほう》)と三樹三郎《みきさぶろう》(三歳)という二人の息子。下男・下女のほか門人の児玉旗山《こだまきざん》も付き従った。○**江州諸勝**　近江国の景勝地。四月十一日から十二日にかけ、瀬田、石山寺、膳所《ぜぜ》、三井寺《みいでら》など湖南の地を遊覧した。○**志賀越**　京都の北白川から近江の大津に到る峠越えの道。○**啞啞**

言笑する声。○稚孫　幼い孫。ここは三歳の三樹三郎をいう。○板輿　木製の輿《こし》。古代中国では多く老人を乗せたという。ここは駕籠《かご》のことであろうが、老母を乗せたのでこう表現したのであろう。○阿爺　お父さん。父を親しんでいう言葉。

母上のお伴をし、一家を挙げてのんびりと遊覧している。先をいったり、後に従ったりしている下男・下女たちも楽しげに言笑する。母上をお乗せしている駕籠には幼い孫も同乗しており、その孫が駕籠の窓から顔を出して、お父さんと呼びかける。

87　丁亥閏六月十五日訪大塩君子起君謝客而上衙作此贈之

丁亥閏六月十五日《ていがいうるうろくがつじゅうごにち》、大塩君《おおしおくん》子起《しき》を訪《と》ふ。君《きみ》、客《きゃく》を謝《しゃ》して衙《が》に上《あが》る。此《これ》を作《つく》りて之《これ》に贈《おく》る

上衙治盗賊　　衙《が》に上《あが》りて盗賊《とうぞく》を治《おさ》め
帰家督生徒　　家《いえ》に帰《かえ》りて生徒《せいと》を督《とく》す
獰卒候門取裁決　　獰卒《どうそつ》　門《もん》に候《こう》して裁決《さいけつ》を取《と》り
左塾猶聞喧咿唔　　左塾猶《さじゅくな》ほ聞《き》く　喧《かまびす》しく咿唔《いご》するを

家中不納鬻獄銭
唯有粼粼万巻書」
自恨不暇仔細読
五更已起理案牘」
知君学推王文成
方寸良知自昭霊
八面応鼓有餘勇
号君当呼小陽明」
吾来侵晨及未出
交談未半戒鞭韈
留我恣抽満架帙
坐聞蟬声在簷樾」
巧労拙逸不足異

家中《かちゅう》納《い》れず　鬻獄《いくごく》の銭《ぜに》
唯《た》だ粼粼《りんりん》たる万巻《まんがん》の書《しょ》有《あ》るのみ
自《みずか》ら恨《うら》む　仔細《しさい》に読《よ》むに暇《いとま》あらざるを
五更《ごこう》已《す》でに起《お》きて案牘《あんとく》を理《り》す
知《し》んぬ　君《きみ》の学《がく》　王文成《おうぶんせい》を推《お》し
方寸《ほうすん》の良知《りょうち》　自《おの》づから昭霊《しょうれい》なるを
八面《はちめん》に応鼓《おうこ》して余《よ》勇有《ゆうあ》り
君《きみ》を号《なづ》けて当《まさ》に呼《よ》ぶべし　小陽明《しょうようめい》
吾来《われきた》るに晨《あした》を侵《おか》せば　未《いま》だ出《い》でざるに及《およ》ぶ
交談未《こうだんいま》だ半《なかば》ならざるに鞭韈《べんべつ》を戒《いまし》む
我《われ》を留《とど》めて恣《ほしいまま》に抽《ちゅう》せしむ　満架《まんか》の帙《ちつ》
坐《ざ》して蟬声《せんせい》の簷樾《えんえつ》に在《あ》るを聞《き》く
巧《たく》みなるものの労《つか》れ　拙《つたな》きものの逸《いっ》するは
異《い》とするに足《た》らず

但恐磬折傷利器
祈君善刀時蔵之
留詩在壁君且視

但《た》だ恐《おそ》る　磬折《けいせつ》して利器《りき》を傷《きず》つくるを
君《きみ》に祈《いの》る　刀《かたな》を善《ぬぐ》ひて時《とき》に之《これ》を蔵《おさ》めよ
詩《し》を留《とど》めて壁《かべ》に在《あ》り　君《きみ》且《しばら》く視《み》よ

文政十年(一八二七)四十八歳の作。『頼山陽詩集』巻十九。七言古詩。韻字、徒・唔(上平声七虞)と書(上平声六魚)の通押」読・牘(入声一屋)」成(下平声八庚)、霊(下平声九青)、明(下平声八庚)の通押」出(入声四質)、韤(入声六月)、帙(入声四質)、樾(入声六月)の通押」異・器・視(去声四寘)。

○**丁亥**　文政十年の干支。折から大坂に滞在していた山陽は、閏六月十五日の早朝に天満《てんま》にあった大塩平八郎の家を訪問した。○**大塩君子起**　大塩平八郎。字を子起。号を中斎。大坂東町奉行所与力《よりき》。陽明学者としても知られ、家塾洗心洞《せんしんどう》で陽明学を講じた。三十八歳の文政十三年に与力を辞職。天保の飢饉《ききん》に際しては窮民救済に尽力し、天保八年(一八三七)二月に幕政を批判して挙兵したが鎮圧され、自刃した。○**謝客**　客に別れる。○**衙**　役所。ここは大坂町奉行所。○**獰卒**　猛々しい下役人。○**候門**　門を守る。門にひかえる。○**左塾**　門内の西側にある堂屋。家塾の洗心洞を指す。○**咿唔**　子供が読書する声。○**鬻獄**　賄賂《わいろ》を得て判決を曲げること。○**粼粼**　輝かしいさま。○**五更**　夜明け前の時間帯。○**案牘**　机の上の手紙。○**王文成**　陽明学を提唱した明の王陽明。文成は諡《おくりな》。○**方寸**　心。○**良知**　人が生まれつきもっている知力。もとは『孟子』尽心上に見える言葉だが、王陽明はこれを極限にまで発限させるべきだとして致良知説を唱えた。○**昭霊**　明らかで霊妙。○**八面**　あらゆる方面。○**応鼓**　楽器の名。小さな鼓。○**余勇**　あり余る勇気。十二分の勇気。○**戒**　準備させる。○**鞭韉**　馬の鞭《むち》と足袋。外出の用意。○**帙**　本を包む覆い。また覆いに包まれた書物。○**簷樾**　軒の陰。○**巧労拙逸**　周敦頤「拙賦」に、「巧みなる者は労れ、拙き者は逸す」。○**磬折**　底本には「蚗折」とあるが、意味を取りがたい。『頼山陽全伝』文政十年閏六月十五日に所引の形の「磬折」に改めた。「磬」は、玉や石で作られた「へ」の字型の楽器。「磬折」は、磬のように折れ曲がる。卑屈になる、あるいは屈辱を受けるの意。○**利器**　すぐれた道具。すぐれた才能。○**善刀**　刀を拭《ぬぐ》う。『荘子』養生主《ようせいしゅ》に「刀を善ひて之《これ》を蔵《おさ》む」。

役所に出ては盗賊を取り締まり、家に帰れば門生を監督する。勇猛な下役人たちは貴君の裁決を待って門にひかえ、門の左にある家塾からは子供たちの読書の声が喧《かまびす》しく聞こえてくる。清廉潔白な貴君は賄賂を受け取るなどということはなく、ただ書斎には万巻の書物が輝かしい光を放っている。

貴君はそれらの書物を仔細に読む暇がないことを恨みに思いつつ、夜明け前には起き出して机の上の手紙の整理をする。

貴君の学問は王陽明を押し戴《いただ》いており、心の中の良知は自ずから霊妙であることを私は知っている。貴君はあらゆる方面に小鼓を打ち鳴らして突き進んでなおあり余る勇気を持っており、まさに小陽明と称すべき人物だ。

私が早朝に訪れると、貴君はまだ出かける前だった。話がまだ半分も済まないのに、役所に出るため鞭と足袋の準備をさせた。そして私を引き留め、書架一杯の書物を自由に手に取ってよいからと言った。貴君の書斎に坐っていると、軒の陰から蟬の声が聞こえてきた。

巧みな者は労れ、拙い者は気楽だというのは、珍しいことではない。ただ私が恐れるのは、挫折して優れた才能を傷つけることだ。貴君にお願いしたい、刀を拭って時にはそれを仕舞い込んでほしい。詩を壁に書き付けておく。貴君、まあそれを見てくれたまえ。

◇これより以前、文政七年八月に山陽は大坂の大塩平八郎宅を訪問した時、明の趙之璧《ちょうしへき》の「霜渚宿雁図《そうしょしゅくがんず》」を目にして自分の物にしたくなり、しつこく迫って平八郎から譲り受けるのに成功したこともあった。その一件を詠んだ詩が「大塩子起の蘆雁《ろがん》の図を贈るに謝するの歌」(『山陽詩鈔』巻八)である。

また、この文政十年には山陽と大塩平八郎との親密な間柄を示す、もう一つの出来事があった。この年八月十三日に神辺の菅茶山が八十歳で没した。茶山危篤の報せを受けた山陽はすぐに京都から神辺に向かったが、茶山の死に目には会えなかった。山陽は茶山の形見として遺愛の竹杖を貰い受け、帰途についた。姫路藩の藩校仁寿山学問所での出講を終えて帰京する途中の九月二十一日、山陽はその杖を尼崎の船着き場で紛失してしまった。困惑した山陽はすぐに大坂の東町奉行所に向かい、平八郎に会って事情を話し、竹杖の捜索を依頼した。敏腕な与力であった平八郎は数十日のうちにその竹杖を見つけ出し、使いの者に託して京都の山陽宅へ届けさせた。山陽は感謝の気持をこめて、「茶山老人竹杖歌　并序」(『頼山陽詩集』巻十九)を作り、平八郎に贈った。

88　修史偶題十一首

（其二）

蠹冊紛披烟海深
援毫欲下復沈吟
愛憎恐枉英雄跡
独有寒燈知此心

修史偶題十一首《しゅうしぐうだいじゅういっしゅ》

（その二）

蠹冊《とさつ》紛披《ふんぴ》して烟海《えんかい》深《ふか》し
毫《ごう》を援《と》りて下《くだ》さんと欲《ほっ》し復《ま》た沈吟《ちんぎん》す
愛憎《あいぞう》恐《おそ》らくは英雄《えいゆう》の跡《あと》を枉《ま》げん
独《ひと》り寒灯《かんとう》の此心《このこころ》を知《し》る有《あ》り

文政十年（一八二七）四十八歳の作。『山陽遺稿』巻二。七言絶句。韻字、深・吟・心（下平声十二侵）。

○**修史**　山陽畢生《ひっせい》の大著『日本外史』の編著をいう。『日本外史』が現在の二十二巻と「論賛」など論文十九篇の形が整って完成したのは、文政九年の年末のことだった。○**蠹冊**　紙魚《しみ》に蝕《むしば》まれた書冊。○**紛披**　散乱して開かれているさま。○**烟海**　たちこめる煙草《たばこ》の煙。○**援毫**　筆を手に取る。○**沈吟**　沈思黙考する。○**寒灯**　冬の夜の寒々とした灯火。

虫の食った書冊が開かれたまま散乱し、煙草の煙がたちこめている。筆を手に取って書こうとするのだが、再び沈思黙考してしまう。愛憎の念が史上の英雄の事跡を曲げてしまうのではないかと恐れるのである。こうした私の心持ちを知っているのは、わが書斎の寒々とした灯火だけだ。

89　（其四）

磨墨軽冰在研池
坐知雪意圧燈垂
寒窓筆削豊家伝
恰到韓城堕指時

（その四）

墨《すみ》を磨《す》れば　軽氷《けいひょう》　研池《けんち》に在《あ》り
坐《ざ》して知《し》る　雪意《せつい》の灯《ともしび》を圧《あっ》して垂《た》るるを
寒窓《かんそう》　筆削《ひっさく》す　豊家《ほうけ》の伝《でん》
恰《あたか》も到《いた》る　韓城《かんじょう》　指《ゆび》を堕《おと》すの時《とき》

七言絶句。韻字、池・垂・時（上平声四支）。
○**軽氷**　薄氷。○**研池**　硯の墨汁を溜める部分。○**雪意**　雪の降りそうな気配。雪もよい。○**筆削**　添削。○**豊家伝**　豊臣氏の伝。『日本外史』巻十五—巻十七の「徳川氏前記　豊臣氏上・中・下」を指す。○**韓城堕指時**　『日本外史』巻十六「徳川氏前記　豊臣氏中」に、朝鮮に出兵した浅野幸長《よしなが》と加藤清正の軍が明・韓の軍勢に包囲されて蔚山《ウルサン》に籠城した時の記事に、「天、大に雪ふり、士卒、癉瘃《たんしょく》、指を墜とす者あり。而《しか》して清正、意気自若《じじゃく》たり」とある。「癉瘃」は、凍傷。

墨を磨ろうとすると、硯池《けんち》に薄氷が張っている。机の前に坐ると、降雪の気配が灯火に重くのしかかっているのが感じられる。寒々とした窓辺で豊臣氏の伝を添削推敲していると、朝鮮の役で出兵した浅野幸長と加藤清正の軍が、明・韓の軍勢に包囲されて蔚《ウル》山《サン》に籠城した時、寒さのあまり士卒が凍傷で指を落とした箇所に、ちょうど到ったのであった。

90　（其十一）

背馳時好枉辛酸
書就寧能博一官
故相何心来索取
亦応冷処閉門看

（その十一）

時好《じこう》に背馳《はいち》して枉《ま》げて辛酸《しんさん》
書就《しょな》るも寧《あ》に能《よ》く一官《いっかん》を博《はく》せんや
故相《こしょう》　何《なん》の心《こころ》ぞ　来《きた》つて索《もと》め取《と》る
亦《ま》た応《まさ》に冷処《れいしょ》　門《もん》を閉《と》ぢて看《み》るべし

七言絶句。韻字、酸・官・看（上平声十四寒）。

○**時好**　時代の好み、流行。○**書就**　『日本外史』が完成する。○**博一官**　官職を手に入れる。○**故相**　かつての宰相。ここはかつて幕府の老中首座をつとめた松平定信。この当時はすでに隠居し、楽翁《らくおう》と号していた。○**冷処**　清閑な場所。

時代の流行に背いて、わざわざ辛酸を嘗《な》めるような生き方をしてきた。この『日本外史』が完成したからといって、どうして官職を得ようなどと思おうか。しかし、かつての老中松平楽翁公が使いを遣わして『日本外史』を求め取って行かれたのは、どういうお心からであろうか。私が執筆した時と同じように、きっと公も清閑な場所で門を閉じ、心静かに読んでくださるのであろう。

◇『日本外史』は文政九年の年末には完成し、翌文政十年五月二十一日に松平定信からの求めに応じるという形で、「楽翁公に上《たてまつ》るの書」という漢文を付して、写本一部が松平定信のもとに献上された。定信は同年の閏六月十一日から読み始め、一月も経たない七月五日に全巻を読了したという。

91　夜読清諸人詩戯賦

鍾譚駈蛩真衰声
臥子抜戟領殿兵
牧斎売降気本餒
敢挟韓蘇姑盗名
不如梅村学白傅
芊綿猶有故君情
康熙以還風気闢
北宋粗豪南施精
排奡群推朱竹坨
雅麗独属王新城
祭魚雖招談龍嗤
鈍吟初白豈抗衡
健筆誰摩蔵園塁

夜《よる》、清《しん》の諸人《しょじん》の詩《し》を読《よ》み、戯《たわむ》れに賦《ふ》す

鍾譚《しょうたん》　駈蛩《きょきょう》　真《まこと》に衰声《すいせい》
臥子《がし》　戟《げき》を抜《ぬ》きて殿兵《でんぺい》を領《りょう》す
牧斎《ぼくさい》　降《こう》を売《う》りて　気《き》　本《も》と餒《う》う
敢《あえ》て韓蘇《かんそ》を挟《さしはさ》んで　姑《しばら》く名《な》を盗《ぬす》む
如《し》かず　梅村《ばいそん》の白傅《はくふ》を学《まな》び
芊綿《せんめん》として猶《な》ほ故君《こくん》の情《じょう》有《あ》るに
康熙《こうき》以還《いかん》　風気《ふうき》闢《ひら》け
北宋《ほくそう》は粗豪《そごう》　南施《なんし》は精《せい》
排奡《はいごう》　群《ぐん》は推《お》す　朱竹坨《しゅちくだ》
雅麗《がれい》　独《ひと》り属《ぞく》す　王新城《おうしんじょう》
祭魚《さいぎょ》　談龍《だんりゅう》の嗤《わら》ひを招《まね》くと雖《いえど》も
鈍吟《どんぎん》　初白《しょはく》　豈《あ》に抗衡《こうこう》せんや
健筆《けんぴつ》　誰《だれ》か摩《ま》せん　蔵園《ぞうえん》の塁《るい》

硬語難圧甌北営
倉山浮囂筆輸舌
心怕二子才縦横
如何此間管窺豹
唯把一袁概全清
渥温覚羅風気同
此輩能与元虞争
風沙換得金粉気
骨力或時圧前明
吹燈覆帙為大笑
誰隔溟渤聴我評
安得対面細論質
東風吹髪騎海鯨

硬語《こうご》　圧《あっ》し難《がた》し　甌北《おうほく》の営《えい》
倉山《そうざん》は浮囂《ふごう》　筆《ふで》　舌《した》に輸《おと》り
心《こころ》に怕《おそ》る　二子《にし》の才《さい》の縦横《じゅうおう》なるを
如何《いかん》せん　此間《このかん》　管《かん》　豹《ひょう》を窺《うかが》ひ
唯《た》だ一袁《いちえん》を把《と》つて全清《ぜんしん》を概《がい》するを
渥温《あくおん》　覚羅《かくら》　風気《ふうき》同《おな》じく
此輩《このはい》　能《よ》く元虞《げんぐ》と争《あらそ》ふ
風沙《ふうさ》換《か》へ得《え》たり　金粉《きんぷん》の気《き》
骨力《こつりょく》或《ある》いは時《とき》に前明《ぜんみん》を圧《あっ》す
灯《ともしび》を吹《ふ》き帙《ちつ》を覆《おお》ひて大笑《たいしょう》を為《な》す
誰《だれ》か溟渤《めいぼつ》を隔《へだ》てて我《わ》が評《ひょう》を聴《き》かん
安《いず》んぞ得《え》ん　対面《たいめん》して細《こま》かに論質《ろんしつ》し
東風《とうふう》　髪《かみ》を吹《ふ》いて海鯨《かいげい》に騎《の》るを

文政十年(一八二七)四十八歳の作。『山陽遺稿』巻二。七言古詩。韻字、声・兵・名・情・精・城・衡・営・横・清・争・明・評・鯨(下平声八庚)。
○**鍾譚**　明代末期の詩人鍾惺《しょうせい》(一五七四―一六二四)と譚元春《たんげんしゅん》(一五八六―一六三七)。ともに湖北竟陵《こほくきょうりょう》の出身であったことから竟陵派と呼ばれ、幽深孤峭《ゆうしんこしょう》(奥深く超俗的なさま)な詩風をめざした。○**駏蛩**　駏虚《きょきょ》と蛩蛩《きょうきょう》という常に一緒にいるという二種類の獣。関係の親密なことの形容。○**哀声**　衰退した世の歌声。○**臥子**　明末の詩人陳子龍《ちんしりゅう》(一六〇八―四七)の字。駢文《べんぶん》と詩をよくし、明末の文学結社である幾社《きしゃ》の領袖となった。○**領殿兵**　軍隊のしんがりを引き受ける。明末詩壇に活躍した最後の詩人になったことの比喩。○**牧斎**　明末清初の詩人銭謙益《せんけんえき》(一五八二―一六六四)の号。学識豊かな詩人として重んじられた明朝の大官だったが、降服して異民族の清朝に仕えたため非難された。○**気餒**　気力が無い。○**韓蘇**　唐の韓《かん》愈《ゆ》と宋の蘇軾《そしょく》。ともに詩文の大家。○**梅村**　明末清初の詩人呉偉業《ごいぎょう》(一六〇九―七一)の号。一時やむを得ず清朝に仕えたが、それを恥じた。趙翼《ちょうよく》は梅村の詩について「叙述は香山に類し、而《しか》して風華(華麗さ)は勝れりと為す」(『甌北詩話《おうほくしわ》』)と評した。「香山」は白居易《はっきょい》の号である。○**白傅**　唐の詩人白居易。太子少傅《たいししょうふ》という官にあったのでこう呼ばれる。
○**芊綿**　綿々として絶えないさま。○**故君情**　かつての主君を敬慕する感情。滅亡した明王朝を慕う心。○**康熙**　清の四代皇帝聖祖帝の年号(一六六二―一七二二)。清朝の隆盛期。

○北宋　康熙時代の詩人宋琬《そうえん》（一六一四―七四）のこと。北方の山東萊陽《さんとうらいよう》の人なのでこう称された。**○南施**　康熙時代の詩人施閏章《しじゅんしょう》（一六一八―八三）のこと。南方の安徽宣城《あんきせんじょう》の人なのでこう称された。**○排奡**　詩文の調子が力強いこと。**○朱竹坨**　康熙時代の詩人朱彝尊《しゅいそん》（一六二九―一七〇九）。竹坨は号。**○王新城**　康熙時代の詩人王士禛《おうししん》（一六三四―一七一一）。号を漁洋《ぎょよう》また阮亭《げんてい》。山東新城の人なのでこう称した。**○祭魚**　「獺祭魚《だっさいぎょ》」の略。獺《かわうそ》が獲物の魚を祭るように並べておくこと（『礼記』月令）から、詩文を作るのに多くの参考書を並べ、故事を検索して典故に満ちた作品を作ることをいう。**○談龍**　趙執信《ちょうしつしん》は詩論書『談龍録』を著して、王士禛の詩を批判した。**○鈍吟**　康熙時代の詩人馮班《ふうはん》（一六〇二―七一）の号。**○初白**　康熙時代の詩人査慎行《さしんこう》（一六五〇―一七二七）の号。**○抗衡**　張り合って対抗する。**○蔵園**　乾隆時代（一七三六―九五）の詩人蔣士銓《しょうしせん》（一七二五―八五）の号。**○硬語**　硬くて力強い用語。**○甌北**　乾隆時代の詩人趙翼《ちょうよく》（一七二七―一八一四）の号。**○倉山**　乾隆時代の詩人袁枚《えんばい》（一七一六―九七）。号を随園《ずいえん》。南京の小倉山《しょうそうざん》に隠棲したのでこう称する。**○浮囂**　浮薄で騒々しい。**○筆輸舌**　筆（詩作）は舌（詩論）に劣っている。袁枚は性霊説の詩論家でもあり、『随園詩話』を出版した。**○二子**　蔣蔵園と趙甌北。**○此間**　日本を指す。**○管窺豹**　管の穴から豹を窺い見てもその一斑しか見えないのに、その豹全体の姿を推し測ること（『晋書』王献之《おうけんし》伝）。転じて、見聞の甚だ狭いことの喩え。**○一袁**　袁枚ただ一人。**○概**　概観する。**○渥温**　元の帝室の姓「奇渥温」の略。すなわち元朝のこと。○**覚羅**　清の帝室の姓「愛新覚羅《あいしんかくら》」の略。すなわち清朝のこと。○**元虞**　元好問《げんこうもん》と虞集《ぐしゅう》。元代の代表的詩人。○**風沙**　中国北方の砂漠地帯の風と砂。元詩と清詩の風気。○**金粉気**　きらびやかな金粉の風気。明詩の風気をあらわす。○**骨力**　ここは清詩が具《そな》えている筆力。○**前明**　前代の明朝。○**帙**　本を包む覆い。○**溟渤**　青海原。日本と中国とを隔てる大海をいう。○**論質**　論難質疑する。○**東風**　東から西に吹く風。すなわち日本から中国大陸方向に吹く風。○**吹髪騎海鯨**　陸游《りくゆう》の詩「眉州《びしゅう》の披風榭《ひふうしゃ》に東坡《とうば》先生の遺像を拝す」に「散髪して長鯨に騎《の》るを作《な》さず」とあるのに拠る。

明代末期の詩壇において鍾惺《しょうせい》と譚元春《たんげんしゅん》は手をたずさえて活動していたが、その詩はまことに衰退した世の歌声であった。その時代では陳子龍《ちんしりゅう》が戟《ほこ》を抜いて振りかざすようにして、詩壇のしんがりをつとめた。明代末期の大家銭謙益《せんけんえき》が清朝に降って出仕したのはもともと気力が乏しかったからだが、あえて韓愈と蘇軾を頼みにして、しばらく詩名を盗んだに過ぎなかった。それは、同じ頃呉偉業《ごいぎょう》が白居易を学び、やむを得ず清朝に仕えながらも、綿々として猶《な》お亡びた明の主君を慕い続けたのには及ばない。

康熙年間以後は清の詩風も開け、北の宋琬《そうえん》は粗放ではあるが豪快な詩を、南の施閏《しじゅん》章《しょう》は精緻《せいち》な詩を詠んだ。詩の調子の強さでは皆が朱彝尊《しゅいそん》を推し、詩の雅びな美しさはひとり王士禛《おうししん》のものであった。王士禛の詩については、獺《かわうそ》が獲物の魚を並べるようだとして、その典故の多用を趙執信《ちょうしつしん》が『談龍録』においてあざ笑っているが、馮班《ふうはん》や査慎行《さしんこう》などが張り合えるものではなかった。健筆という点において蔣士銓《しょうしせん》の域に及ぶ者はなく、硬質で力強い用語という点で趙翼《ちょうよく》を圧倒する者はいない。袁枚《えんばい》の詩は浮薄で騒々しく、その詩作は詩論に劣り、内心では蔣士銓と趙翼の縦横な詩才を恐れていた。ところがこの日本では、管の穴から豹の一斑だけを窺うかのように、ただ袁枚一人をもって清の詩壇全体を概観したつもりなのは、何ともいただけないことだ。

元代と清代との風気には相通じるところがあり、これら清代の詩人たちは元代の代表詩人たる元好問《げんこうもん》や虞集《ぐしゅう》と争うだけの力を持っている。清代の詩は、中国北方の砂漠の風気をもたらして、華麗な金粉の風気に満ちた明代の詩を転換させ、その筆力は時に前代の明の詩を圧倒している。私は彼らの詩を読み終わって灯火を吹き消し、書帙《しょちつ》を覆って大笑いしてしまった。はたして青海原《あおうなばら》を隔てて誰か私の詩評を聴いてくれるような人がいるだろうか。東からの風に髪を吹かせながら鯨《くじら》に跨《またが》って海を渡り、何とか彼の地の人と対面して、詳細に論難質疑をしてみたいものだ。

◇江戸時代後期になると、清の諸家の詩文集が長崎に船載されることも多くなり、それらの和刻本も出版されるようになった。本家中国における詩風の流行変遷には山陽も敏感だったらしく、この詩は簡潔な清朝詩史(ただし中期まで)になっている。清詩に対する山陽の批評的な文章としては、これ以外に文化十二年(一八一五)十月に書かれた「清百家絶句に題す」(『清百家絶句』は山陽一門の手で文化十二年に出版されたもの)や、天保二年(一八三一)に成った『浙西《せっせい》六家《ろっか》詩評』(嘉永二年刊)などがある。後者に収められる六人の詩人のうち、この詩で取り上げられている詩人と重なるのは袁枚だけである。この詩における山陽の袁枚評価が厳しいように、『浙西六家詩評』における袁枚への山陽の詩評も苛烈なものがあるが、必ずしも全否定したわけではなかった。

92 問菅翁病不及而終　菅翁《かんおう》の病《やまい》を問《と》ひ、及《およ》ばずして終《おわ》る。
賦此志痛四首　此《これ》を賦《ふ》し痛《いた》みを志《しる》す四首《よんしゅ》

(其二)　(その二)

聞病趨千里　病《やまい》を聞《き》きて千里《せんり》に趨《はし》り
中途得訃伝　中途《ちゅうと》にして訃伝《ふでん》を得《え》たり

不能同執紼
顧悔晩揚鞭
旧宅柳依約
空幃燈耿然
傷心臨没語
待我託遺編

同《おな》じく紼《ふつ》を執《と》る能《あた》はず
顧《かえり》みて悔《く》ゆ　晩《おそ》く鞭《むち》を揚《あ》げしを
旧宅《きゅうたく》　柳《やなぎ》は依約《いやく》とし
空幃《くうい》　灯《ともしび》は耿然《こうぜん》たり
心《こころ》を傷《いた》ましむ　臨没《りんぼつ》の語《ご》
我《われ》を待《ま》ちて遺編《いへん》を託《たく》すと

文政十年(一八二七)四十八歳の作。『山陽遺稿』巻二。五言律詩。韻字、伝・鞭・然・編(下平声一先)。

○**菅翁病**　この年、備後神辺《かんなべ》の菅茶山は膈噎《かくえつ》(胃癌あるいは食道癌)を病んでいたが、病状が進み、八月十一日に尾道《おのみち》の宮原節庵から山陽のもとに茶山危篤《きとく》の報せが届いた。山陽は翌八月十二日に京を発って神辺に向かったが、茶山は八月十三日に八十歳で没した。○**訃伝**　死去の報せ。○**執紼**　棺を載せた車を引く綱を持つ。○**揚鞭**　鞭を揮う。ここは出発することをいう。○**依約**　彷彿とするさま。○**空幃**　人のいない部屋のとばり。○**耿然**　明かり(ここは灯明)が小さく灯《とも》っているさま。○**臨没語**　臨終の言葉。

○遺編　茶山の遺稿の編集。これは後に『黄葉夕陽村舎詩遺稿《こうようせきようそんしゃし》』として、山陽の序文を付して天保三年(一八三二)四月に出版された。

ご病気だと聞いて遠いところを駆けつけたが、途中で逝去の報せを得た。葬儀に参列して棺を牽《ひ》く綱を手に取ることもできず、思い返して出発が遅れたのを悔やむことになった。茶山先生の旧宅に着くと、柳は昔そのままに生えており、主のいない先生の部屋のとばりの中では、灯明だけがぽつんと小さく灯っていた。私が到着するのを待って、遺稿の整理を託そうとされた先生の臨終のお言葉が、私の心をかきむしるのだ。

93　食華臍魚歌

有魚有魚名華臍
美哉其名誰所題
蟹団麝香誇不得
味圧玉膾与金虀」
京城天寒価如璧

華臍魚《かせいぎょ》を食《くら》ふ歌《うた》

魚《うお》有《あ》り　魚《うお》有《あ》り　華臍《かせい》と名《な》づく
美《び》なる哉《かな》　其《そ》の名《な》　誰《だれ》の題《だい》する所《ところ》ぞ
蟹団《かいだん》　麝香《じゃこう》　誇《ほこ》り得《え》ず
味《あじ》は圧《あっ》す　玉膾《ぎょくかい》と金虀《きんせい》と
京城《けいじょう》　天寒《てんさむ》くして　価《あたい》は璧《たま》の如《ごと》く

故人獲雋会饞客
爐紅鼎沸下塩豉
銀盤新堆臘雪白
雪片堕鼎揺未消
急嚼歯間鳴瓊液」
肝如黄酥膚紫菌
遍体華腴知名允
聞汝口呿待食来
可憐翻到我脣吻」
切葱擘橙助精神
頓覚四肢回春温
咲他世人嗜河豚
脆美乱真如郷原」
嗚呼汝豈与渠陰狠同

故人《こじん》　雋《しゅん》を獲《え》て饞客《ざんきゃく》を会《かい》す
爐《ろ》は紅《くれない》に　鼎《かなえ》は沸《わ》きて　塩豉《えんし》を下《くだ》し
銀盤《ぎんばん》新《あら》たに堆《うずたか》し　臘雪《ろうせつ》の白《しろ》
雪片《せっぺん》　鼎《かなえ》に堕《お》ちて揺《ゆ》らぎ未《いま》だ消《き》えざるに
急《すみや》かに嚼《か》めば　歯間《しかん》　瓊液《けいえき》鳴《な》る
肝《きも》は黄酥《こうそ》の如《ごと》く　膚《はだ》は紫菌《しきん》
遍体《へんたい》　華腴《かゆ》　名《な》の允《まこと》なるを知《し》る
聞《き》く　汝《なんじ》は口《くち》を呿《あ》けて食《しょく》の来《きた》るを待《ま》つと
憐《あわ》れむ可《べ》し　翻《ひるがえ》りて我《わ》が脣吻《しんぷん》に到《いた》るを
葱《ねぎ》を切《き》り　橙《だいだい》を擘《さ》きて　精神《せいしん》を助《たす》け
頓《とみ》に覚《おぼ》ゆ　四肢《しし》に春温《しゅんおん》を回《めぐ》らすを
咲《わら》ふ　他《か》の世人《せじん》の河豚《かとん》を嗜《たしな》むを
脆美《ぜいび》　真《しん》を乱《みだ》すこと郷原《きょうげん》の如《ごと》し
嗚《あ》呼《あ》　汝《なんじ》　豈《あ》に渠《かれ》と陰狠《いんこん》を同《おな》じうせんや

外雖醜獰内純融
口蜜腹剣李林甫
何如吾見嫵媚魏鄭公

外《そと》は醜獰《しゅうどう》と雖《いえど》も内《うち》は純融《じゅんゆう》
口《くち》に蜜《みつ》あり　腹《はら》に剣《けん》あるは李《り》林甫《りんぽ》
何如《いか》んぞ　吾《わ》が嫵媚《ぶび》たる魏鄭公《ぎていこう》を見《み》るに

文政十年(一八二七)四十八歳の作。『山陽遺稿』巻二。七言古詩。韻字、臍・題・虀(上平声八斉)」璧・客・白・液(入声十一陌)」、菌・允(上声十一軫)と吻(上声十二吻)の通押」神(上平声十一真)と温・豚・原(上平声十三元)の通押」同・融・公(上平声一東)。
○華臍魚　鮟鱇《あんこう》。日本各地の海底にすむ魚。体長は一メートル以上になるものもあり、扁平《へんぺい》な体型で鱗はない。背びれの変形した突起で小魚を誘って、大きな口で呑み込む。美味で冬の鍋料理が好まれる。**○有魚有魚**　杜甫の「乾元《けんげん》中、同谷《どうこく》県に寓居して歌を作る七首」其一の詩にある「客有り客有り字《あざな》は子美《しび》」を意識した表現。**○蟹団**　蟹螯団魚《かいごうだんぎょ》の略。すなわち、蟹のはさみとスッポン。美味なものの代表。**○麝香**　雄の麝香鹿の分泌物で香料として珍重された。美味な食品ではないが、人に珍重されるものの代表として挙げたか。一説に麝香鴨という鴨の一種とする説もあるが、麝香鴨が美味とされているわけではなく不詳。**○玉膾・金虀**　鱸魚《ろぎょ》の美味な膾《なます》と、材料を細切りにして製した美味なあえもの。美味な食物をいう表現で、「所謂《いわ》ゆる金虀玉膾は東南の佳味なり」(『雲仙雑記』)と称された。○京城　京都。○璧　美しい玉。高価な物の喩え。○故人　旧友。○雋　肥えた肉。○饞客　食いしんぼうの客。○塩豉　塩と味噌。○銀盤　銀の大皿。○臘雪　臘月すなわち十二月の雪。○雪片　鮟鱇の白い身の比喩。○瓊液　玉のような液体。すなわち美味な汁。○黄酥　牛乳を精製して作る黄色い乳脂。クリーム。○紫菌　紫色の茸。○遍体華腴　全身が豊かで美味である。俗に「鮟鱇の七つ道具」といわれ、すべての部位が美味であるとされる。○呿　口をあんぐりと開ける。○脣吻　くちびる。○助精神　精彩や風味を増す。○河豚　ふぐ。ふぐ汁は冬の美味の代表の一つ。しかし「赤関竹枝稿本の後に書す」(『頼山陽文集』)に「赤関の人、河豚を食ふ。婦人・小児と雖も皆な然り。旅客の敢て食はざる者を視て、嗤ひて以て怯と為す。余甘んじて嗤笑を受けて食はざるなり」と記すように、山陽は河豚は食べなかった。○脆美　柔らかく美味である。○乱真　真実を混乱させる。○郷原　偽善者。君子らしく見せかけているが、実はそうではない偽君子。『論語』陽貨の「郷原は徳の賊なり」に拠る。○陰狠　陰険で凶悪なこと。河豚には猛毒があることを踏まえていう。○醜獰　醜くて恐ろしげなこと。○純融　純正でなめらか。○李林甫　唐の玄宗の宰相。口では甘いことを言いながら、腹の中では策謀をめぐらしたことから、「口に蜜有り、腹に剣有り」(『資治通《しじつ》鑑《がん》』巻二百十五)と評された。○嫵媚　愛嬌があること。○魏鄭公　唐の太宗の宰相魏《ぎ》徴《ちょう》。鄭国公に封ぜられたので鄭公という。容貌は醜かったが、太宗は魏徴を信頼し、「人は徴の挙動を疏慢《そまん》と言ふも、我は但《た》だその嫵媚を見るのみ」(『新唐書』魏徴伝)と言って大笑いしたという。河豚を李林甫に見立て、鮟鱇を魏徴に見立てたのである。

魚がある、魚がある、その名は華臍。美しい名前だ、いったい誰が名づけたのであろうか。蟹やスッポン、麝香《じゃこう》も威張れたものではなく、その味は東南の佳味と賞された玉《ぎょく》膾金虀《かいきんせい》を圧倒している。

京都の寒い冬空のもと、鮟鱇《あんこう》の値段は宝玉のように高騰するが、旧友がみごとな鮟鱇を手に入れて、食いしん坊たちを集めた。爐《ろ》には赤々と火がおこり、ぐらぐら煮え立った鍋に塩と味噌を入れる。銀の大皿には十二月の雪のような真っ白な切り身が積み上げられたばかり。切り身のひとひらを鍋に落とし、まだ揺らいでいるうちに急いで取って嚼《か》むと、美味なる汁が歯の間で音を立てる。

肝はまるで黄色いクリームのようで、皮は紫の茸《きのこ》のよう。どの部位も豊かで美味であり、その名声が本当なのが分かる。聞くところによると、お前は口を開けて餌《えさ》の小魚がやって来るのを待つということだが、可哀相にこのたびはお前が私の口に入ることになったわけだ。

葱《ねぎ》を刻み橙《だいだい》を切り、薬味に用いて風味を増せば、急に手足に春の暖かさが回《めぐ》ってくるのを感じる。世間の人が河豚《ふぐ》を好んで食べるというのは可笑《おか》しなことだ。河豚の柔らかな美味しさはまやかしで、真実を乱す偽善者のようなものだ。

ああ、汝《なんじ》鮟鱇よ、お前があの河豚の陰険凶悪と同じだなどということがあろうか。お前は外見は醜く恐ろしげだが、中身は純正でなめらかだ。「口に蜜有り、腹に剣有り」と言われた李林甫《りりんぽ》のような河豚が、愛嬌ある魏鄭公《ぎていこう》のような我が鮟鱇に比べられるなどということが、どうしてあるだろうか。

◇鮟鱇を山陽たちに振る舞ったのは、京の医者で山陽の親友でもあった小石元瑞《こいしげんずい》らしい。文政十年の「冬至後一日」(十一月六日)付け小石元瑞宛て山陽書簡に、次のような記事が見られる。「あんこうの古詩、其夜あんじのけ申し候て、帰り候て枕上にて之を成す。昨日は客来にて浄書するを得ず、今朝、書き申し候。散々不出来なれども、早き処を御慰みに上げ申し候。此通之紙あらば、御越し下さる可く候。御掛軸に成され、又々御饗《おもてなし》をうけ候時に、一観仕り申す可くと相楽しみ候也」。

94

送族弟綱帰郷

折節憐君惜寸陰
旅窓燈火共研尋
一家添補読書種
千里周旋扶老心
橋梓影孤帰路遠
鳥烏声楽故林深
北堂吾亦衰親在
陟屺常愁霜雪侵

族弟綱《ぞくていこう》の郷《きょう》に帰《かえ》るを送《おく》る

節《せつ》を折《お》りて君《きみ》が寸陰《すんいん》を惜《お》しむを憐《あわ》れむ
旅窓《りょそう》の灯火《とうか》　研尋《けんじん》を共《とも》にす
一家《いっか》添《そ》へ補《おぎな》ふ　読書《どくしょ》の種《しゅ》
千里《せんり》周旋《しゅうせん》す　扶老《ふろう》の心《こころ》
橋梓《きょうし》　影《かげ》孤《こ》にして帰路《きろ》遠《とお》く
鳥烏《ちょうう》　声《こえ》楽《たの》しくして故林《こりん》深《ふか》し
北堂《ほくどう》　吾《われ》も亦《ま》た衰親《すいしん》在《あ》り
陟屺《ちょくき》　常《つね》に愁《うれ》ふ　霜雪《そうせつ》の侵《おか》すを

文政十一年(一八二八)四十九歳の作。『山陽遺稿』巻三。七言律詩。韻字、陰・尋・心・深・侵(下平声十二侵)。

○**族弟綱**　山陽の大叔父頼惟宣《ただのぶ》(通称を伝五郎)の孫。山陽の又従弟になる。綱は名。字を子常、通称を常太郎、立斎と号した。この年二十五歳。○**折節**　志を変える。綱は初め銅細工師になるため京都で修業したが、方針転換して学者になろうとし、文政二年以来山陽の塾にいた。後には篆刻《てんこく》家として知られるようになった。○**惜寸陰**　わずかな時間を惜しむ(『晋書』陶侃《とうかん》伝)。○**研尋**　研究。○**読書種**　読書種子とも。知識人のこと。○**周旋**　世話をする。○**扶老**　老親を扶養する。○**橋梓**　橋も梓も木の名。橋は高いので仰いで見、梓は低いので俯して見ることから、父子あるいは父子の道をいう。『世説新語』排調に見える、周の伯禽《はくきん》と庚叔《こうしゅく》の故事による。安芸国竹原に住んでいた綱の父千蔵(養堂)はこの年五十四歳。綱はその四男三女の長男だったという(新日本古典文学大系『頼山陽詩集』脚注)。○**影孤**　ここは綱が一人で帰郷する姿をいうか。○**烏烏…**「烏烏」は、からす。「烏烏声楽」は、一家団欒《だんらん》の声。『左氏伝』襄公十八年に「師曠《しこう》、晋侯に告げて曰く、烏烏の声楽しむ。斉の師其《そ》れ遁《のが》るるなりと」。またこの一句は、白居易「慈烏夜啼」詩の「慈烏其の母を失ひ、啞啞《ああ》として哀音を吐く。昼夜飛び去らず、年を経て故林を守る」を意識する。○**北堂**　主婦あるいは母の居る場所。転じて、母。○**陟屺**　草木が茂って青々とした山に登る。『詩経』魏風・陟岵《ちょくこ》の「彼の屺に陟《のぼ》りて、母を瞻望《せんぼう》す」から、母を慕うの意。○**霜雪**　白髪の比喩。

君が志を変えて、寸暇を惜しんで学問にいそしむようになったことに、私は感じ入っていた。私たちは故郷を離れたいわば旅先の宿りで、共に研究の日々を過ごしてきたようなものだ。頼家はこうして読書人を増やしたわけだが、このたび君は遠く離れた故郷の老親の世話をしようと思い立った。親子の道を全うせんと君は単身遠い故郷へ向けて旅立つが、帰郷したならば木々深い故郷には一家団欒が待っているであろう。かく言う私にも故郷には老いた母親がいる。草木の茂る山に登って故郷の空を眺めながら、老いた母には白髪が増えているのではないかといつも心配しているのだ。

95 読書八首

（其一）

吾髪猶未白
早已擲華簪
未能住林壑
杜門紅塵深
豈無友朋締
俯仰非所任

読書八首《どくしょはっしゅ》

（その一）

吾《わ》が髪《かみ》　猶《な》ほ未《いま》だ白《しろ》からざるに
早《はや》く已《すで》に華簪《かしん》を擲《なげう》つ
未《いま》だ林壑《りんがく》に住《す》む能《あた》はざれど
門《もん》を杜《と》づ　紅塵《こうじん》の深《ふか》きに
豈《あ》に友朋《ゆうほう》の締《てい》無《な》からんや
俯仰《ふぎょう》　任《た》ふる所《ところ》に非《あら》ず

言笑雖云楽
謗譏動侵尋
率意時触諱
飾情亦等瘖
不如還読書
有人獲我心

言笑《げんしょう》 云《ここ》に楽《たの》しむと雖《いえど》も
謗譏《ぼうき》 動《やや》もすれば侵《おか》し尋《たず》ぬ
率意《そつい》 時《とき》に諱《き》に触《ふ》れ
飾情《しょくじょう》も亦《ま》た瘖《いん》に等《ひと》し
如《し》かず 還《ま》た書《しょ》を読《よ》まんには
人《ひと》の我《わ》が心《こころ》を獲《う》る有《あ》り

文政十一年(一八二八)四十九歳の作。『山陽遺稿』巻三。五言古詩。韻字、簪・深・任・尋・瘖・心(下平声十二侵)。
○**華簪**　立派な冠どめ(役人のかぶる冠を頭髪に固定させるもの)。転じて、高位高官。陶潜(淵明)の「郭主簿《かくしゅぼ》に和す」詩に「此《こ》の事真に復《ま》た楽し、聊《いささ》か用《も》つて華簪を忘る」。
○**林壑**　林と谷。山林の奥深い所。○**紅塵**　往来に立つ土ぼこり。繁華な場所をいう。
○**友朋締**　友人としての結びつき。○**俯仰**　下を見たり、上を見たりすること。ここは、人に合わせて一挙一動すること。○**云楽**　『詩経』唐風・揚之水に「既に君子を見れば、云《ここ》に何ぞ楽しまざらん」とあるのに拠る。○**謗譏**　そしり。○**率意**　思うままに従うこと。○諱　人の忌み嫌うこと。○瘖　声がでないこと。口がきけないこと。

私は髪がまだ白くならないうちに、すでに出世をのぞむ気持を投げ捨てていた。いまだに山奥深く隠遁することはできないが、今は繁華な都の中で門を閉じて暮らしている。かといって友達付き合いがないわけではなく、人に合わせて一挙一動するのが耐えられないだけだ。友達と言笑して楽しんではいるが、ややもすれば誹謗《ひぼう》が身に迫る。率直な言動が時に忌み嫌われるわけだが、心を飾ってお世辞を言うのは口がきけないのと同じだと思っている。だから書物を読むのが一番だ。書物の中には我が意を得る人がいるのだから。

96　（其三）

今朝風日佳
北窓過新雨
謝客開吾帙
山妻来有叙

（その三）

今朝《こんちょう》　風日佳《ふうじつか》なり
北窓《ほくそう》　新雨《しんう》過《す》ぐ
客《きゃく》を謝《しゃ》して吾《わ》が帙《ちつ》を開《ひら》けば
山妻来《さんさいき》たりて叙《じょ》する有《あ》り

無禄須衆眷
八口豈独処
輪鞅不到門
饑寒恐自取
願少退其鋭
応接雑媚嫵
吾病誰砭箴
吾骨天賦予
不然父母国
何必解珪組
今而勉齷齪
無乃欺君父
去矣勿我聒
方与古人語

「禄無《ろくな》くして衆眷《しゅうけん》に須《ま》つ
八口《はちこう》 豈《あ》に独処《どくしょ》せんや
輪鞅《りんおう》 門《もん》に到《いた》らず
饑寒《きかん》 恐《おそ》らくは自《みずか》ら取《と》らん
願《ねが》はくは少《すこ》しく其《そ》の鋭《えい》を退《しりぞ》け
応接《おうせつ》 媚嫵《びぶ》を雑《まじ》へよ」と
吾《わ》が病《やまい》 誰《だれ》か砭箴《へんしん》せん
吾《わ》が骨《ほね》は天《てん》の賦予《ふよ》
然《しか》らずんば父母《ふぼ》の国《くに》
何《なん》ぞ必《かなら》ずしも珪組《けいそ》を解《と》かん
今《いま》にして勉《つと》めて齷齪《あくさく》するは
乃《すなわ》ち君父《くんぷ》を欺《あざむ》くこと無《な》からんや
去《さ》れ 我《われ》を聒《かまびす》しくする勿《なか》れ
方《まさ》に古人《こじん》と語《かた》らん

五言古詩。韻字、雨(上声七麌)、叙・処(上声六語)、取・嫵(上声七麌)、予(上声六語)、組・父(上声七麌)、語(上声六語)の通押。
○**北窓**　書斎の北向きの窓。『晋書』陶潜伝に「夏月虚閑、北牕《ほくそう》の下に高臥するに、清風颯《さっ》として至る」。○**帙**　書物の覆い。転じて書物。○**山妻**　自分の妻の謙称。梨影《りえ》夫人を指す。○**衆眷**　多くの人の恵み。○**八口**　八人。山陽夫妻と二人の息子、それに同居していた書生・下男・下女を合わせた人数。○**独処**　独力で生活すること。○**輪鞅**　車輪と馬のむながい、すなわち車馬。身分の高い人の乗物。陶潜(淵明)の「園田の居に帰る」詩に、「窮巷、輪鞅寡《すくな》し」。○**自取**　みずから招く。○**鋭**　気性の鋭角的なこと。○**媚嫵**　愛嬌。○**砭箴**　石で作った治療用の針。ここは病気を治療すること。○**骨**　硬骨な性格。○**珪組**　諸侯の身分をあらわす玉とその紐。それを解くとは、役職を擲《なげう》つこと。ここは、山陽が広島藩士の身分を解かれたことをいう。○**齷齪**　こせこせする。あくせくする。○**君父**　主君と父。○**聒**　がやがやとうるさくする。○**古人**　(書物の中の)昔の人。

今朝《けさ》北窓の外を新たに雨が降り過ぎて、気持のよい天気になった。客には会わぬと言って書物を開くと、妻がやって来て繰り言を述べる。「俸禄というものがありませんので、多くの方のお恵みに与《あずか》らねばなりません。一家八人、どうして孤立無援で生活していけましょう。身分の高い方が訪れてくださることもなく、このままではおそらく飢えと寒さに見舞われることになりましょう。どうか少し丸くおなりになって、人とのお付き合いには愛嬌をお忘れにならぬよう、お願いいたします」。そこで私は答える。「私のこの病《やまい》は誰も治すことはできないのだ。私の硬骨な性格は天から与えられたものなのだ。そうでなければ、故国広島を去って、必ずしも浪人の身になどならなかったであろう。今になってあくせくするのは、主君や父上を欺くことになる。去ってくれ。私に五月蠅《うるさ》く言うのは止《や》めてくれ。これから私は書物の中の古人と語り合おうとしているのだ」。

97　(其五)

治乱自有漸
海宇数分裂
挑灯閲汗青
歴歴如眉列

(その五)

治乱《ちらん》　自《おの》づから漸有《ぜんあ》り
海宇《かいう》　数《しばしば》分裂《ぶんれつ》す
灯《ともしび》を挑《かか》げて汗青《かんせい》を閲《けみ》すれば
歴歴《れきれき》として眉《まゆ》に列《つら》なるが如《ごと》し

深思窺其倪
此意向誰説
燈花如有心
向人落復結

深思《しんし》　其《そ》の倪《げい》を窺《うかが》ふ
此意《このい》　誰《だれ》に向《むか》ひてか説《と》かん
灯花《とうか》　心有《こころあ》るが如《ごと》く
人《ひと》に向《むか》ひて落《お》ちて復《ま》た結《むす》ぶ

五言古詩。韻字、裂・列・説・結(入声九屑)。

○漸　順を追って次第に進むこと。山陽の『通議』「論勢」に、「天下の分合、治乱、安危する所以《ゆえん》の者は勢なり。勢なる者は漸を以て変じ、漸を以て成る」。○海宇　海内、すなわち日本国内。○汗青　史書。紙の発明以前は、竹を火に炙《あぶ》って油を抜き、竹の青みを無くして文字を書いたことによる語。○眉列　目前にありありと見える。○倪　かぎり。極限。○灯花　灯芯の先端にできる燃えかすのかたまり。丁子頭《ちょうじがしら》とも。俗に、これができると吉事があるとされた。

天下の治乱は、おのずから順を追って起こるものであり、日本の国内もこれまで、そうなるべくしてしばしば分裂してきた。灯火を掲げて史書を見ていくと、次々に治乱・分裂するさまがありありと目の前に浮かぶ。私は思いめぐらしてその行末《ゆくすえ》を窺い知るのであるが、それをいったい誰に向かって説こうか、今の世に説くべき人は誰もいないのだ。ただ灯花だけが心を持っているかのように、私に向かって結んでは落ち、落ちてはまた結ぶのである。

98 大風行

歳在戊子維秋中
八日九日天大風
風来自西南海上
肥前筑後当其衝
怒浪大齧穴門破
防藝次第来撃撞
掌大雨点撲人腥
雨邪潮邪声洶洶
大屋掀撼人尽走

大風《たいふう》の行《うた》
歳《とし》は戊子《ぼし》に在《あ》り　維《こ》れ秋中《しゅうちゅう》
八日《ようか》九日《ここのか》　天大《てんおお》いに風《かぜ》ふく
風《かぜ》は西南海上《せいなんかいじょう》より来《きた》り
肥前《ひぜん》　筑後《ちくご》　其《そ》の衝《しょう》に当《あ》たる
怒浪大《どろうおお》いに齧《か》みて穴門《あなと》破《やぶ》れ
防芸次《ぼうげいし》第《だい》に来《きた》つて撃撞《げきどう》す
掌大《しょうだい》の雨《う》点《てん》　人《ひと》を撲《う》ちて腥《なまぐさ》く
雨《あめ》か　潮《うしお》か　声洶洶《こえきょうきょう》
大屋《たいおく》　掀撼《きんかん》して人尽《ひとことごと》く走《はし》り

小屋併人飛入空
大木倔強姑抗拒
力竭戦敗斃老龍
烏鳥失其巣
駢死孰雌雄」
陸已如此況在海
万艑四散失所在
呉船葉砕越船破
雖然可修又可改
欧邏巴船号浮城
吹之上陸陥地底
募能引抜致於水
賞以互市利一載」
愚民莫応涕滂沱

小屋《しょうおく》　人《ひと》を併《あわ》せて飛《と》びて空《そら》に入《い》る
大木《たいぼく》は倔強《くっきょう》にして　姑《しばら》く抗拒《こうきょ》するも
力《ちから》竭《つ》き戦《たたか》ひ敗《やぶ》れて　老龍《ろうりゅう》斃《たお》る
烏鳥《うちょう》　其《そ》の巣《す》を失《うしな》ひ
駢死《へんし》して孰《いず》れか雌雄《しゆう》
陸《りく》已《すで》に此《こ》の如《ごと》し　況《いわん》や海《うみ》に在《あ》るをや
万艑《ばんぺん》四散《しさん》して所在《しょざい》を失《うしな》ふ
呉船《ごせん》は葉砕《ようさい》し　越船《えつせん》は破《やぶ》る
然《しか》りと雖《いえど》も修《おさ》む可《べ》く又《ま》た改《あらた》む可《べ》し
欧邏巴船《ようろっぱせん》は浮城《ふじょう》と号《ごう》す
之《これ》を吹《ふ》きて陸《りく》に上《あ》げ地底《ちてい》に陥《おとしい》る
能《よ》く引《ひ》き抜《ぬ》きて水《みず》に致《いた》すものを募《つの》り
賞《しょう》するに　互市《ごし》の利《り》　一載《いっさい》を以《もっ》てす
愚民《ぐみん》応《おう》ずる莫《な》く　涕滂沱《なみだぼうだ》たり

曰何必恤喎蘭陀
吾屋尽破
吾田無禾
無縁出常科
何況供倍多
金銀宮館成旋圮
奈此封姨降嫁何」
君不聞貞観中海溢肥後没郡六
大鳥来集宰府屋
朝廷惶懼問大卜
権帥少弐各陳策
水田課耕緩貢調
停止交易務儲蓄

曰《いわ》く「何《なん》ぞ必《かなら》ずしも喎蘭陀《おらんだ》を恤《うれ》へん
吾《わ》が屋《おく》　尽《ことごと》く破《やぶ》れ
吾《わ》が田《た》　禾《かな》無し
常科《じょうか》を出《いだ》すに縁無《よしな》し
何《なん》ぞ況《いわ》んや供《きょう》の倍《ます》ます多《おお》きをや
金銀《きんぎん》の宮館《きゅうかん》成《な》りて旋《ま》た圮《やぶ》る
此《こ》の封姨《ほうい》の降嫁《こうか》を奈何《いかん》せん」と
君《きみ》聞《き》かずや　貞観中《じょうがんちゅう》　海《うみ》の肥後《ひご》に溢《あふ》れて郡《ぐん》を
没《ぼっ》すること六《ろく》
大鳥来《おおとりきた》りて宰府《さいふ》の屋《おく》に集《と》まる
朝廷惶懼《ちょうていこうく》して大卜《たいぼく》に問《と》ひ
権帥少弐《ごんのそちしょうに》　各《おのおの》　策《さく》を陳《の》ぶ
水田《すいでん》の課《か》耕《こう》　貢調《こうちょう》を緩《ゆる》くし
交易《こうえき》を停止《ていし》して儲蓄《ちょちく》に務《つと》めしを

嗚呼古人太過慮
何不坐食駭鯨肉

嗚呼《ああ》　古人《こじん》太《はなは》だ過慮《かりょ》
何《なん》ぞ坐《い》ながらにして駭鯨《がいげい》の肉《にく》を食《く》らはざる

文政十一年(一八二八)四十九歳の作。『山陽遺稿』巻三。七言古詩。韻字、中・風(上平声一東)、衝(上平声二冬)、撞(上平声三江)、洶(上平声二冬)、空(上平声一東)、龍(上平声二冬)、雄(上平声一東)の通押」海・在・改(上声十賄)、底(上声八薺)、載(上声十賄)の通押」沱・陀・禾・科・多・何(下平声五歌)」六・屋・卜(入声一屋)、策(入声十一陌)、蓄・肉(入声一屋)の通押。
○**行**　楽府の形式をした長い歌。○**戊子**　文政十一年の干支。○**秋中**　仲秋に同じ。陰暦八月。○**衝**　通路。○**穴門**　関門海峡の古称。○**防芸**　周防国と安芸国。○**撃撞**　うつ。打撃を加える。○**洶洶**　沸き立って騒がしいさま。○**掀撼**　持ち上げられて揺らぐ。○**抗拒**　抵抗して防ぐ。○**老龍**　松の老木の比喩。○**駢死**　首を並べて死ぬこと。○**孰雌雄**　区別がつかないこと。『詩経』小雅・正月に「誰か烏の雌雄を知らん」。○**万斛**　多くの小舟。○**葉砕**　木の葉のように砕け散る。木端微塵《こっぱみじん》。○**欧邏巴船**　この時の大風で、長崎港では出帆しようとしていたオランダの貿易船コルネリウス・ハウトマン号が座礁した。その後の積荷検査でこの船から国外持ち出し禁制品が発見され、いわゆるシーボルト事件に発展する発端となった。○**浮城**　海に浮かぶ城。巨船の比喩。○**互市利**　貿易の利潤。○**一載**　一年。○**滂沱**　涙が盛んに流れるさま。『詩経』陳風・沢陂《たく ひ》に「涕泗《ていし》滂沱たり」。○**禾**　稲。○**常科**　定常分の年貢。○**供**　供出せねばならない年貢。○**旋**　かえってきた。○**圮**　くずれる。壊れる。○**封姨**　風を司る女神。女神にちなんで、大風の襲来を降嫁と表現した。○**貞観中…**　清和天皇の貞観十一年（八六九）七月に肥後国に大風雨があった。『日本三代実録』の記事に基づいて、山陽は『日本政記』に貞観十一年の記事として、「秋七月、肥後の海溢れ、六郡を漂没す。冬、大鳥、府庁及び兵庫に集まる。占ふに、当《まさ》に寇《こう》有るべしと。勅して、右近衛少将坂上瀧守を以て太宰少弐《だざいのしょうに》を兼ねしめ、往きて之に備へしむ」と記している。○**集**　（鳥が樹木などに）止まる。○**宰府屋**　大宰府の屋根。○**惶懼**　おそれる。○**大卜**　占いを司る官。律令制における陰陽博士の唐名。○**権帥少弐**　大宰府の長官と次官。『日本三代実録』貞観十一年十二月の記事に、大宰府の長官や少弐の坂上瀧守から、新羅《しらぎ》よりの兵冦に備えるべき策が献じられたことが見えている。○**課耕**　耕作の割り当て。○**貢調**　年貢。みつぎもの。○**儲蓄**　食料や物品を貯えること。○**過慮**　考え過ぎる。取り越し苦労をする。○**駭鯨肉**　驚き慌てている鯨の肉。大風に遭って困難な状態に陥っている外国船を指す。

戊子《ぼし》の年の仲秋八月、その八日九日に大風が吹いた。風は西南の海上から吹いて来て、肥前国と筑後国がその通路に当たった。怒濤《どとう》が岸辺に打ち寄せて関門海峡が破れ、周防国と安芸国は相次いで打撃を蒙《こうむ》った。手のひらほどの雨粒が人に打ちつけて生臭く、雨であろうか、潮であろうか、湧き起こるような凄まじい音がする。大きな家屋までもが持ち上げられ揺らぐので人はみな走り出し、小さな家屋は人もろとも吹き飛ばされて空に舞い上がる。大木はさすがに強く、しばらくは風の勢いに抵抗していたが、力尽きて戦い敗れ、老龍のような松の老木も倒れてしまった。烏や鳥たちはその巣を失い、並んだ死骸は雄か雌かも区別できない。

陸においてもすでにこのようなありさまなので、ましてや海の上はいうまでもない。多くの小舟は散り散りになって、どこかに行ってしまった。呉《ご》からの船も、越《えつ》からの船も、みな木の葉のように砕け散った。しかし、それらはまだ修理もできよう。ヨーロッパの船は浮城と呼ばれる巨大な船であるが、それが陸に吹き上げられ、地底にめりこんでいる。そこで、それを引き抜いて水に戻す者を募り、その報賞として一年間の貿易の利潤を与えようということになった。

しかし、愚民たちに応ずる者はなく、ただ涙を溢れさせていう。「どうしてオランダ人たちのことまで心配する余裕があろうか。我が家はことごとく破壊され、我が田は稲を流されたのだ。通常の年貢を出すあてもなく、ましてやこの災害でますます多くの年貢を供出させられるであろうのに。お上《かみ》の出来たばかりの立派な建物もまた壊れてしまった。この大風襲来の跡始末をどうすればよいというのか」と。

諸君は聞いたことがあろう。清和天皇の貞観年中に大風雨があって肥後国の海が溢れ、六郡が水没し、大きな鳥が大宰府の屋根に止まった。朝廷は大いに恐れて陰陽博士に占わせ、大宰府の長官や次官たちはそれぞれに対策を陳上した。そこで水田の耕作を割当てて督励し、年貢の取り立てを緩め、外国との貿易を停止して、食料や物品を貯えるのに務めたということである。ああ、古人は考え過ぎて取り越し苦労をしたというべきである。そのような外国との貿易を停止するなどという古人が採った方策より、今採るべきは、大風に遭い困難な状態に陥って慌てる外国船から、居ながらにして我が国にとっての利益を引き出すような方策ではないだろうか。

99　題清水寺閣雨景

清水寺《きよみずじ》閣《かく》の雨景《うけい》に題《だい》す

花外水声加

花外《かがい》　水声加《すいせいくわ》はり

欄頭雨点集
及他羅綺散
静看胭脂湿

欄頭《らんとう》　雨点《うてん》集《あつ》まる
他《か》の羅綺《らき》の散《さん》ずるに及《およ》びて
静《しず》かに看《み》る　胭脂《えんじ》の湿《うるお》ふを

文政十一年(一八二八)四十九歳の作。『山陽遺稿』巻三。五言絶句。韻字、集・湿(入声十四緝)。

○清水寺閣　京都清水寺の本堂から高く張り出した舞台をいう。**○水声**　水音。清水寺境内にある音羽《おとわ》の滝の水音をいう。**○雨点**　雨粒。**○羅綺**　薄絹と綾絹、またそれを美しく着飾った女性。**○胭脂**　口紅やほほ紅。ここは雨に濡れた桜の花の薄紅色をいう。

清水寺の舞台の欄干に雨粒が降りそそぎ、一面の桜の花の向こうから水音が高く聞こえてくる。美しく着飾った花見の女性たちが退散した後、薄紅色の花が雨に濡れているのを静かに見つめている。

100　尋杏翁三次官廨

巒容攢地脊

杏翁《きょうおう》を三次《みよし》の官廨《かんかい》に尋《たず》ぬ

巒容《らんよう》　地脊《ちせき》に攢《あつ》まり

水勢赴山陰
吾叔衰遅久
斯郷瘴癘深
遥携一尊酒
欲慰七旬心
対酔春燈底
雪明檐外林

水勢《すいせい》 山陰《さんいん》に赴《おもむ》く
吾《わ》が叔《しゅく》 衰遅《すいち》久《ひさ》しく
斯《こ》の郷《きょう》 瘴癘《しょうれい》深《ふか》し
遥《はる》かに一尊《いっそん》の酒《さけ》を携《たずさ》へ
七旬《しちじゅん》の心《こころ》を慰《なぐさ》めんと欲《ほっ》す
対酔《たいすい》す 春灯《しゅんとう》の底《そこ》
雪《ゆき》は明《あき》らかなり 檐外《えんがい》の林《はやし》

文政十二年(一八二九)五十歳の作。『山陽遺稿』巻四。五言律詩。韻字、陰・深・心・林(下平声十二侵)。
○**杏翁**　山陽の叔父頼杏坪《きょうへい》。この年二月、山陽は亡父春水の年忌法要のため帰省したが、その途中、二月十四日に備後国三次(現、広島県三次市)に杏坪を訪うた。当時、杏坪は三次の町奉行を勤めていた。○**官廨**　役所。杏坪は役宅を運甓居《うんぺききょ》と号していた。○**巒容**　尖った山の姿。○**地脊**　山脈。○**山陰**　山の北。○**衰遅**　年老いること。○**瘴癘**　山川に生じて熱病を起こさせる毒気。○**七旬**　七十。杏坪はこの年七十四歳。○**檐外**

軒の向こう。

急峻な山々が集まって山脈をなし、川は山の北側に向かって流れる。我が叔父杏坪翁は、そんな気候の悪い土地に、年老いてから久しく住んでいる。このたび、私は一樽《ひとたる》の酒を携え、七十歳の叔父の心を慰めようと思ってやって来た。春の灯火の下、叔父と対面して酔い心地に身を任せていると、軒端《のきば》の向こうの林に、雪が白く積もっているのがはっきりと見える。

◇杏坪の『春草堂詩鈔』巻七には、山陽のこの詩に次韻《じいん》した「子成侄《てつ》の京より来るを喜び詩有り次韻す」と題する詩が収録されている。なお、「侄」は甥の意。

101　侍母東上舟中作(三首)　　母《はは》に侍《じ》して東上《とうじょう》す。舟中《しゅうちゅう》の作《さく》(三首)

(其二)　　(その二)

一篷掠過白鷗煙　　一篷《いっぽう》掠《かす》め過《す》ぐ　白鷗《はくおう》の煙《けむり》

臥閲青山総可憐　　臥《ふ》して青山《せいざん》を閲《えっ》すれば総《すべ》て憐《あわれ》む可《べ》し

聞得舟人呼飯熟　　聞《き》き得《え》たり　舟人《しゅうじん》の飯《めし》は熟《じゅく》すと呼《よ》ぶを

船窓推醒阿娘眠　　船窓《せんそう》　推《お》し醒《さ》ます　阿娘《あじょう》の眠《ねむ》り

文政十二年(一八二九)五十歳の作。『山陽遺稿』巻四。七言絶句。韻字、煙・憐・眠(下平声一先)。

○**侍母東上**　亡父春水の年忌法要に出席のため広島に帰省した山陽は、三月七日に母を伴って船で広島を発ち、帰京の途についた。その折の作。○**一篷**　篷は船を覆う苫《とま》。ここは苫を掛けた船。○**白鷗煙**　飛び過ぎる鷗《かもめ》をたなびく煙に見立てた表現。○**阿娘**　母を親しんでいう言葉。

苫をかけた舟の傍を、たなびく煙のように、白い鷗が掠《かす》めて飛び過ぎていった。寝そべったまま緑の山々を眺めていると、すべてが愛《いと》おしく思われてくる。舟子《かこ》が「飯が炊けたぞ」と叫んでいるのが聞こえたので、船窓に寄りかかってうつらうつらしていた母上を揺り起こした。

102　粟田戯作似送行諸子　　粟田《あわた》にて戯《たわむ》れに作《つく》り、送行《そうこう》の諸子《しょし》に似《しめ》す

把酒旗亭別送人　　酒《さけ》を把《と》りて　旗亭《きてい》　送《おく》る人《ひと》に別《わか》る

禽声草色太平春
携妻挈子同従母
非是流民是逸民

禽声《きんせい》　草色《そうしょく》　太平《たいへい》の春《はる》
妻《つま》を携《たずさ》へ子《こ》を挈《たずさ》へて同《おな》じく母《はは》に従《したが》ふ
是《こ》れ流民《るみん》に非《あら》ず　是《こ》れ逸民《いつみん》

文政十二年(一八二九)五十歳の作。『山陽遺稿』巻四。七言絶句。韻字、人・春・民(上平声十一真)。

○**粟田**　現在の京都市東山区粟田口。三月二十五日、山陽は京都滞在中の母梅颸《ばいし》を奉じ、妻梨影《りえ》・息子又二郎(七歳、後に号を支峰《しほう》)・門人らを伴って伊勢に向かい、粟田口の茶屋で見送りの人々と別れた。○**似**　示す。贈る。○**旗亭**　茶屋。○**禽声**　鳥の鳴声。○**流民**　放浪の民。○**逸民**　原義は世を逃れ住む隠遁者の意であるが、ここは太平の世を謳歌して気ままに暮らす人の意。

茶屋で酒を酌み交わし、見送りの人々と別れた。鳥の声、草の色、周りはすべて太平の世の春景色。妻子を携え、一同母のお伴をする旅だ。我らは流浪の民の一行ではない。太平の世を謳歌する逸民の一行である。

103　日野亜相公辱臨恭賦奉謝時老母来在京寓

不須村巷戒伝呼
小隊来過草閣蕪
剣佩有香来研席
門庭無地納車徒
闈中寧剪陶姑髪
竹裏方携厳武厨
朝退太遅当卜夜
未辞執燭起鵞鳧

日野亜相公《ひのあしょうこう》　辱《かたじけな》くも臨《りん》せらる。恭《うやうや》しく賦《ふ》して謝《しゃ》を奉《ほう》ず。時《とき》に老母《ろうぼ》来《き》たりて京寓《きょうぐう》に在《あ》り

須《もち》ひず　村巷《そんこう》　伝呼《でんこ》を戒《いまし》むるを
小隊来《しょうたいき》たり過《よ》ぎる　草閣《そうかく》の蕪《ぶ》
剣佩《けんぱい》　香《こう》の研席《けんせき》に来《きた》る有《あ》り
門庭《もんてい》　地《ち》の車徒《しゃと》を納《い》るる無《な》し
闈中《いちゅう》　寧《いずく》んぞ剪《き》らんや　陶姑《とうこ》の髪《かみ》
竹裏《ちくり》　方《まさ》に携《たずさ》ふ　厳武《げんぶ》の厨《ちゅう》
朝退太《ちょうたいはなは》だ遅《おそ》く　当《まさ》に夜《よ》を卜《ぼく》すべし
未《いま》だ辞《じ》せず　燭《しょく》を執《と》りて鵞鳧《がふ》を起《た》たしむるを

文政十二年(一八二九)五十歳の作。『山陽遺稿』巻四。七言律詩。韻字、呼・蕪・徒・厨・鳧(上平声七虞)。

○日野亜相公　日野資愛《すけなる》。亜相は大納言の唐名。山陽とは同年の生まれ。南洞《なんどう》とも号した当代きっての文人公家。山陽は文化十二年(一八一五)十一月六日に初めて公に招かれて以

来、親交があったが、この詩は文政十二年五月八日に公が山陽の居宅を訪うた折の作である。この日の様子は、当時山陽宅に滞在していた母梅颸《ばいし》の『梅颸日記』にも見えている。資愛は午後四時頃に訪れ、夜半過ぎの午前二時頃に帰った。梅颸もまた資愛に拝謁するという栄に浴して和歌を呈し、後日資愛は梅颸に和歌を賜ったという。○**辱臨**　貴人の来訪を敬った言い方。○**村巷**　村里。当時の山陽の住居である水西荘は京都市中の東三本木南町にあったが、場末の住まいを謙遜してこう表現したのであろう。○**戒伝呼**　貴人のお出ましを先触れして注意を促すこと。○**小隊**　少人数の一行。杜甫の「厳中《げんちゅう》丞《じょう》、駕《が》を枉《ま》げて過《よ》ぎらる」詩に「元戎《げんじゅう》小隊、郊坰《こうけい》に出づ。柳を問ひ花を尋ねて野亭に到る」とあるのに拠る。○**草閣蕪**　雑草のはびこる草ぶきの建物。自分の家を謙遜した言い方。○**剣佩**　貴人の帯びる剣と玉。○**研席**　書斎。○**車徒**　貴人の乗る車とお伴の者。○**闈中**　小さな門の中。ここは山陽の居宅をさす。○**陶姑髪**　晋の陶侃《とうかん》の母の髪の毛。陶侃がまだ若くて貧しかった頃、范逵《はんき》が訪れたことがあった。陶侃の母は自分の髪を切って隣人に売り、そのお金で酒と肴を調えて范逵をもてなしたという。○**厳武厨**　唐の玄宗皇帝に仕えた厳武(鄭《てい》国公)の行厨《こうちゅう》(弁当、お持たせの料理)。厳武は豪奢な人物だったといわれ、お持たせの豪華な料理があるので、陶侃の母のように髪を切って酒肴を調える必要はないの意である。杜甫の「厳公、仲夏《ちゅうか》、駕を草堂に枉《ま》げ兼ねて酒饌《しゅせん》を携ふ」詩に「竹裏行厨、玉盤を洗ふ。花辺、馬を立てて金鞍簇《きんあんむら》がる」とあるのに拠る。杜甫は大官であった厳武の庇護を受けたことがあった。つまり、山陽は自分と日野公との関係を、杜甫と厳武との関係に見立てたのである。○朝退　朝廷から退出する。○卜夜　夜の吉凶を占う。転じて、夜ふかしをする。○鷺鳧　鷺鳥《がちょう》や鴨という水鳥。山陽の居宅水西荘(山紫水明処)は鴨川べりにあった。

村里に先払いもおさせにならず、少人数の御一行で我が茅屋《ぼうおく》へお出ましになられました。公の身に帯びられた剣や玉の触れあう音が聞こえ、衣に薫《た》きしめられた香が書斎にまで漂ってまいりましたが、我が家の狭い庭にはお車やお供の方をお入れする余地もありません。しかし、竹に囲まれたあばら屋に厳武公の行厨のような結構な酒肴《しゅこう》をお持ちくださいましたので、居合わせております母も、陶侃の母のように髪を切って酒肴の工《く》面《めん》をする必要はありません。御所からの御退出がたいそう遅うございましたので、夜更《よふ》かしをしてお話をお伺いいたしたく、そのために明かりを取って鴨川の岸辺に眠る鷺鳥や鴨を起こすことになっても、構うことではございません。

104　送母路上短歌

東風迎母来
北風送母還
来時芳菲路
忽為霜雪寒
聞雞即裹足
侍輿足槃跚
不言児足疲
唯計母輿安
献母一杯児亦飲
初陽満店霜已乾
五十児有七十母
此福人間得応難
南去北来人如織

母《はは》を送《おく》る。路上《ろじょう》の短歌《たんか》

東風《とうふう》　母《はは》を迎《むか》へて来《きた》り
北風《ほくふう》　母《はは》を送《おく》りて還《かえ》る
来《きた》る時《とき》は芳菲《ほうひ》の路《みち》
忽《たちま》ち霜雪《そうせつ》の寒《かん》と為《な》る
鶏《にわとり》を聞《き》きて即《すなわ》ち足《あし》を裹《つつ》み
輿《よ》に侍《はべ》りて　足《あし》槃跚《ばんさん》たり
言《い》はず　児《じ》の足《あし》疲《つか》るるを
唯《た》だ計《はか》る　母輿《ぼよ》の安《やす》きを
母《はは》に一杯《いっぱい》を献《けん》じ　児《じ》も亦《ま》た飲《の》めば
初陽《しょよう》　店《みせ》に満《み》ち　霜《しも》已《すで》に乾《かわ》く
五十《ごじゅう》の児《じ》　七十《しちじゅう》の母《ははあ》有り
此福《このふく》　人間《じんかん》　得《う》ること応《まさ》に難《かた》かるべし
南去北来《なんきょほくらい》　人《ひと》織《お》るが如《ごと》し

誰人如我児母歓　　誰人《たれびと》か　我《わ》が児母《じぼ》の歓《かん》に如《し》かん

文政十二年(一八二九)五十歳の作。『山陽遺稿』巻四。雑言古詩。韻字、還(上平声十五刪)、寒・跚・安・乾・難・歓(上平声十四寒)の通押。

○送母　この年三月七日、山陽に伴われて広島から船で都に上った梅颸は、半年余りの京都滞在の後、十月二十日に山陽に伴われて広島に帰るため京都を発った。○短歌　古詩の短いもの。○東風　母を迎える時に吹いていた春風。○北風　母を送る今吹いている冬風。○芳菲　花が芳しく咲き匂っていること。○聞鶏　夜明けを告げる鶏の鳴き声を聞く。○裹足　足袋や脚絆《きゃはん》などをつけて旅支度をする。○槃跚　疲れで足がよろけるさま。○初陽満店　朝日の光が、立ち寄った街道の茶店いっぱいに満ちる。○人如織　ひっきりなしに人が往来するさま。

春風が心地よい三月に母を迎えて京に来たり、北風が身にしむ十月に母を送って故郷に帰る。来る時は路に花が芳しく咲き匂っていたが、たちまち霜や雪の降る冬空になった。夜明けを告げる鶏の声を聞いてすぐに足ごしらえをし、母の駕籠《かご》のそばに従ってよろけながら歩く。しかし、子の私は足の疲れを口にすることなく、ただ母の駕籠の安全だけを案じる。街道の茶店に寄って、母に気付けの酒を一杯献じ、私もまた飲むと、朝日は茶店中に光を投げかけ、街道に降りていた霜もすでに乾いている。五十歳の子である私には七十歳の母がいる。この幸せは世間ではなかなか得がたいものであろう。この街道を南へ北へと去来する人々は織るが如くに絶え間ないが、そのなかに我が母子のような喜びを感じている者はいないであろう。

105 雨窓与細香話別

離堂短燭且留歓
帰路新泥当待乾
隔岸峰巒雲纔斂
隣楼糸肉夜将闌
今春有閏客猶滞
宿雨無情花已残
此去濃州非遠道

雨窓《うそう》に細香《さいこう》と別《わか》れを話《わ》す

離堂《りどう》の短燭《たんしょく》　且《しばら》く留歓《りゅうかん》
帰路《きろ》の新泥《しんでい》　当《まさ》に乾《かわ》くを待《ま》つべし
岸《きし》を隔《へだ》つる峰巒《ほうらん》　雲纔《くもわず》かに斂《おさ》まり
隣楼《りんろう》の糸肉《しにく》　夜将《よるまさ》に闌《たけなわ》ならんとす
今春《こんしゅん》　閏有《うるうあ》りて客猶《きゃくな》ほ滞《とど》まり
宿雨《しゅくう》　情無《じょうな》くして花已《はなすで》に残《そこな》ふ
此《ここ》を去《さ》る濃州《のうしゅう》　遠道《えんどう》に非《あら》ざるに

老来転覚数逢難　老来転《ろうらいうた》た覚《おぼ》ゆ　数《しばしば》逢ふことの難《かた》きを

天保元年(一八三〇)五十一歳の作。『山陽遺稿』巻五。七言律詩。韻字、歓・乾・闌・残・難(上平声十四寒)。

○**細香**　江馬細香。詩15の語注参照。この年四十四歳の細香は二月に上京し、閏三月九日、山陽は水西荘で細香の帰郷を送る宴を開いた。その折の作と思われる。○**離堂**　別れの酒宴を催す座敷。○**短燭**　丈の低い燭台。小さな灯火。○**留歓**　旅立つ客を留めるための歓宴。○**新泥**　雨が降って新たにできたぬかるみ。○**隔岸峰巒**　川岸の向こうの山々。ここは鴨川の向こうに見える東山を指す。○**糸肉**　三味線の音色と歌声。○**客**　細香を指す。○**宿雨**　降り続いている雨。○**残**　損壊する。○**濃州**　細香は美濃大垣の人。

別宴の座敷には丈の低い燭台が点《とも》され、ともあれ別れを惜しむ歓宴が張られているが、帰郷の道は雨で新たにぬかるんでいるから、乾くのを待ったほうがいい。川向こうの山々にかかっていた雲はようやく消え、近隣の酒楼からは三味線に合わせた歌声が聞こえ、夜はまさに闌《たけなわ》になろうとしている。今春は閏月《うるうづき》があってあなたはまだこの地に滞在しているが、降り続く雨は無情にもすでに桜の花を損なってしまった。ここから美濃国までは遠い道のりではないが、年を取るとますます、頻繁にあなたと逢うのは難しいことだと思うようになった。

106 到家

震後帰京城
伏水変泊所
収繂上淀橋
僦輿径鳥羽
道路裂有痕
縁旋頼明炬
炬光中窺看
人家壊未補
墜瓦堆成邱

家《いえ》に到《いた》る

震後《しんご》 京城《けいじょう》に帰《かえ》れば
伏水《ふしみ》 泊所《はくしょ》を変《へん》ず
繂《りつ》を収《おさ》めて淀橋《よどばし》に上《あが》り
輿《よ》を僦《やと》ひて鳥羽《とば》に径《おもむ》く
道路《どうろ》 裂《さ》けて痕《あと》有《あ》り
縁旋《えんせん》 明炬《めいきょ》に頼《たよ》る
炬光《きょこう》 中《なか》に窺《うかが》ひ看《み》れば
人家《じんか》 壊《こわ》れて未《いま》だ補《おぎな》はず
墜瓦《ついが》 堆《うずたか》く邱《おか》を成《な》し

傾壁纔撐柱
街陌整如故
到家方四鼓
屋矮敗不甚
依然瞻衡宇
家中防盗賊
聞語慳開戸
山妻面帯瘦
呼児起拝父
力疾奔千里
耑為欲見汝
遇震時何如
将答色先沮
婢僕進攙説

傾壁《けいへき》　纔《わず》かに柱《はしら》に撐《ささ》ふ
街陌《がいはく》　整《ととの》へること故《もと》の如《ごと》く
家《いえ》に到《いた》れば　方《まさ》に四鼓《しこ》
屋《おく》　矮《わい》にして敗《やぶ》るること甚《はなはだ》しからず
依然《いぜん》として衡宇《こうう》を瞻《み》る
家中《かちゅう》　盗賊《とうぞく》を防《ふせ》ぎ
語《ご》を聞《き》くも戸《と》を開《ひら》くに慳《けん》なり
山妻《さんさい》　面《かお》は瘦《やせ》を帯《お》び
児《じ》を呼《よ》びて　起《お》こして父《ちち》を拝《はい》せしむ
疾《やまい》を力《つと》めて千里《せんり》を奔《はし》るは
耑《もっぱ》ら汝《なんじ》を見《み》んと欲《ほっ》するが為《ため》なり
震《しん》に遇《あ》ひし時《とき》は何如《いかん》ぞ
将《まさ》に答《こた》へんとして色《いろ》先《ま》づ沮《おそ》る
婢僕《ひぼく》は進《すす》んで攙説《ざんせつ》し

挑燈談無序
墻屋粗復旧
米薪憂万緒
置是且温酒
生存喜幾許

灯《ともしび》を挑《かか》げて談《だん》に序無《じょな》し
墻屋《しょうおく》粗《ほ》ぼ旧《きゅう》に復《ふく》するも
米薪《べいしん》憂《うれ》ひ万緒《ばんしょ》
是《これ》を置《お》きて且《しばら》く酒《さけ》を温《あたた》めよ
生存《せいぞん》喜《よろこ》び幾許《いくばく》ぞ

天保元年(一八三〇)五十一歳の作。『山陽遺稿』巻五。五言古詩。韻字、所(上声六語)、羽(上声七麌)、炬(上声六語)、補・柱・鼓・宇・戸・父(上声七麌)、汝・沮・序・緒・許(上声六語)の通押。

○**震後**　天保元年七月二日に京都で大地震があった。七月九日にその報せが広島に帰省中の山陽にもたらされ、山陽は長篇の五言古詩「京師《けいし》地震と聞き、此《これ》を賦《ふ》して悶《もん》を遣《や》る」(『山陽遺稿』巻五)を詠んだ。その翌月の八月六日にようやく京都東三本木南町の自宅に帰った折の作。○**伏水**　伏見。大坂から淀川の川船で伏見に着いたのである。○**泊所**　船着き場。○**収繂**　纜《ともづな》で船を繋ぎ止める。○**淀橋**　伏見に着く手前、木津川が淀川に合流する辺りにかかる淀の大橋を指しているのであろう。地震の影響で船着き場がここに変更になったのである。○**径鳥羽**　鳥羽街道を北上して、現在の京都市南区上鳥羽あたりに向かった。「径」は、おもむく。○**縁旋**　道の縁を辿る。○**明炬**　明るい松《たい》明《まつ》。○**撐**　支える。○**街陌**　街の通り。○**四鼓**　四つ時。午後十時。○**矮**　小さい。○**衡宇**　衡門と屋宇、すなわち冠木《かぶき》門《もん》と家屋。陶潜(淵明)「帰去来の辞」に「乃《すなわ》ち衡宇を瞻《み》て、載《すなわ》ち欣《よろこ》び載ち奔《はし》る」。○**慳**　しぶる。ぐずぐずする。○**山妻**　自分の妻の謙称。○**力疾**　病をおして。山陽は広島で七月一日に風邪を引いて下痢が続き、なかなか回復しなかった。○**耑**　専ら。○**沮**　恐れる。怯《ひる》む。○**攙説**　雑然と述べ立てる。○**挑灯**　灯芯《とうしん》を搔《か》き立てて明るくする。夜遅くまでの意を含む。○**無序**　ばらばらで順序だっていない。○**墻屋**　垣根と家屋。○**万緒**　万端。あれこれと切りがないこと。○**置是**　それはさておき。白居易「微之《びし》に与ふる書」に「且く是の事を置きて、略《ほぼ》近懐を叙《の》ぶ」。○**生存**　生きながらえる。生き残る。

震災後、京都に帰ると、伏見は船着き場が変わっていた。船の纜《ともづな》を繫いで淀橋に上陸し、駕籠《かご》を雇って鳥羽へ赴いた。街道には地割れの痕《あと》があるので、明るい松明《たいまつ》を頼りに道の縁《へり》を辿《たど》っていった。松明の光の中を窺い見れば、人家は壊れてまだ補修されていない。落下した瓦は丘のように堆《うずたか》く積まれ、傾いた壁はやっとのことで柱に支えられている。しかし、街の通りは元のように整えられていた。家に辿り着いたのはちょうど四つ時だった。小さな我が家はそれほど破損しておらず、以前と同じように門と家屋が見えた。家の者は泥棒を用心して、私の声を聞いてもなかなか戸を開けようとしなかった。ようやく出てきた妻の顔は痩せたようだったが、妻は子供たちを起こして私にお帰りの挨拶をさせた。病気を押して遠い道のりを急いで帰ってきたのは、ただただお前たちの無事な姿を見たかったからだ。私が「地震に遭った時はどんなだったかね」と尋ねると、子供たちは答えようとするが、顔色に先ず怯《おび》えが走る。下女や下男たちが進み出て取りとめもなく述べ立て、明かりを掻き立てて夜遅くまで話し続けたものの、順序だった話にはならなかった。垣根や家屋はなんとか元のようになったが、米や薪など、生活していく上での心配事はあれこれ切りがないという。それはさておき、とりあえずは酒を温めてくれ。一家が無事息災だった喜びには計り知れないものがあるのだから。

◇天保元年八月付け江馬細香宛て山陽書簡に、この京都大地震を詠んだ七絶一首と山陽作の狂詩二首が記されている。山陽の狂詩は珍しいが、なかなか堂に入ったものになっている。

107

月瀬梅花之勝耳之久
矣今茲糾諸友往観得
六絶句

月瀬《つきがせ》の梅花《ばいか》の勝《しょう》は之《これ》を耳《みみ》にすること
久《ひさ》し。今茲《ことし》、諸友《しょゆう》を糾《あわ》せて往《ゆ》きて観《み》、
六絶句《ろくぜっく》を得《え》たり

(其三)

傍水環村幾簇梅
高低相映尽花開
吾穿此雪肌何粟
出雪翻然入雪来

(その三)

水《みず》に傍《そ》ひ　村《むら》を環《めぐ》る　幾簇《いくそう》の梅《うめ》
高低《こうてい》相《あ》ひ映《は》えて　尽《ことごと》く花開《はなひら》く
吾《われ》　此雪《このゆき》を穿《うが》ちて　肌《はだ》何《なん》ぞ粟《あわ》だたん
雪《ゆき》を出《い》でて翻然《ほんぜん》として雪《ゆき》に入《い》り来《きた》る

天保二年(一八三一)五十二歳の作。『山陽遺稿』巻六。七言絶句。韻字、梅・開・来(上平声十灰)。

○月瀬　奈良県北東部の地名。現在の奈良市月ヶ瀬。名張《なばり》川の渓谷に沿って梅林が続く、梅の名所。津藩の儒者斎藤拙堂《せつどう》は文政十三年(一八三〇)にこの地に観梅に出かけ、『月瀬記《つきがせき》勝《しょう》』を著し、月瀬が梅の名所として天下に知られるきっかけになった。山陽のこの観梅行も拙堂の『月瀬記勝』に刺戟《しげき》されたもの。山陽が門人の関藤藤陰《せきとうとういん》を伴って自宅を出立したのは二月二十一日、途中で細川林谷《りんこく》・宮原節庵・小石元瑞《げんずい》・浦上春琴《しゅんきん》・小田百谷《ひゃっこく》が加わって一行七人となり、二十三日に月瀬に着いた。山陽が帰宅したのは二十五日。
○糾　縒《よ》り合わせる。集める。○簇　むらがり。叢に同じ。○楳　梅に同じ。○此雪　梅の白い花が群がり咲いているのを雪に見立てた。○粟　寒さのために肌に立つ鳥肌。梅花は白くてもほんとうの雪ではないので、寒さを感じて鳥肌が立つことはないという意。なお、入谷仙介注（江戸詩人選集8『頼山陽　梁川星巌』）は、この部分を「肌は何ぞ粟だつや」と訓読して、「梅花の清潔な白さが圧倒的なボリュームでせまってくるので、肉体的な寒気にまで達するのである」と解する。○翻然　たちまちに変わって。

川の流れに沿い、村を取り巻いて幾つもの梅の林が点在している。高くまた低く、照り映えて梅の花は満開だ。この雪のような梅の花の間を、出たかと思えばたちまちまた入って通り抜けて行くが、いくら白くてもほんとうの雪ではないので、寒さを感じて鳥肌が立つなどということはない。

108　（其四）

両山相蹙一渓明

（その四）

両山相《りょうざんあ》ひ蹙《せま》りて　一渓明《いっけいあき》らかなり

路断游人呼渡行　　路《みち》断《た》えて　游人《ゆうじん》　渡《わたし》を呼《よ》びて行《い》く
水与梅花争隙地　　水《みず》と梅花《ばいか》と隙地《げきち》を争《あらそ》ひ
倒涵万玉影斜横　　倒《さかさま》に涵《ひた》す　万玉《ばんぎょく》　影《かげ》の斜横《しゃおう》するを

七言絶句。韻字、明・行・横(下平声八庚)。
○**蹙**　迫る。近寄る。○**游人**　行楽の一行。○**渡**　渡し船。○**隙地**　空き地。○**倒涵**　水面に倒影する。○**万玉**　数多くの宝玉。無数に咲く梅花の比喩。○**影斜横**　梅の枝の影が斜めになったり横になったりして水面に映っているさま。宋の林逋《りんぽ》「山園小梅」詩の「疎《そ》影《えい》横斜《おうしゃ》水《みず》清浅《せいせん》」に拠る。

両岸に山が迫り、その間を一筋の谷川が美しく流れている。道が途絶えたので、我々観梅の一行は、渡し船を呼びさらに進んで行く。川の流れと梅の花とが、狭い土地を争っているように、無数の宝玉のような花をつけた梅の枝が、その影を斜めにまた横にして、倒《さかさま》に水面に映っている。

109

従竹原航赴広洲附載輸
税船逼促殊甚終夜不能
寐賦此遺悶得十六韻

吾行属秋穫
利渉附租艘
鱗鱗満艙載
堆畳幾百苞
缺処擁衾睡
曲身弓在弢
新礱異陳腐
嫩香襲巾裯
身非大倉鼠
縠裏託窟巣
恨無牙穿此

竹原《たけはら》より航《こう》して広洲《ひろしま》に赴《おもむ》き、輸税船《しゅぜいせん》に附載《ふさい》す。逼促殊《ひっそくこと》に甚《はなは》だしく、終夜《しゅうや》寐ぬる能《あた》はず。此《これ》を賦《ふ》して悶《もん》を遣《や》る。十六韻《じゅうろくいん》を得《え》たり

吾《わ》が行《こう》　秋穫《しゅうかく》に属《ぞく》し
利渉《りしょう》　租艘《そそう》に附《ふ》す
鱗鱗《りんりん》たり　満艙《まんそう》の載《さい》
堆《うずたか》く畳《たた》む　幾百苞《いくひゃくひょう》
欠《か》くる処《ところ》　衾《きん》を擁《よう》して睡《ねむ》り
身《み》を曲《ま》げて　弓《ゆみ》　弢《とう》に在《あ》り
新礱《しんろう》　陳腐《ちんぷ》に異《こと》なり
嫩香《どんこう》　巾裯《きんちゅう》を襲《おそ》ふ
身《み》は大倉《たいそう》の鼠《ねずみ》に非《あら》ざるに
縠裏《こくり》に窟巣《くっそう》を託《たく》す
恨《うら》むらくは　牙《きば》　此《これ》を穿《うが》ち

縦横恣老饕
唯覚環逼我
圧頭還蹙尻
自念吾何罪
以穀為獄牢
五種不分辨
四体廃勤労
更吸其精液
淋漓動酕醄
詎知耕耘苦
粒粒積血膏
合龠有所欠
鞭笞期煎熬
治乱繫豊耗

縦横《じゅうおう》に老饕《ろうとう》を恣《ほしいまま》にする無《な》きを
唯《た》だ覚《おぼ》ゆ　環《めぐ》りて我《われ》に逼《せま》り
頭《あたま》を圧《あっ》し　還《ま》た尻《しり》に蹙《せま》るを
自《みずか》ら念《おも》ふ　吾《われ》　何《なん》の罪《つみ》ぞ
穀《こく》を以《もっ》て獄牢《ごくろう》と為《な》す
五種《ごしゅ》　分弁《ぶんべん》せず
四体《したい》　勤労《きんろう》を廃《はい》す
更《さら》に其《そ》の精液《せいえき》を吸《す》ひ
淋漓《りんり》　動《やや》もすれば酕醄《ぼうとう》
詎《なん》ぞ知《し》らん　耕耘《こううん》の苦《く》
粒粒《りゅうりゅう》　血膏《けっこう》を積《つ》むを
合龠《ごうやく》　欠《か》くる所有《ところあ》れば
鞭笞《べんち》　煎熬《せんごう》を期《き》す
治乱《ちらん》は豊耗《ほうこう》に繫《かか》り

価直候低高
此中雖跼脊
何敢為嗸嗸
常視在瓶缶
酸寒同老陶
億万玉粒堆
暫擁足自豪

価直《かち》は低高《ていこう》を候《こう》す
此中《このなか》に跼脊《きょくせき》すると雖《いえど》も
何《なん》ぞ敢《あえ》て嗸嗸《ごうごう》を為《な》さんや
常《つね》に瓶缶《へいふ》に在《あ》るを視《み》れば
酸寒《さんかん》老陶《ろうとう》に同《おな》じ
億万《おくまん》の玉粒堆《ぎょくりゅうたい》
暫《しばら》く擁《よう》して自《みずか》ら豪《ごう》とするに足《た》る

天保二年(一八三一)五十二歳の作。『山陽遺稿』巻六。五言古詩。韻字、艘(下平声四豪)、苞(下平声三肴)、弢・裯(下平声四豪)、巣(下平声三肴)、饕・尻・牢・労・醄・膏・熬・高・嗸・陶・豪(下平声四豪)の通押。

○**竹原**　この年、母梅颸《ばいし》が中風に罹《かか》り、山陽は見舞いのため九月十六日に京都を発ち、十月二日に竹原から年貢米を運ぶ船に便乗して広島に向かった。○**広洲**　広島に同じ。○**附載**　便乗する。○**輸税船**　年貢米を輸送する船。○**逼促**　せま苦しい。○**十六韻**　隔句毎《ごと》の句末十六ヶ所に押韻した詩。すなわち三十二句の詩。○**秋穫**　秋の収穫。○

利渉　水の上を行くのに便利なこと。『易経』需に「大川を渉《わた》るに利《よろ》し」。○租艘　租税を運ぶ船。○鱗鱗　魚の鱗のように連なり並んで美しいさま。○満艙載　船倉一杯の積荷。○苞　米俵。○衾　夜具。○弢　弓袋。○新礱　新たに籾殻《もみがら》を取り除いた米。新米。○嫩香　若々しい香り。○巾裯　夜着。○大倉　年貢米を収蔵する役所の米蔵。○牙穿此　『詩経』召南・行露に「誰か鼠に牙無しと謂《い》ふや。何を以て我が墉《かべ》を穿ちしや」を意識する。○老饕　食を貪る者。○五種　五穀。○精液　酒をいう。○淋漓　ここは酒を盛んに流し込むさま。○酕醄　泥酔するさま。○粒粒　米の一粒一粒。唐の李《り》紳《しん》「農を憫《あわれ》む」詩に「粒粒皆《み》な辛苦」とあるのに拠る。○合龠　一合一勺《しゃく》。龠(勺)は合の十分の一。○煎熬　焙《あぶ》られ煮詰められること。呵責《かしゃく》の苦しみをいう。○豊耗　豊作と凶作。○価直　価値に同じ。物価。○候　窺《うかが》う。兆《きざ》す。○跼脊　跼蹐《きょくせき》に同じ。身を屈めて小さくなる。○嗸嗸　憂えて騒ぎ立てる。○瓶缶　ここは米を貯えておく甕《かめ》。○酸寒　貧しいこと。○老陶　陶潜(淵明)を指す。陶淵明は生活のために役人勤めをし、俸給として五斗の米を得ていたが、その僅かな米を得るためにぺこぺこするのは厭《いや》だといって、役人の職を擲《なげう》って故郷に帰った(『晋書』陶潜伝)。

今回の私の旅は秋の収穫期だったので、便利だと思い年貢を運ぶ船に乗せてもらった。

船倉にはびっしり何百もの米俵が積み重ねられていた。その隙間に、まるで弓袋に入れた弓のように、夜具を掛け体を曲げて眠った。積み上げられた新米は古米とは違って、その新鮮な香りが私の夜着を掩《おお》う。私は役所の米蔵の鼠ではないのに、米の中に巣を作ることになってしまったようなものだ。残念なのは、牙で米俵に穴を開け、あちこち思うままに貪り食べられないことで、ただ米俵が周囲に迫り、私の頭を押さえつけ、また尻を圧迫して、窮屈な思いをさせられている。そこでみずから思った、私はいったいどんな罪があって、このように穀物で造った牢獄に閉じこめられているのだろう。それはおそらく次のようなことではあるまいか。私は五穀の区別もできず、肉体を労して働くこともなく、更には米の精粋たる酒を浴びるほど飲んで、ともすれば泥酔する。耕作の苦労を重ねて実った米の一粒一粒が、農民の血と膏《あぶら》の結晶であることも知らず、年貢が一合一勺足らなければ、かれらは鞭うたれ呵責の苦しみに遭うことも、私は知らないからである。思えば、天下の治乱はその年の実りの豊凶に関係し、物価は米の値段の高低に兆《きざ》すのである。それほど大切な米なのだから、その中で身を縮めているからといって、どうしてあえて不平を述べ立てようか。日頃、我が家の米びつにある米の量をよく見てみれば、貧しさは五斗の米を得るために役人勤めをしたというあの陶淵明と同じである。

今ここに堆《うずたか》く積まれている億万の米粒、暫くの間はそれらを我が物だと思えば、富豪の気分になれるのである。

110　奉母游厳嶋聞余生甫二歳二親挈之省大父遂詣此(二首)

母《はは》を奉《ほう》じて厳嶋《いつくしま》に游《あそ》ぶ。余《よ》生《う》まれて甫《はじ》めて二歳《にさい》、二親《にしん》之《これ》を挈《たずさ》へて大父《たいふ》を省《せい》し、遂《つい》に此《ここ》に詣《もう》づと聞《き》く(二首)

(其二)

抱我爺娘下海船
当時襁負拝龕前
白頭母子重来詣
存没茫茫五十年

(その二)

我《われ》を抱《いだ》いて　爺娘《やじょう》　海船《かいせん》を下《お》る
当時《とうじ》　襁負《きょうふ》　龕前《がんぜん》に拝《はい》す
白頭《はくとう》の母子《ぼし》　重《かさ》ねて来《きた》り詣《もう》づ
存没《そんぼつ》　茫茫《ぼうぼう》　五十年《ごじゅうねん》

天保二年(一八三一)五十二歳の作。『山陽遺稿』巻六。七言絶句。韻字、船・前・年(下平声一先)。

○奉母游厳嶋　広島に帰省中の山陽は、十月十五日、母梅颸《ばいし》・従甥達堂らと宮島に渡り三日ほど滞在して厳島神社などに参詣し、十月十八日に広島に戻った。○甫『文語解』に「ミナ始也ト注ス。又マサニノ義アリ」。○二親　父春水と母梅颸。天明元年(一七八一)閏五月、二歳の山陽は両親に連れられて竹原の祖父亨翁《こうおう》のもとを訪れ、ついで宮島に参詣したことがあった。○挈　携える。○省　親の安否を伺う。○大父　祖父。○爺娘　父母。○襁負　背負い帯で幼児を背負うこと。ここは、そのような幼児をいう。○龕前　ご神体を安置する厨子《ずし》の前。○存没　生存している母梅颸・山陽と、すでに没している父春水。○茫茫　遠く果てしないさま。

私を抱いて父母は船を下り、当時幼児だった私は御厨子の前で拝礼したという。ともに白髪頭になった母と私は、再びここに参拝することになった。生きながらえている母と私、亡くなってしまった父、五十年前のことはもはや茫々たる出来事になってしまった。

111　別　母

強舎行杯拝訣還　　母《はは》に別《わか》る

寧能仰視阿娘顔

強《し》ひて行杯《こうはい》を含《す》て　拝訣《はいけつ》して還《かえ》る

寧《いずく》んぞ能《よ》く仰《あお》ぎ視《み》んや　阿娘《あじょう》の顔《かお》

万端心緒憑誰語　万端《ばんたん》の心緒《しんしょ》 誰《だれ》に憑《よ》りて語《かた》らん
付与潮声櫓響間　付与《ふよ》す 潮声《ちょうせい》 櫓響《ろきょう》の間《かん》

天保二年(一八三一)五十二歳の作。『山陽遺稿』巻六。七言絶句。韻字、還・顔・間(上平声十五刪)。
○**別母**　この年十一月三日、山陽は尾道《おのみち》行きの船で広島を発って母と別れ、帰京の途についた。この後、母と再び会うことはなく、これが永訣になった。○**舎**　捨に同じ。
○**行杯**　別れの杯を回すこと。○**拝訣**　お目にかかってお別れを言うこと。○**阿娘**　母親を親しんでいう言葉。○**万端心緒**　さまざまに乱れる心中の思い。○**付与**　他に授け与える。ここは、他に託《かこつ》けて紛らわせる。

廻《めぐ》らせていた杯を無理に置き、母上に別れのご挨拶をして帰ることにした。しかし、母上のお顔をまともに仰ぎ見ることはできなかった。千々《ちぢ》に乱れる我が思いは、いったい誰に話せばよいのだろうか。帰途の船中に聞こえてくる、潮の音や櫓の響きに託《かこつ》けて紛らわせるほかはないのだ。

112　元日

桜邸将明已倒衣
萱闈過午未持卮
迎春今歳多心緒
西憶阿嬢東憶児

元日《がんじつ》

桜邸《おうてい》　将《まさ》に明《あ》けんとして已《すで》に衣《ころも》を倒《さかさま》にせん
萱闈《けんい》　午《ひる》を過《す》ぎて未《いま》だ卮《さかずき》を持《も》たざらん
春《はる》を迎《むか》へて　今歳《こんさい》　心緒《しんしょ》多《おお》し
西《にし》に阿嬢《あじょう》を憶《おも》ひ　東《ひがし》に児《じ》を憶《おも》ふ

天保三年(一八三二)五十三歳の作。『山陽遺稿』巻七。七言絶句。韻字、衣(上平声五微)と卮・児(上平声四支)の通押。

○**桜邸**　広島藩の江戸上屋敷を指す。桜田門外の霞ヶ関にあったのでこういう。山陽と先妻淳子との間に生まれた長子余一(聿庵《いつあん》)は、広島で祖父母の春水・梅颸に育てられ、祖父春水の家督を継いで広島藩士となり、三十一歳の天保二年から江戸藩邸に勤務していた。○**倒衣**　朝、大忙しで出勤のため身支度すること。『詩経』斉風・東方未明に「東方未だ明けざるに、衣と裳とを顚倒《てんとう》す、之を顚し之を倒す、公より之を召す」。○**萱闈**　母の居室。転じて、母をいう。○**未持卮**　卮は、さかずき。この一句の理由について、伊藤靄谿《あいけい》『山陽遺稿詩註釈』は「母上はご病気のため」とし、新日本古典文学大系『頼山陽詩集』脚注は「朝から元日の行事・賀客などで老母が多忙を極め」ためとする。ここは前者の説に従って訳した。

江戸の桜田門外の藩邸に勤める余一は、夜明け間近に大急ぎで身支度を調えたことであろう。しかし、お加減の芳しくない広島の母上は昼過ぎになっても、まだ酒杯を手にされていないのではあるまいか。新春を迎えて今年はあれこれと心乱れることが多い。西には母上のことが思われ、東には我が子のことが思われるのだ。

113 患咳血戯作歌

吾有一腔血
其色正赤其性熱
不能灑之明主前
赤光燦向廟堂徹
又不能灑之国家難
留痕大地碧弗滅

咳血《がいけつ》を患《わずら》ひ戯《たわむ》れに歌《うた》を作《つく》る
吾《われ》に一腔《いっこう》の血《ち》有《あ》り
其《そ》の色正《いろまさ》に赤《あか》く　其《そ》の性熱《せいねっ》す
之《これ》を明主《めいしゅ》の前《まえ》に灑《そそ》ぎ
赤光《せきこう》　燦《さん》として廟堂《びょうどう》に向《お》いて徹《てっ》する能《あた》はず
又《ま》た之《これ》を国家《こっか》の難《なん》に灑《そそ》ぎ
痕《あと》を大地《だいち》に留《とど》めて　碧《みどり》滅《めっ》せざらしむる能《あた》はず

鬱積徒成磊塊凝
欲吐不吐中逾熱
一旦喀出学李賀
難収糝地紅玉屑
或曰先生閲史遭姦雄逭天罰
睢陽之歯輒嚼齧
渠無寸傷己自残
憤懣遂致肺肝裂
或曰先生殺人手無銕
発奸摘伏由筆舌
以心誅心人不知
霊臺冥冥瀦陰血
吾聞此語両未頷

鬱積《うっせき》　徒《いたず》らに成《な》りて　磊塊凝《らいかいこ》り
吐《は》かんと欲《ほっ》して吐《は》かず　中《なか》　逾《いよいよ》熱《ねっ》す
一旦喀出《いったんかくしゅつ》して李賀《りが》を学《まな》べば
収《おさ》め難《がた》し　糝地《さんち》の紅玉屑《こうぎょくせつ》
或《あるい》は曰《い》ふ「先生《せんせい》　史《し》を閲《えっ》して姦雄《かんゆう》の天罰《てんばつ》を逭《のが》るに遭《あ》へば
睢陽《すいよう》の歯《は》　輒《すなわ》ち嚼齧《しゃくげつ》す
渠《かれ》に寸傷無《すんしょうな》く　己自《おのれみずか》ら残《そこな》ひ
憤懣《ふんまん》　遂《つい》に肺肝《はいかん》の裂《さ》くるを致《いた》す」と
或《あるい》は曰《い》ふ「先生《せんせい》　人《ひと》を殺《ころ》すに手《て》に鉄無《てつな》く
奸《かん》を発《あば》き伏《ふく》を摘《あば》くは筆舌《ひつぜつ》に由《よ》る
心《こころ》を以《もっ》て心《こころ》を誅《ちゅう》し　人知《ひとし》らず
霊台冥冥《れいだいめいめい》　陰血《いんけつ》を瀦《た》む」と
吾《われ》　此語《このご》を聞《き》きて　両《ふた》つながら未《いま》だ頷《うなず》かず

童子進曰走意別
先生肉中本無血
腹中奇字僅可刔
賺得杜康争載酒
剣菱如剣岳雪雪
大福蔵府受不起
溢為赤緊戒饕餮
咄哉此意慎勿説

童子《どうじ》進《すす》みて曰《いわ》く「走《そう》の意《い》は別《べつ》なり
先生《せんせい》の肉中《にくちゅう》　本《も》と血《ち》無《な》く
腹中《ふくちゅう》の奇字《きじ》　僅《わず》かに刔《けず》る可《べ》し
杜康《とこう》を賺《すか》し得《え》て　争《あらそ》ひて酒《さけ》を載《の》せしむ
剣菱《けんびし》は剣《つるぎ》の如《ごと》く　岳雪《がくせつ》は雪《ゆき》
大福《だいふく》の蔵府《ぞうふ》　受《う》けて起《た》たず
溢《あふ》れて赤緊《せきし》と為《な》り　饕餮《とうてつ》を戒《いまし》む」と
咄《とつ》なる哉《かな》　此意《このい》　慎《つつ》しみて説《と》く勿《なか》れ

天保三年(一八三二)五十三歳の作。『山陽遺稿』巻七。七言古詩。韻字、血・熱・徹・滅・熱・屑(入声九屑)、罰(入声六月)、齧・裂・銕・舌・血・別・血・刔・雪・餮・説(入声九屑)の通押。

○咳血　咳《せき》をして血を吐くこと。この年の六月十二日、山陽は初めて喀血した。肺結核によるものとされている。**○一腔**　全身。**○明主**　賢明な君主。**○赤光**　赤い血の色。晋の嵇紹《けいしょう》は反乱が起こったとき、行在所《あんざいしょ》に駆けつけて恵帝を護って戦ったが、遂《つい》に斃《たお》れ、その血が恵帝の衣を染めた。その後、左右の者が血に染まった恵帝の衣を洗おうとしたところ、恵帝は「此嵆侍中《これけいじちゅう》の血なり。去ること勿《なか》れ」と言った(『晋書』嵆紹伝)。○**廟堂** 政治を行う建物。朝廷。○**留痕大地** 北斉の斛律光《こくりつこう》は讒《ざん》せられて絞殺されたが、その時に「我は国家に負《そむ》かず」という言葉を残し、その血は「地に流れ、これを剗《けず》るも、跡《あと》は終《つい》に滅せず」という(『資治通鑑《しじつがん》』巻百七十一)。○**碧** 碧血の意。周の萇弘《ちょうこう》は蜀の地に流されて死んだが、蜀の人がその血を三年保存していると、碧い玉になったという(『荘子』外物)。○**磊塊** 積み重なった石のかたまり。○**李賀** 唐の詩人。字は長吉。李賀は外出するときにはお供の少年に古い錦の袋を背負わせ、詩が出来るとその袋に投げ入れた。李賀の母は袋の中の詩の多さを見て立腹し、「是《こ》の児は要するに心を嘔出《おうしゅつ》して乃《すなわ》ち已《や》むのみ」と言ったという(『唐才子伝』巻五)。○**糝地** 地面に散らばる。○**紅玉屑** 紅い玉の粉末。ここは飛び散った血の比喩。○**睢陽** 唐の張巡《ちょうじゅん》のこと。張巡は安《あん》禄山《ろくざん》の乱において、河南省の睢陽で賊軍と勇敢に戦ったことから、張睢陽と称された。○**嚼齧** 嚼《か》んで欠ける。『新唐書』張巡伝に、賊軍との戦いに際して、賊将尹子琦は張巡に向かって、張巡の奮戦ぶりを「聞く、公戦いを督して大呼すれば、輒《すなわ》ち眥《まなじり》裂《さ》け面《かお》に血ぬり、歯を嚼《か》みて皆な砕く」と言ったという。○**鉄** 刃物、刀剣をいう。○**奸邪** 邪悪な者。○**擿伏** 隠れた悪事をあばき出す。『漢書』趙広漢伝に「その姦を発《あば》き伏を擿《あば》くこと神の如し」。○**霊台** 霊のある所、すなわち心をいう。○**冥冥** 奥深いさま。○**豬**（水などを）溜める。○**陰血** 血液。○**走** 召使いの意から、自己の謙称に用いる。○**剗** 削る。○**賺得** 欺くことができる。○**杜康** 黄帝の時に初めて酒を造った人。ここは酒造家をいう。○**載酒** 酒を運ばせる。『漢書』揚雄伝に、「時に好事の者の酒肴を載せて従游学する有り」。○**剣菱** 摂津国伊丹《いたみ》の銘酒。蔵元は山陽と親交があった坂上《さかがみ》桐陰《とういん》。詩75参照。○**岳雪** 摂津国伊丹の銘酒「白雪《しらゆき》」のこと。山陽が蔵元小西新右衛門を訪れて書いた「白雪」という看板が、現在の小西酒造本社に伝存している。小西家では「山は富士、酒は白雪」と称したことから「岳雪」という詩句を用いたのであろう。○**大福蔵府** 大福長者の財宝が満ちている蔵。○**赤漿** 赤い血。○**饕餮** 飲食を貪ること。○**咄哉** 「咄」はチェッと舌打ちをすること、またその音。○**此意** 喀血した意味。

私の全身には血がめぐり、その色は真っ赤で、熱い。しかし、これを明君の前で流し、燦然《さんぜん》たる赤色を廟堂《びょうどう》において示すことはできない。さらにまた、これを国難に注ぎ、その痕を碧玉《へきぎょく》となして大地に留めることもできないのである。思いは徒《いたず》らに鬱積して塊《かたまり》となり、吐き出そうとしても吐けず、心の中はいよいよ熱くなった。そこで李賀の真似をしてひとたび心を嘔《は》き出してみると、あたり一面に血が飛び散り、収拾しがたい状態になってしまった。

ある人が言う、「先生は歴史を読んで、姦雄が天罰を逃れる箇所に出遭うと、唐の張巡が睢陽《すいよう》で賊軍と戦った時に嚼んだ歯がみな砕けてしまったように、憤懣《ふんまん》のあまりに歯《は》嚼《がみ》をされます。しかし、それは姦雄に少しの傷を与えることもなく、おのれ自身を損なう行為にほかならないのですが、そうした先生の憤懣がついには先生の肺肝を破裂させてしまったのでしょう」と。

またある人が言う、「先生は人を殺すのに刀を手にせず、筆舌によって邪悪な者や隠れた悪事を発《あば》き出されています。いわば我が心を以て邪悪な者の心を誅殺《ちゅうさつ》しておられるのですが、人知れず心中奥深くにそれらの者たちの血が溜まっていたのでしょう」と。

私はこれらの言葉を聞いたが、どちらにも頷《うなず》かなかった。そこで召使いの少年が進み出て言う、「私の考えは別です。先生の肉体にはもともと血はありません。腹中には削り取ることのできる優れた文字があるだけです。そこで、その優れた文字を駆使して酒造家をだまし、争って酒を運ばせました。運ばれてきた銘酒剣菱《けんびし》は剣のように切れがよく、銘酒白雪《しらゆき》は雪のように清冽《せいれつ》な味わいで、それらの銘酒をたらふく飲まれた先生のお腹は、大福長者の蔵のようになって身動きが取れず、とうとう赤い血となって溢れ出し、先生の大酒を戒めることになったのです」と。

　チェッ、私の喀血の意味を勝手に説明するな。

◇この詩は喀血後一月ほど経って小康を得た七月二十日頃に成稿したと推測されている。この年の七月二十二日付けの小石元瑞《げんずい》宛て山陽書簡に「佩文韻府《はいぶんいんぷ》之屑韻《せついん》ノ所、血字アル巻一巻、此者ニ御附し希《ねが》ひ奉り候。併《しか》し、韻府を閲て詩を作り候事、今迄之《これ》無きよしに仕る可く候」とあり、この詩の推敲のために『佩文韻府』の借用を申し出ている。また、同七月二十四日付けの坂上桐陰（剣菱の蔵元）宛て山陽書簡に、「咳血歌と云ふ七古を作り申し候。病気を戯にする、それ所でなきと医は申し候へども、追て覧に呈す可く候。……咳血之症にて六月中旬よりなやみ、精神気力に違ひ候事はなく候へども、医者は覚悟せよと申し、何も止《や》めて養生一方にかゝり居り候。是は年来美酒を恣《ほしいまま》に飲み候天報天罰とあきらめ居り申し候也……血症は久々止み居り候間、先々御安心下さる可く候。何分以来は御家醸御ねだり申し候事も、疎濶《そかつ》に相成る可くと存じ候也」。『頼山陽文集』には、八月五日に至って書かれた「自書喀血歌後」という短い文章が収められている。

114　与星巌話別

燈在黄花夜欲分
明朝去躡信州雲
一壺酒竭姑休起
垂死病中還別君

星巌《せいがん》と別《わか》れを話《わ》す

灯《ともしび》は黄花《こうか》に在《あ》りて　夜《よる》　分《わか》たんと欲《ほっ》す
明朝《みょうちょう》　去《さ》りて躡《ふ》む　信州《しんしゅう》の雲《くも》
一壺《いっこ》　酒竭《さけつ》くるとも姑《しばら》く起《た》つことを休《や》めよ
垂死《すいし》の病中《びょうちゅう》　還《ま》た君《きみ》に別《わか》る

天保三年(一八三二)五十三歳の作。『山陽遺稿』巻七。七言絶句。韻字、分・雲・君(上平声十二文)。
○**星巌**　梁川星巌《やながわせいがん》。名は孟緯《もうい》、字は伯兎《はくと》。この年、四十四歳。彦根に寄寓していた星巌は九月九日に上洛し、九月十四日(『頼山陽詩集』所収詩の詩題による。ただし、星巌のこの詩への次韻詩の詩題によれば九月十七日)に山陽を訪うた。星巌は江戸下向を予定しており、山陽の病気見舞いと別れの挨拶をするために山陽宅を訪れたのである。山陽の没前九日のことであった。○**黄花**　菊の花。○**夜欲分**　真夜中になろうとする。○**信州雲**　星巌は江戸へは中仙道を経由して赴くつもりだったから、こういったのであろう。○**垂死**　死にかかっていること。瀕死。元稹《げんしん》の「白楽天の江州司馬に左降せらるるを聞く」詩に「垂死の病中驚きて坐起すれば、暗風雨を吹いて寒窓に入る」。

灯火は菊花に映え、真夜中になろうとしている。君は明朝この地を去って信州の雲を踏んで江戸に向かう。別れの酒を酌んだ酒壺が空になってもしばらくは席を立たないでくれ。瀕死の病中にある私が、かえって君と別れるのだから。

115　喜小竹来問疾

喜聞吾友声
力疾咲相迎
筐裡出新著
病来成課程
丈夫知己在
生死向前行
有酒君姑住
休嫌不共觥

小竹《しょうちく》の来《きた》りて疾《やまい》を問《と》ふを喜《よろこ》ぶ

喜《よろこ》び聞《き》く　吾《わ》が友《とも》の声《こえ》
疾《やまい》を力《つと》めて咲《わら》ひて相《あ》ひ迎《むか》ふ
筐裡《きょうり》　新著《しんちょ》を出《いだ》すは
病来《びょうらい》　課程《かてい》を成《な》せばなり
丈夫《じょうふ》　知己《ちき》在《あ》り
生死《せいし》　前《まえ》に向《むか》ひて行《い》く
酒《さけ》有《あ》り　君《きみ》姑《しばら》く住《とど》まれ
嫌《いと》ふことを休《や》めよ　觥《さかずき》を共《とも》にせざるを

天保三年(一八三二)五十三歳の作。『山陽遺稿』巻七。五言律詩。韻字、声・迎・程・行・觥(下平声八庚)。

○小竹　篠崎小竹。大坂在住の儒者・詩人で山陽の親友。山陽より一歳の年少。九月十六日に小竹は大坂から上洛して山陽を見舞った。○力疾　勉めて病身を支える。○新著　晩年の山陽が完成を急いでいた『日本政記』の草稿。○課程　予定した原稿作成の分量。○生死　生死に拘わらずの意。杜甫の「前出塞《ぜんしゅっさい》」詩の「生死前に向かつて去る」に拠る。○觥　大杯。

我が友の声が聞こえてきたので嬉しく思った。そこで病身を支えて起き上がり、笑って友を迎えた。箱の中から新著の草稿を取り出したが、それは病の中で予定をこなして執筆したものだ。一人前の男は已《おのれ》のことを知ってくれる友人を持ち、生死に拘わらず前に向かって進んで行くものである。酒の用意がしてある。君、しばらくはここに居てくれ。しかし、もう君と一緒に大杯を飲み干すことができないのを厭《いと》わないでくれ。

◇この年九月十一日に、山陽が篠崎小竹とその女婿《むすめむこ》の後藤松陰に宛てた手紙に、「拙著政記も十四五巻に相成る可く、案外巻帙《かんちつ》頗《すこぶ》る浩大に候へ共、日本史を観るは大造也。

……日本の事を展観《てんかん》、実に経世の務に補《おぎな》ひ度《た》しと存ずる人には屈竟《くっきょう》の書也。時変多くなり候時節より、事迹《じせき》は外史に譲る心なれども、論は割より多し。追付け落成候故、御目に懸け申す可しと存じ候へ共、副本無き也。奮発一来、永訣下され候ては如何」とある。自らの死が間近に迫っていることを自覚していた山陽は、ほぼ完成に至った『日本政記』を親友小竹に披露したく、見舞いかたがた上洛するよう小竹に求めたのである。山陽はこの詩を詠んだ七日後の九月二十三日に没する。この作は詩としては山陽の絶筆になった。

《付篇》

以下に『日本楽府』六十六首より古詩(楽府体)五首を選んで注釈を加える。この『日本楽府』は、明の李《り》西涯《せいがい》の『擬古楽府』に刺激されて、本朝の歴史上の事柄や人物を主題に、山陽四十九歳の文政十一年(一八二八)に作詩したものである。文政十一年十二月十九日付けの橋本竹下《ちくか》宛ての書簡に、「是は頗《すこぶ》る有益之詩、徒作ならずと存じ候」とあるように、山陽の自信作であった。しかし、同じ書簡に「皆注を下さざれば解する者無しと存じ候」とも記しているように、そのままでは一般の読者には難解なことが予想されたため、門人牧百峯《ひゃっぽう》に附注させて、文政十三年(一八三〇)に出版したのである。

116　日出処　日《ひ》出《い》づる処《ところ》

日出処　日《ひ》出《い》づる処《ところ》
日没処　日《ひ》没《ぼっ》する処《ところ》
両頭天子皆天署　両頭《りょうとう》の天子《てんし》皆《み》な天署《てんしょ》す
扶桑雞号朝已盈　扶桑《ふそう》は鶏号《にわとりな》いて朝已《ちょうすで》に盈《み》つるも
長安洛陽天未曙」　長安洛陽《ちょうあんらくよう》は天未《てんいま》だ曙《あ》けず
嬴顚劉蹶趁日没　嬴顚《えいたお》れ　劉蹶《りゅうつまず》き　日没《にちぼつ》を趁《お》ふ
東海一輪依旧出　東海《とうかい》の一輪《いちりん》　旧《きゅう》に依《よ》りて出《い》づ

韻字、処・処・署・曙(去声六御)」没(入声六月)と出(入声四質)の通押。
○日出処　東方にある日本を指す。**○日没処**　西方にある中国を指す。**○両頭天子**　日本と中国両方の天子。**○天署**　天子が署名する。**○扶桑**　日本の異称。**○朝**　朝廷。

○**長安洛陽**　中国歴代の代表的な首都。長安は現在の陝西省西安市。洛陽は現在の河南省洛陽市。○**嬴顚劉蹶**　「嬴」は秦の皇帝の姓。「劉」は漢の皇帝の姓。韓愈「桃源図」詩の「嬴顚れ劉蹶きて了《つい》に聞かず」に拠る。○**東海一輪**　中国大陸の東方海上の太陽、すなわち日本を指す。○**依旧**　昔のままに。

太陽の出る処と太陽の沈む処。両地の天子の署名した国書が互いに取り交わされた。東方の日本では鶏が鳴いて朝廷に出仕の百官が満ち溢れていても、西方に位置する中国の都長安や洛陽ではまだ夜が明けない。

中国では秦王朝が倒れ漢王朝が蹟《つまず》いて、日没を追いかけるかのように衰亡したが、我が日本の皇室は昔のまま東海に太陽のように光り輝いている。

◇『日本楽府』巻頭の詩である。『日本書紀』や『隋書』倭国伝などに拠れば、推古天皇十五年(六〇七)に小野妹子が遣隋使として派遣され、その時の隋への国書に「日出づる処の天子、書を日没する処の天子に致す。恙《つつが》無きや」と記されていたため、隋の煬帝《ようだい》の不興を買ったという。翌十六年、妹子は隋の答礼使とともに帰国し、隋からの国書がもたらされた。

117 月無缺

月無缺
日有缺
日光太冷月光熱
枇杷第中銀海涸
金液之丹利如鉄
既生魄
旁死魄
日月並缺天度別
別有大星光殊絶

月欠《つきか》くる無《な》し
月欠《つきか》くる無《な》く
日欠《ひか》くる有《あ》り
日光《にっこう》は太《はなは》だ冷《ひや》やかに　月光《げっこう》は熱《ねっ》す
枇杷《びわ》第中《ていちゅう》　銀海《ぎんかい》涸《か》る
金液《きんえき》の丹《たん》　利《と》きこと鉄《てつ》の如《ごと》し
既生魄《きせいはく》
旁死魄《ぼうしはく》
日月《じつげつ》並《なら》びに欠《か》けて天度《てんど》別《わか》れ
別《べつ》に大星《たいせい》の光殊絶《ひかりしゅぜつ》なる有《あ》り

韻字、缺・缺・熱・鉄・別・絶(入声九屑)。

○**月無欠**　「月」は藤原氏の比喩。藤原道長が全盛を謳歌して詠んだとされる「この世をばわが世とぞ思ふ望月の欠けたることも無しと思へば」(『小右記』)という歌による。○**日**　皇室の比喩。皇室の祖神である天照大神《あまてらすおおみかみ》は日の神。○**枇杷第**　枇杷殿とも。現在の京都市上京区の蛤御門《はまぐりごもん》あたりにあった藤原道長の邸。一時、三条天皇と中宮妍子《けんし》（道長の次女）の里内裏《さとだいり》となった。○**銀海涸**　「銀海」は道教で目のことをいい、「涸」は失明を意味する。『大鏡』などの記事をもとに、牧百峯は「三条帝嘗《かつ》て心に道長の擅権《せんけん》を憤る。火を避けて其の枇杷第に幸するに会す。時に帝眼を患ひ、太医《たいい》金液丹を進む。遂に明を失す。世、道長のせしむる所と称す」という注を加えている。○**金液之丹**　万病に効くとされた霊薬。○**利**　効き目の鋭いこと。○**既生魄**　陰暦十六日の月。「魄」は月の光のない陰の部分をいう。○**旁死魄**　陰暦二日の月。「旁」は近いの意。「死魄」は月光のない朔日《ついたち》をいう。○**天度**　日月の運行規則。○**大星**　強力になった武士階級の比喩。○**殊絶**　特別に勝れている。

藤原道長が「望月の欠けたることも無しと思へば」と詠んだように、藤原氏の権勢が欠けることのない全盛を迎えると、太陽が欠けるかのように日の神の子孫である皇室の力は衰えた。日の光は甚だしく冷え、月の光が熱くなるという逆転が起きたのである。里内裏として三条天皇をお迎えした道長の枇杷殿で、天皇は失明された。天皇に進められた霊薬金液丹の効き目は、鉄の剣のように鋭利だったのである。しかし、十六日の月があり二日の月があるように、月も満ちればやがて欠けて光を失う。そして遂には日のような皇室の力も、月のような藤原氏の勢いも共に欠けて、天の運行も変化し、夜空にとりわけ強い光を放つ大きな星のような武士が登場するのである。

◇三人の娘を皇后(中宮)に立て、藤原氏の氏《うじ》の長者として摂政・太政大臣をつとめた道長によって摂関政治は最盛期を迎えた。しかし、道長の次女妍子《けんし》を中宮にした三条天皇には天皇親政の意思があり、三条天皇と道長との間には確執が生まれたとされている。三条天皇は眼病を病んでいたが、それが失明に至ったのは道長が金液丹をすすめたためだと人々は噂した。そのことを比喩的に表現し、山陽は道長に対する諷喩の意図を込めようとした。そして末の二句において、そうした天皇と藤原氏との確執を経て両者の権力が衰退してゆく過程から、源・平二氏に代表される武士階級が興隆する歴史の「勢」というものを表現したのである。

118　蒙古来

筑海颶気連天黒
蔽海而来者何賊

　蒙古《もうこ》来《きた》る
筑海《ちくかい》の颶気《ぐき》　天《てん》に連《つら》なりて黒《くろ》し
海《うみ》を蔽《おお》ひて来《きた》る者《もの》は何《なん》の賊《ぞく》ぞ

蒙古来
来自北
東西次第期呑食
嚇得趙家老寡婦
持此来擬男児国
相模太郎膽如甕
防海将士人各力」
蒙古来
吾不怖
吾怖関東令如山
直前斫賊不許顧」
倒吾檣
登虜艦
擒虜将

蒙古《もうこ》来《きた》る
北《きた》より来《きた》る
東西次第《とうざいしだい》に呑食《どんしょく》を期《き》す
趙家《ちょうか》の老寡婦《ろうかふ》を嚇《おど》し得《え》て
此《これ》を持《じ》して来《きた》り擬《ぎ》す　男児《だんじ》の国《くに》
相模《さがみ》太郎《たろう》　胆《たん》　甕《かめ》の如《ごと》し
防海《ぼうかい》の将士《しょうし》　人《ひと》各《おのおの》力《つと》む
蒙古《もうこ》来《きた》る
吾《われ》怖《おそ》れず
吾《われ》は怖《おそ》る　関東《かんとう》の令《れい》　山《やま》の如《ごと》きを
直《ただ》ちに前《すす》んで賊《ぞく》を斫《き》り　顧《かえり》みるを許《ゆる》さず
吾《わ》が檣《ほばしら》を倒《たお》して
虜艦《りょかん》に登《のぼ》り
虜将《りょしょう》を擒《とりこ》にして

吾軍喊」
可恨東風一駆附大濤
不使羶血尽膏日本刀

吾《わ》が軍喊《ぐんかん》す
恨《うら》む可《べ》し　東風一駆《とうふういっく》して大濤《だいとう》に附《ふ》し
羶血《せんけつ》をして尽《ことごと》く日本刀《にほんとう》に膏《ちぬ》らせしめざりしを

韻字、黒・賊・北・食・国・力（入声十三職）」怖・顧（去声七遇）」艦・喊（上声二十九豏）」濤・刀（下平声四豪）。

○**蒙古来**　元寇《げんこう》のこと。鎌倉時代、元のフビライは日本の入貢を要求したが、鎌倉幕府は拒否した。そこで文永十一年（一二七四）と弘安四年（一二八一）の二度にわたって、元は大軍を率いて壱岐《いき》・対馬《つしま》を侵し、博多に迫ったが、日本側の抗戦に遭い、暴風雨に襲われて壊滅的な被害を受け撤退した、いわゆる文永・弘安の役をいう。○**筑海**　九州筑前の海。○**颶気**　つむじ風。暴風。○**呑食**　侵略する。○**趙家老寡婦**　「趙」は宋の王室の姓。「老寡婦」は老いた未亡人で、ここは宋の楊太后を指す。北方の金に圧迫された南宋第四代の皇帝寧宗の皇后。寧宗の死後、その後を継いだ第五代皇帝理宗の時、皇太后として政務に携わった。○**持此**　この勢いを維持して。○**擬**　適用する。向かう。○**男児国**　日本国。牧百峯の注に、「本邦の古名、磤盧洲《おのころじま》。磤盧は国語の男児なり」。○**相模太郎**　元寇の時の鎌倉幕府執権、北条時宗のこと。元服後、相模太郎時宗と称したことによる。○胆如甕　豪胆なこと。○関東令　鎌倉幕府の軍令。○如山　厳粛なさま。○倒吾檣　登虜艦　「虜」は敵の意。『日本外史』巻四に「虜、大鑑を列ね、鉄鎖《てっさ》にてこれを聯《つら》ね、弩《ど》をその上に彀《は》る。我が兵近づくを得ず。河野《こうの》通有《みちあり》奮《ふる》つて前《すす》む。矢、その左肘に中《あた》る。通有益々《ますます》前み、檣を仆《たお》し虜艦に架して、これに登り、虜将の王冠せる者を擒にす」。○擒　捕虜。○喊　鬨《とき》の声を挙げた。○東風一駆附大濤　『日本外史』巻四に「閏《じゅん》月《げつ》、大雷雨あり。虜艦敗壊《はいかい》す」。○羶血　羊臭い血。元は蒙古人の建国した国家であり、羊を常食とする蒙古人の血という意味でこういった。○膏　もとは脂肪の意。ここは刀に油を塗るように血にまみれさせることをいう。

筑前の海は暴風の気配を示し空と一緒に黒ずんできた。海を覆うように攻め入ってきたのはどのような賊敵であろうか。蒙古が北方からやって来たのだ。東西あちこちを次々と侵略しようとしているのだ。南宋の老いた楊太后を威嚇し、その余勢を駆って我が日本に向かってきたのである。相模太郎こと鎌倉幕府の執権北条時宗は豪胆で、海岸を守備する将士たちもそれぞれ力戦した。

蒙古が襲来したが、我が将士たちは怖れなかった。我が将士たちは関東の幕府の軍令が厳粛なのを怖れ、まっすぐに進んで敵兵を斬り、けっして後《うしろ》を顧みるようなことはしなかった。

味方の軍船の帆柱を倒して敵艦に登り、敵将を捕虜にして、鬨《とき》の声を挙げた。

残念なのは、折からの東風が大波を巻き起こして敵を殲滅《せんめつ》したため、我が日本刀すべてに敵兵の羊臭い血を塗らなかったことである。

◇文政十一年(一八二八)十二月二十二日付けの江馬細香宛て山陽書簡に、「僕此冬の業(冬と云へども臘月以来也、廿日強)、日本楽府六十六闋《けつ》、明李西涯《りせいがい》之擬古より存じ付き候て仕り候。大分有用之詩に相成る可《べ》くと存ぜられ候。山陽得手物《えてもの》之事と申され候得共、又風流的詩も之有り候。児女子之史学には相応のもの也」とあるように、『日本楽府』の全体は山陽四十九歳の文政十一年十二月に成稿した。しかし、全六十六首のうちこの「蒙古来」だけは、原作は山陽十八、九歳の寛政九、十年頃に詠まれたものだという。山陽はその頃「元史を読む」という題で七言古詩を作ったが、これを文政十一年十二月に改作し、「蒙古来」という題で『日本楽府』中の一篇にしたのである。

119 東魚西鳥

東魚西鳥《とうぎょせいちょう》

東魚坐呑四海
日没西天三百七十日
西鳥呑魚海宇一
何図更有獮猴黠
獮猴何能逞跳擲
君王羈策用無術

東魚《とうぎょ》 坐《い》ながらにして四海《しかい》を呑《の》み
日《ひ》は西天《さいてん》に没《ぼっ》すること三百七十日《さんびゃくしちじゅうじつ》
西鳥《さいちょう》 魚《うお》を呑《の》みて海宇《かいう》一《いつ》なり
何《なん》ぞ図《はか》らん 更《さら》に獮猴《びこう》の黠《かつ》なる有《あ》らんとは
獮猴《びこう》 何《なん》ぞ能《よ》く跳擲《ちょうてき》を逞《たくま》しゅうする
君王《くんのう》の羈策《きさく》 用《もち》ふるに術無《じゅつな》し

韻字、日・一(入声四質)、黠(入声八黠)、術(入声四質)の通押。

○**東魚坐…** 『太平記』巻六「正成、天王寺の未来記披見の事」に、元弘二年(一三三二)八月四日、天王寺に参詣した楠木正成が聖徳太子の作である『未来記』という予言書を見たという話が記されている。その『未来記』には、「人王《にんのう》九十五代に当つて、天下一たび乱れて主《しゅ》安からず。此時東魚来《きた》つて四海を呑む。日、西天に没すること三百七十余箇日。西鳥来つて東魚を食《くら》ふ。其の後海内《かいだい》、一に帰すること三年。獮猴の如くなるもの天下を掠《かす》むること三十余年」と記述されていた。それを読んだ正成は、「「東魚来つて四海を呑む」とは、逆臣相模入道の一類なるべし。「西鳥東魚を食ふを」とあるは、関東を滅ぼす人有る可し。「日、西天に没《い》る」とは、先帝隠岐国へ遷されさせ給ふ事なるべし。「三百七十余箇日」とは、明年の春の比《ころ》、此君隠岐国より還幸《かんこう》成つて、再び帝位に即《つ》かせ給ふ可き事なるべし」と読み解いたとある。したがって、この一句は相模入道こと鎌倉幕府の第十四代執権北条高時の一族が天下の権を握ったことを意味する。**○日没西天**　「日」は天皇を指す。従ってそれが西に没するとは、元弘二年(一三三二)春の後醍醐天皇の隠岐配流を意味する。**○三百七十日**　元弘三年春に後醍醐天皇が隠岐島を脱出して帰京するまでの、隠岐島配流の期間の概数を指す。**○西鳥**　鎌倉幕府を滅ぼす人物を意味する。牧百峯の注は、新田義貞を指すという。**○海宇一**　天下を一つにする。**○獮猴**　大猿。ここは建武の新政に背いて室町幕府を開いた足利尊氏を意味する。**○黠**　ずる賢い。狡猾《こうかつ》。**○跳擲**　ほしいままに跳ね回る。**○君王**　天皇。**○羈策**　(馬を繋ぎとめるための)綱と鞭。暴れ回るものをコントロールするための方法や道具。

東方の魚ともいうべき鎌倉幕府は関東に腰を据えたままで天下の権を掌握し、後醍醐帝は日が西空に没するかのように隠岐島に配流されたが、それも三百七十日間のことであった。やがて西方から鳥が現れ、東方の魚を呑み込んで天下を一つにした。しかし、どうして予想しようか、その後さらに狡猾な大猿のごとき足利尊氏が出てこようとは。

この大猿は何とよく恣《ほしいまま》に跳ね回ったことか。天皇はそれを抑えようとして綱や鞭を用いたが、どうしても取り抑える術《すべ》がなかったのである。

◇『太平記』巻六にある、聖徳太子作とされる予言書『未来記』の記事を踏まえて、鎌倉幕府の滅亡から後醍醐天皇による建武の新政、そして足利尊氏による室町幕府の樹立までを概観した作である。楠木正成が天王寺で『未来記』を披見し、その予言の意味するところを説き示して、家臣たちが奮励したことは『日本外史』巻五の「新田氏前記 楠氏」にも記されている。

120 本能寺

本能寺
溝幾尺
吾就大事在今夕
茭粽在手併茭食
四簷梅雨天如墨

本能寺《ほんのうじ》

本能寺《ほんのうじ》
溝幾尺《みぞいくしゃく》ぞ
吾《わ》れ大事《だいじ》に就《つ》くは今夕《こんせき》に在《あ》り
茭粽《こうそう》 手《て》に在《あ》り 茭《こう》を併《あわ》せて食《くら》ふ
四簷《しえん》の梅雨《ばいう》 天《てん》 墨《すみ》の如《ごと》し

老阪西去備中道　老《おい》の阪《さか》　西《にし》に去《さ》れば　備中《びっちゅう》の道《みち》
揚鞭東指天猶早」　鞭《むち》を揚《あ》げて東《ひがし》を指《さ》せば　天猶《てんな》ほ早《はや》し
吾敵正在本能寺　吾《わ》が敵《てき》は正《まさ》に本能寺《ほんのうじ》に在《あ》り
敵在備中汝能備　敵《てき》は備中《びっちゅう》に在《あ》り　汝能《なんじよ》く備《そな》へよ

韻字、尺・夕(入声十一陌)と食・墨(入声十三職)の通押」道・早(上声十九皓)」寺・備(去声四寘)。

○**本能寺**　京都西洞院《にしのとういん》にあった法華宗の寺。天正十年(一五八二)六月二日、明智光秀の軍勢に囲まれて織田信長が自刃した、いわゆる本能寺の変のあったところ。その際に堂宇は焼亡したが、天正十五年に豊臣秀吉の命で、現在の寺域である京都市中京区寺町通御池下ルに再建された。○**溝幾尺**　本能寺の変に先だつ同年五月二十八日、明智光秀は愛宕《あたご》権現西坊で紹巴《じょうは》らと「愛宕百韻」と呼ばれる連歌を興行し、発句として光秀は「ときはいま天《あめ》が下《した》しる五月《さつき》かな」と詠んだ。その席上、光秀は突然傍らの者に「本能寺の溝は深さ幾尺ぞ」と問うたという。一尺は約三〇センチメートル。○**今夕**　今夜。こよい。○**茭粽**　粽は、ちまき。茭は、ちまきを包んである葉。「愛宕百韻」の連歌の席上、心ここに在らずの光秀は、粽を包んでいる葉といっしょに食べたという。○**四簷梅雨**　四方の軒端から滴る梅雨。○老阪　現在の京都府亀岡市にある老ノ坂峠。丹波と山城との境。信長から、毛利攻めで備中高松城を包囲していた豊臣秀吉の援軍を命ぜられた光秀は、六月一日夜、一万三千の軍を率いて居城の丹波亀山を出陣した。しかし光秀は、老ノ坂峠から右折して備中に向かう道は取らず、馬首を左にして京都に向かい、二日の早朝、信長のいる本能寺を囲んだ。○吾敵…　老ノ坂峠から京都に向かった光秀は、桂川を渉ったあたりで鞭を挙げて東を指さし、軍勢に向かって「吾が敵は本能寺に在り」と宣言したという(『日本外史』巻十四)。○敵在備中…　作者山陽の光秀に対する皮肉の言。「汝」は光秀への呼びかけ。光秀のほんとうの敵は備中にいる豊臣秀吉だというのである。備中で信長の急を聞いた秀吉は、毛利方と和義を結んで京都に向かい、山城国山崎で光秀軍をうち破った。惨敗した光秀は近江坂本城へ落ち延びる途中、山城国小《お》栗栖《ぐるす》で土民のために殺された。

「本能寺の溝の深さは何尺ほどあるのか。私が重大事に取りかかるのは今夜からだ」と連歌の席で明智光秀はつぶやき、手に持つ粽を皮ごと食らった。四方の軒端からは梅雨の雨だれが滴り落ち、空は墨を流したように真っ黒だった。

老ノ坂峠を西に行けば、豊臣秀吉が毛利攻めをしている備中へ向かう道だが、光秀が鞭を挙げて反対の東の方を指したのはまだ空も明け切らない頃だった。

その時、光秀は「吾が敵は本能寺にあり」と軍勢に下知したが、お前の本当の敵はじつは備中にいる秀吉であった。光秀よ、お前は秀吉に備えるべきだったのである。

◇光秀が信長を本能寺に弑《しい》するに至った経緯については、『日本外史』巻十四の「徳川氏前記 織田氏下」に詳述されているが、ここにはそれを簡略化した『日本政記』巻十六の正親町天皇・天正十年の記事を紹介して、この歴史的事件についての山陽の見方を示しておこう。「六月、明智光秀その君右大臣信長及び左中将信忠を弑す。森蘭丸・村井貞勝等百五十余人、之に死す。初め信長、将士を遇するに礼無し。屢《しばしば》光秀を辱《はずかし》む。光秀、深く之を啣《ふく》む。信長又た蘭丸を寵《ちょう》し、嘗《かつ》てその三歳後に志賀郡を領せんことを許す。郡は時に光秀に属す。光秀自《おの》づからその奇禍に罹《おわ》らんことを疑ふ。是に至り、命を受けて徳川氏を饗す。怒りて曰く、「饗事未だ竣《おわ》らざるに、又た遠役を命ずるか」と。悉《ことごと》くその具を湖に投じ、馳せて亀山に還る。従子光春《みつはる》等と策を決し、急に本能寺を襲ふ。信長手づから数人を射斃《いたお》し、火を縦《はな》ちて自殺す」。

解　説

揖斐　高

1　はじめに

頼山陽の生涯における一大事業は、『日本外史』を中心とした史書の著述であり、作詩はその緒余にすぎなかったとされる。しかし、みずから「頼襄が藝《のぼる》は、詩を第一と為す様に候」(天保三年九月十一日付け篠崎小竹《しょうちく》・後藤松陰《しょういん》宛て山陽書簡)と述べたように、山陽は詩作を好み、おのれの「藝」としての詩に自信を持っていた。

山陽の詩は、基本的には『山陽詩鈔』(天保四年刊、六六八首)『山陽遺稿』(天保十二年刊、五三〇首)『日本楽府』(文政十三年刊、六六首)という三つの版本に収められるが、『頼山陽全書』中の一冊『頼山陽詩集』には、版本未収の作をも博捜して、生涯の詩約二千七百首がほぼ編年で集成されている(『日本楽府』のみは別枠として巻末に附す)。山陽の親友篠崎小竹は、『山陽詩鈔』の序文において山陽詩の自在さを次のように称賛している。「曠《こう》世《せい》の才を以て雄偉《ゆうい》の詞を逞《たくま》しくし、体は古今を兼ね、調に唐宋無く、応酬の常套を略して詠懐の蓄念を発し、典故を和漢に合し、議論を風雅に寓し、摻縦《さんしょう》手に在り(思うままに取り扱い)、細大遺《のこ》すこと無し」。また江戸期漢詩の選集『東瀛《とうえい》詩選』(光緒九年＝明治十六年序刊)を編んだ清の兪樾《ゆえつ》は、山陽の詩を「子成《しせい》(山陽の字)は天才警抜にして詩学に尤も深し」と評している。山陽は江戸期を代表する詩人の一人であった。

本朝武家の文学的な通史として、歴史家山陽畢生《ひっせい》の大著となった『日本外史』は、勤王主義的な歴史観によって、幕末・維新期には尊王攘夷派の志士たちを鼓舞し、その後は太平洋戦争終結に至るまで、近代天皇制を支えるイデオロギー的な著作として絶大な人気を誇った。必然的に詩人山陽も、勤王主義的な詠史作者として評価されることが多かった。坂本箕山《きざん》は『頼山陽大観』(大正五年刊)において「忠臣義士に対して同情の感を以て歌ひ、逆賊反臣に対しては不同情の感を以て詠じて居る。蓋《けだ》し彼が詠史の慷慨淋漓《こうがいりんり》、字々みな血、句々みな涙あるを吟誦して、鼓舞激励せられたるものは、決して鮮少ではなかろう」と評している。

こうした山陽詩に対する一般的な評価によって、戦前期の山陽詩の選集方針は、勤王主義的な詠史に偏りがちであった。昭和十九年に初刊された岩波文庫『頼山陽選詩にもその傾向は見られる。しかし、『頼山陽詩集』の編者木崎好尚が「『頼山陽詩集』ノ輯注」で指摘したように、山陽詩のテーマは勤王主義的な詠史に限られるものではない。風土や家庭もまた山陽の好んだテーマであったし、それ以外にも知友との応酬の詩、閑適の詩、郊行や酒食を主題とする生活詩、また詩人や詩風についての批評詩、さらには山陽自身は必ずしも好んでいなかったという詠物や竹枝《ちくし》など多様なテーマの詩も、山陽の詩境に含まれている。

もちろん、そうは言っても詠史が山陽詩のもっとも中心的な領域の一つであったことは間違いない。しかし、太平洋戦争後の政治的・社会的な変化を背景にして、山陽詩の評価にも変化が見られるようになった。詠史に偏向することなく、山陽の日常生活から生まれた詩を積極的に紹介・評価することで、詩人・文人であるとともに生活者であった等身大の頼山陽像を呈示しようとする傾向が顕著になってきたことである。

戦後の山陽詩の紹介・評価に大きな役割を果たした富士川英郎『江戸後期の詩人たち』(昭和四十一年刊)や『菅茶山と頼山陽』(昭和四十六年刊)、中村真一郎『頼山陽とその時代』(昭和四十六年刊)における選詩と批評ぶりにそのことは表れている。また入谷仙介『頼山陽　梁川星巌《やながわせいがん》』(江戸詩人選集8、平成二年刊)に至っては、選詩の範囲からむしろ詠史をできるだけ排除する方向で山陽詩の再評価を試みようとしたように思われる。

本書の選詩もそうした戦後の山陽詩評価の流れを受けつぐものであるが、詠史作品を排除することなく、同時にそれ以外の山陽詩をも幅広く呈示することで、詩人頼山陽の全体像を浮かび上がらせたいと考えた。しかし、文庫本一冊という制約のため、収録を見合わせざるを得なかった詩が少なくなかったことも記しておきたい。

なお、岩波文庫『頼山陽詩抄』では詩体別の排列になっていたが、本書では基本的に成立年代順に詩を排列する編年の形式を採用した。漢詩の実作者が詩作の手本として選集を利用する場合、詩体別の排列には利便性があるかもしれない。しかし、今日では大方の読者の期待が、頼山陽の詩人・文人としての自己形成と多様な詩境を、その代表作の読解を通して追体験し、鑑賞することにあるとすれば、詩の排列は編年の方が適している。

山陽みずからも詩集における詩の排列については、「手づから聿庵《いつあん》詩稿の後に批す」(『頼山陽全書』中の『頼山陽文集』追補)という文章の中で、「詩を録するに体を分かつべからず。一混して写し去り、亦《ま》た以て年月を記せば、其の進むや否やを験する足れり」と記し、詩体別よりも編年によるべきことを主張している。本書における詩の排列を編年にした理由である。

2 胸中の「磊碨《らいかい》」

文化七年(一八一〇)三十一歳の山陽は、備後国神辺《かんなべ》に身を寄せ、その地で菅茶山《かんちゃざん》が開いていた廉塾《れんじゅく》という郷塾の都講をしていた。身の置き所のない自分を引き受けてくれた、父の親友茶山に対して恩義を感じていたものの、片田舎でこのまま教師として一生を過ごす気は山陽にはなく、何とか都会に出て活躍する場は得られないかと、落ち着かない日々を送っていた。山陽のそのような思いを知っていた友人武元北林《たけもとほくりん》(字を君立《くんりつ》)は、短慮によって軽挙妄動せぬよう山陽に手紙を寄せて忠告した。その君立の手紙に対する文化七年七月十六日付けの返信「武元君立に答ふる書」(『頼山陽文集』)のなかで、山陽は次のように述べている。

前には諭を承《う》け、襄を勉めしめらる。村学の陋《ろう》を厭《いと》ふこと勿《なか》れ、繁華の楽を慕ふこと勿れと、諄諄《じゅんじゅん》として数十言を累《かさ》ぬ。襄敢へて教へを奉じ以て周旋せざるも、足下に非ずんば誰か襄の為に憂慮、此に至る者ぞ。襄已に壮なり。復《ま》た往年の態を為すを慮《おもんぱか》ること無かれ。然るに此の数个《すうこ》の磊磈《らいかい》、終《つい》に消磨すること能《あた》はず。盍《なん》ぞ自ら消磨せざると曰ふ者は、人に強いて其の能はざる所を以てするなり。

君立の忠告に対して、山陽は反論した。自分の胸中には「消磨すること能は」ざる「数个の磊磈」(何個かの石の塊)があって、現状に甘んずることはできないのだと訴え、しかし、再び「往年の態」を繰り返すようなことはしないので、心配しないでほしいと伝えているのである。

山陽のいう「往年の態」とは何か、そして山陽の胸中にわだかまる「消磨すること能は」ざる「数个の磊磈」とはどのようなことを指しているのか。その内容は頼山陽の生涯とその詩のあり方を考えるに当たっての重要な問題と結びついている。

山陽は、安永九年(一七八〇)十二月二十七日、大坂江戸堀北一丁目(現、大阪市西区江戸堀一丁目)に、父頼春水《しゅんすい》と母静子(号を梅颸《ばいし》)の長男として生まれた。名は襄《のぼる》、字は子成《しせい》、通称は久太郎《ひさたろう》(後に一時憐二《れんじ》と改め、さらに徳太郎・久太郎《きゅうたろう》とも称した)、山陽は号である。

父頼春水(名は惟完《ただひろ》、字は千秋《せんしゅう》)は儒者である。安芸国竹原(現、広島県竹原市)の出身で、二十一歳で大坂に遊学し、山陽が生まれた時は大坂江戸堀北一丁目で青山社という私塾を開いて朱子学を教授しており、そのかたわら大坂の詩社混沌社《こんとんしゃ》に参加して、詩人・書家としても知られていた。遊学後十六年間にわたって大坂に住んだが、三十六歳の天明元年(一七八一)広島藩儒に迎えられ、広島に移住した。その後は江戸の藩邸と広島との間を往き来しながら、藩侯の世子の教育や広島藩の文教に大きな役割を果たした。漢詩文集には山陽が編集した『春水遺稿』(文政十一年刊)がある。

春水の父すなわち山陽の祖父は、竹原で頼兼屋《よりかねや》という屋号で紺屋を営む町人であったが、京都の歌人小沢蘆庵《ろあん》に入門し、亨翁《こうおう》と号して歌を詠んだ。頼という珍しい姓は、屋号の頼兼屋にちなんで称するようになったともいう。亨翁には三人の息子がいた。その長男が春水、次男が春水より七歳下の春風《しゅんぷう》(名は惟彊)、三男が春水より十歳下の杏坪《きょうへい》(名は惟柔)である。彼ら三兄弟はいずれも若き日々大坂に遊学した。大坂の詩社混沌社の詩人たちは、彼ら三人を「春水は方、春風は円、杏坪は三角」と評したという。春水は四角四面の堅物、春風は円満で穏やか、杏坪は才気走ったところがあるという兄弟三人の人物評である。

春風は大坂で医学を学んだのち帰郷して医を業とし、竹原の頼本家を嗣いだ。詩・書もよくして没後に『春風館詩鈔』が出版されている。末弟の杏坪は大坂に遊学した後に江戸にも遊学し、兄に遅れて天明五年(一七八五)に広島藩儒に迎えられて広島に住み、中年以後は藩の郡奉行に任用され、民政を司って治績を挙げた。兄たちと同じように詩・書をよくし『春草堂詩鈔』が出版されている。これら二人の叔父は山陽の理解者として、陰に陽に山陽の大成を援助した。

母梅颸《ばいし》は大坂立売堀《いたちぼり》裏町の医者飯岡《いのおか》義斎《ぎさい》の女《むすめ》である。春水と梅颸は大坂町人の学校懐徳堂の堂主中井竹山《ちくざん》の媒酌で、安永八年(一七七九)に結婚した。春水三十四歳、梅颸は二十歳だった。梅颸の妹は春水の友人で後に幕府に招聘された朱子学者尾藤《びとう》二洲《じしゅう》の後妻になっている。梅颸は和歌をよくしたが、二十六歳の天明五年(一七八五)から八十四歳の天保十四年(一八四三)に至る長期の『梅颸日記』も残されており、これには山陽関係の記事が少なからず見られる。梅颸は夫春水とは対照的な性格で、芝居好き、酒好き、煙草好き、話し好きという、快活で都会的な女性だったようだが、病弱だった山陽に対しては心配性で、一面甘いところのある母親でもあった。山陽は生涯、そうした母の愛に甘え、母の愛に酬いようとしたことは、本書に数多く収録した母を詠んだ詩によってもはっきりと窺われる。

天明元年(一七八一)山陽二歳の年末、父春水が広島藩に儒者として召し抱えられることになり、梅颸と山陽も広島に移り住んだ。天明八年一月、九歳の山陽は広島藩の藩校学問所に入学した。また同年六月には、広島に父を訪ねてきた父の親友菅茶山と初めて面会した。菅茶山はこの年四十一歳(春水より二歳下)、備後国神辺(現、広島県福山市神辺町)で廉塾《れんじゅく》という郷塾を開いて近隣の子弟を教育するかたわら、詩人としても名高く、山陽道を旅する詩人や文人たちは必ずその書斎黄葉夕陽村舎《こうようせきようそんしゃ》を尋ねるというほどだった。茶山は上方に遊学して朱子学や医学を学んだことがあり、その縁で春水と親交を結んでいたのである。茶山の漢詩文集『黄葉夕陽村舎詩』(正編は文化九年刊、後編は文政六年刊)は、後に山陽の編集で出版されることになる。菅茶山が初めて山陽と出会った時に詠んだ「広島に頼千秋を訪ひ蛍字を分かち得たり」(『黄葉夕陽村舎詩』巻三)と題する七言律詩には、「喜び見る、符郎《ふろう》の紙筆に耽《ふけ》り、童儀《どうぎ》にして倦《う》まず、書檽《しょれい》に侍するを」という尾聯の詩句が見られる。「符郎」とは唐の韓愈《かんゆ》の息子符《ふ》のこと。符に勉学をすすめた韓愈の古詩「符、書を城南に読む」を踏まえ、親友春水の幼い息子山陽が勉強好きで、行儀よく父の書斎の窓辺に侍っているのを見て嬉しく思ったというのである。

山陽の「保元平治物語の後に書す」(『山陽先生書後』)という文章によれば、山陽十歳の頃、父春水は連年江戸藩邸詰めになっていた。広島の留守宅を守る母梅颸は夜なべの裁縫仕事の灯りのもと、山陽に『論語』や『孟子』の句読《くとう》を授けてくれた。しかし、山陽が好んだのは歴史絵本を観ることだった。それを聞いた父春水は江戸から絵入りの『保元物語』『平家物語』『義貞記』を送ってきてくれた。大喜びの山陽は何度も繰り返して読み、足りないところは自分で絵を描いて糊で継ぎ足し一巻に仕立てたという。後年になって山陽は、自分の歴史学の源は実はここから開けたのだと回想している。

また、山陽の漢文作品としてはもっとも早い時期のものである、山陽十二歳寛政三年(一七九一)の「立志論」には、次のような文章が見えている。「男児は学ばざれば則ち已《や》む。学ばば則ち当《まさ》に群を超ゆべし。今日の天下は、猶《な》ほ古昔の天下のごときなり。今日の民は、猶ほ古昔の民のごときなり。天下と民と古《いにし》へ今に異ならず。而して之を治むる所以《ゆえん》、今の古へに及ばざる者は何ぞや。国の勢を異にするか。人の情を異にするか。志有るの人无《な》きなり」。いかにも世間知らずの秀才の文章と言えば言えようが、年少ながら有用の学者たらんとする覇気に満ちた文章である。いずれにしても歴史への興味を中心に、両親の期待に応えて着々と勉学に取り組んでいた少年山陽の姿が彷彿される。本書の詩1「癸丑《きちゅう》の歳、偶作」はそのような山陽十四歳の作である。

しかし、山陽はともすれば病床に就くような虚弱体質の少年でもあった。とくに少年期のかなり早い時期、八歳頃から癇癖《かんぺき》症あるいは躁鬱《そううつ》症の症状が、時に暴発するような形で現れて両親を狼狽させていたことが、母の『梅颸日記』および父の『春水日記』の記事によって知られる。

山陽に本格的な学問を身につけさせるため、そして山陽の持病が一転快方に向かうことを密かに期待しながら、両親は山陽を江戸へ遊学させることにした。山陽は十八歳の寛政九年(一七九七)三月十二日、江戸藩邸詰めとなって江戸に赴任する叔父杏坪に連れられて広島を発ち、江戸へ向かった。その旅の往路の模様は絵入りの紀行文『東遊漫録』として故郷の母梅颸のもとに送られた。

江戸に着いた山陽は初め藩邸に寄居して、湯島の昌平黌《しょうへいこう》内の役宅に住む尾藤二洲(後妻が山陽の母梅颸の妹)のもとに通ったり、また麹町にあった服部栗斎《りっさい》の麹渓《きくけい》書院に通ったりして勉学に励んだ。一時的には尾藤二洲宅に寄寓したこともあるらしい。その間に父の友人の柴野栗山《りつざん》や古賀精里《せいり》などの知遇も得た。

ところが一年ほどの江戸遊学後、寛政十年に叔父杏坪が藩命で広島に帰国するのに伴われて山陽も帰郷することになり、中仙道を経由して五月十三日に広島に帰り着いた。丸一年ほどの江戸滞在では、遊学の成果が十分に挙がったとは思われないが、急遽《きゅうきょ》帰国することになったのは、おそらく山陽の健康状態が変調をきたしたからではないかと推測される。

広島に帰郷後、山陽に持病の症状が再発していたことは、両親の日記から知られる。躁鬱的な精神の不安定症状である。困惑した両親が、おそらくすがるような思いで考えついたのは、結婚による病状の改善ということであったらしい。二十歳の山陽は寛政十一年(一七九九)二月、広島藩の藩医御園道英《みそのどうえい》の娘淳子十五歳と結婚した。しかし、周囲の期待に反して山陽の精神状態は安定しなかった。結婚後しばらくすると遊蕩が始まった。山陽は家を空けて出歩くようになり、しばしば宮島の遊女屋でも遊ぶようになった。そして、そのような山陽の行動が引き金になって、新婦の淳子も病いがちになり、精神不安定に陥った。

山陽が突発的な異常行動を起こしたのは、結婚後一年半あまり経った寛政十二年(一八〇〇)九月五日のことである。二十一歳の山陽は突然脱藩し逐電した。この一件の経緯については、事が起こった直後の同月十九日に書かれた叔父杏坪の篠田剛蔵(山陽の母方の実家飯岡家を嗣いで飯岡存斎《そんさい》と称した)宛ての手紙(『頼山陽大観』)に詳しいが、要点をかいつまんで言えば、次のようなことであった。

当日、山陽は竹原の大叔父惟宣《ただのぶ》(伝五郎)の病死を弔うため、供を連れ、父春水の名代として広島から竹原に向かっていた。ところが道中で供の目をくらませて、突如逃亡してしまったのである。山陽のこの「狂妄の所為」は、すぐに広島と竹原の頼家に伝えられ、追手が差し向けられたが、行方はつかめなかった。藩士の嫡子の脱藩は藩から「追《おい》討《うち》」(追跡して討ち取ること)をかけられても致し方のない重罪であり、頼家の存亡にも関わる重大事件であった。当時、父春水は江戸赴任中で、広島にはいなかった。そのために代わって叔父杏坪が事態の収拾に当たった。山陽は上方《かみがた》方面に向かったと思われたことから、杏坪は上方の知人たちに山陽の捜索を依頼した。

結局、山陽は九月二十八日に京都の医師の福井新九郎のもとに潜匿《せんとく》していることが判明した。福井新九郎は前年広島に来て春水に入門しており、山陽とも懇意だったからである。山陽発見の報を受けて竹原の叔父春風が京都に赴き、山陽の身柄を確保して、十一月三日に広島に連れ帰った。山陽は急遽しつらえられた自宅内の座敷牢に入れられた。その間、妻梅颸から変事の知らせを受けた江戸の春水は、藩当局に報告し処分を待った。しかし、藩主の春水に対する信頼が厚かったこともあって、山陽の脱藩出奔は発狂による突発的な異常行動との認定を受け、山陽は重罰を免れることになった。

山陽は座敷牢に幽閉され、名前も憐二《れんじ》と改められた。父春水は藩への謹慎の意を表するため、十一月末に藩当局へ山陽の廃嫡、春風の息子景譲《かげのり》（元鼎《げんてい》）を養嗣子としたい旨の願いを出し（決定したのは文化元年一月）、さらに山陽の妻淳子の離縁届けを翌享和元年（一八〇二の二月十六日に出した。妊娠中だった淳子は、離縁四日後の二月二十日に山陽の子である都具雄《とくお》（後に余一、名を元協、号を聿庵《いつあん》）を出産した。

以上が、先に紹介した山陽の「武元君立に答ふる書」にいう「往年の態」の具体的な内容である。病的な発作によってみずからが招いた事態ではあったが、この一件によって山陽の人生は大きく転回した。山陽は廃嫡されて余計者の境涯に陥っただけでなく、藩内の耳目を聳動《しょうどう》させた親不孝な問題児として広島藩内に居場所を失うことになってしまった。同じ「武元君立に答ふる書」のなかに見えていた、山陽胸中の「消磨すること能《あた》は」ざる「数个《すうこ》の磊魂《らいかい》」は、もちろんこの一件と無関係ではなかった。

山陽が幽閉を解かれるのは、二十四歳の享和三年(一八〇三)十二月のことである。三年に及ぶ幽閉期間中、山陽は読書に没頭し、やがて『日本外史』として姿を現すことになる歴史著述の準備に取りかかった。享和三年頃のものと推定される友人梶山立斎《りっさい》宛ての手紙において山陽は、「狂童」の烙印を押されてしまった自分としては、「イササカ家学ヲ皇張シテ、前ノ大罪ヲ償ハント欲ス」と記している。「家学」とはもちろん一義的には儒学を指しているが、若き頃父春水が藩の許可を得て一時は着手しながらも、諸般の事情から断念せざるを得なかった本朝歴史の編纂事業のことを、山陽はおそらく意識していた。挫折した父の事業を継ぐことで、父に対して、また藩に対しての「大罪」を償い、さらには自らの生きる道を見出そうとしたのである。

しかし、幽閉を解かれたからといって、山陽をそのまま受け入れてくれるような場があったわけではない。父春水はそんな山陽のために、家塾の代講をさせるなどした。しかし、広島の城下では山陽の脱藩行為とそれに続く長年の幽閉生活は周知の事実であった。山陽は狂人視されがちであり、広島はもはや山陽が落ち着ける町ではなかった。山陽はまたぞろ遊蕩に耽るようになった。

そのような窮地にいた山陽に手を差し伸べてくれたのが、父の友人菅茶山だった。文化六年(一八〇九)九月十六日、父春水のもとへ、備後神辺の茶山から手紙が届いた。山陽の才学を高く評価していた茶山は、山陽の窮状を知って、自らが経営する廉塾の都講に山陽を迎えたいと申し出てくれたのである。当時六十二歳で子のなかった茶山は、将来的には山陽を養子にして廉塾を譲りたいということも考えていた。

広島藩の許可を受けて、三十歳の山陽は文化六年十二月二十七日に広島を発ち神辺に向かった。しかし、山陽自身はいずれ江戸・京都・大坂という三都に出て、学者・文人として思う存分活躍することを願っていた。そのための足場として、山陽はひとまず広島を去って神辺に身を寄せようと思ったまでで、そこに居つくつもりはまったく無かった。本書の詩8・9はそうした神辺時代の作である。

神辺での生活が一年も経たないうちに山陽は神辺から抜け出すための行動を取り始めた。廃嫡されたとはいえ広島藩士の息子である山陽にとって、他国での行動には藩の許可が必要だった。山陽の理解者の一人だった広島藩の用人築山捧盈《つきやまたかみつ》に宛てて山陽は自己の志望を訴えた。文化七年七月二十六日付けの山陽の手紙には、次のような一文が見られる。

経書講釈等も不得手之義、得手と申し候ては、史学と文章に御座候。是にて少々にても御国之御用に相立ち候義仕《つかまつ》り度《た》く、即《すなわ》ち籠居以来、日本外史と申し、武家の記録二十巻、著述成就仕り居り候へども、是は区々たる事にて、引用の書なども自由ならず、私心に満ち申さず、愚父壮年之頃より、本朝編年之史、輯《あつ》め申し度《た》き志《こころざし》御座候処、官事繁多にて、十枚計り致かけ候儘《まま》にて相止め申し候。私義、幸《さいわい》隙人に御座候故、父の志を継ぎ、此業を成就仕り、日本にて必要之大典とは藝州之書物と、人に呼ばせ申し度き念願に御座候。此義、三都に居り申し候て、書物を広く取り集め、多聞の友を多く取り申さず候ては、出来仕らぬ事に御座候。

ついては、神辺を去って三都に居住できるよう、藩の許可を得ていただけないでしょうか、父春水の歴史編纂事業の跡を継ぐにはそれが必須であり、これが成就すれば広島藩の名を挙げることにもなるのですからと、山陽は築山捧盈に懇願したのである。

その一方で山陽は自分の志望を茶山にも伝えた。二つの資料がある。一つは「菅茶山先生に上《たてまつ》る書」(『山陽遺稿』)であり、もう一つは文化七年(一八一〇)十一月十四日付けの茶山宛ての山陽の手紙である。山陽のこうした申し出に対して茶山は不快を感じて反対し、考えを改めさせるよう春水に手紙を書いて説得を依頼したが、山陽の気持は動かなかった。茶山はやむなく山陽の上方行きを認めた。

先に紹介した山陽の「武元君立に答ふる書」は、文化七年七月十六日に書かれたものだった。広島藩の用人築山捧盈宛ての懇願の手紙の十日前のものである。だとすれば、「武元君立に答ふる書」のなかに記されていた、山陽胸中の「消磨すること能《あた》は」ざる

「数个《すうこ》の磊磈《らいかい》」とは、この年の山陽の上方行き強行と密接に結びついているはずである。

すなわち、突発的な脱藩出奔という「狂妄の所為」によって余計者として生きるほかなくなった山陽は、得意とする「史学と文章」によって名を挙げる以外に生きる方途はなく、何としてもその道において汚名を返上したいという意地があった。そして、儒家としての頼家を興隆させ、それを自分に受け継がせようとしてきた父春水の期待を、持病の発作によるものとはいえ少年期より裏切り続け、終《つい》には家名を傷つけるような行為に奔《はし》り廃嫡処分にまで至ったことに対して、強い贖罪《しょくざい》の思いがあった。山陽の胸中に蟠《わだかま》っていたこうした意地と贖罪の思いこそ、「消磨すること能は」ざる「数个の磊磈」であった。それを胸中の思いにとどめることなく現実の行動に転化してゆくためには、広島はもちろん、神辺に安住しているわけにはいかず、三都に出て「名儒俊才」(築山捧盈宛て手紙)と切磋《せっさ》琢磨《たくま》することが不可欠なのだと、山陽は思い詰めていた。「凡《およ》そ古《いにしえ》より学者之業を成し申す地は、三都之外は之無く候。如何なる達人にても、田舎藝は用に立ち申さず候」(築山捧盈宛て手紙)。そのためには、一時的に、父春水に更なる不興を買ったとしても、また後足で砂をかけるように恩人茶山を裏切ることになったとしても、やむを得ないと山陽は思い定めたのである。

文化八年(一八一一)閏二月六日、三十二歳の山陽は神辺を去って上方に向かった。山陽はまず大坂に身を落ち着けようとしたが思うようにならず、結局京都の蘭方医小石元《げん》瑞《ずい》の紹介で、京都新町通丸太町上ル春日町に家を借り、塾を開いた。本書の詩11「歳暮」は京都で初めて迎える年越しの感慨を詠んだものである。

山陽が京都に住むようになって二年後の文化十年三月一日、父春水は手元で養育していた山陽の息子都具雄《とくお》を伴って広島を発ち、神辺に茶山を訪ねた後、摂津国の有馬温泉へ湯治に出かけることになった。富士川英郎『菅茶山と頼山陽』の考証によれば、山陽はこの機を逃さず、義絶状態にあった父春水との和解を果たそうと考えた。そのために、山陽は春水・茶山両人と親しかった大坂の篠崎三島《さんとう》・小竹父子に、まず自分と茶山との関係回復を図ってくれるよう依頼し、そのうえで茶山の仲介で父春水と自分との対面が実現できるよう斡旋《あっせん》を希望した。

山陽の根回しは成功し、春水一行が大坂に着いた後、三月二十六日に大坂の篠崎家で山陽は春水との足かけ五年ぶりの対面を果たした。父春水にとっては安堵をもたらす父子の対面であったが、三十四歳になった子山陽にとっても胸中の「磊魂《らいかい》」をいささかは解きほぐし得た出来事であった。本書の詩14「家君告暇《こくか》東遊し……」は対面後の四月二十三日に、有馬温泉での湯治を終えて広島に帰る父春水と息子都具雄を西宮で送別した時の作である。山陽の感慨の深さが窺われる。

父春水はそれから三年後の文化十三年(一八一六)二月十九日に七十一歳で没した。山陽は急を聞いて駆けつけたが、葬儀には間に合わなかった。父の喪は三年という『礼記』の規定に従って、山陽は三年の喪に入った。春水没後の三月十二日に山陽によって書かれた「先府君春水先生行状」(『春水遺稿』別録附尾)には、父の喪に服する哀しみと父への強い贖罪の思いが吐露されている。

まる二年を経た山陽三十九歳の文政元年(一八一八)二月十七日に、父春水の三回忌法要が営まれた。山陽は京都から門人後藤松陰を伴って帰省し、三回忌法要を無事に済ませ、喪が明けた。このことは山陽にとって大きな節目になった。法要を終えた後、三月五日付けの尾道の門人橋本吉兵衛《きちべえ》(号を竹下《ちくか》)・熊谷幾右衛門《いくえもん》・北邨純泰《きたむらじゅんたい》宛ての手紙の中で、山陽は次のように述べている。

此地大祥忌祭(三回忌法要のこと)も滞り無く相済ませ、安心致し申し候。所謂《いわ》ゆる廓然《かくぜん》と申す所に御座候。因て長崎行の事、愈《いよいよ》相決し申し候。貴地へ罷《まか》り越し候事も大延引に及び申すべく、此段御理《おことわ》り申し候。……此行の事、諸叔(叔父の春風と杏坪を指す)へ申し出候処、皮切《かわきり》(初めて話したの意)に御座候所、思《おもい》の外《ほか》うけよろしく候故、直《じき》に此地より出立致し候。

「廓然」という語は、『礼記』檀弓上の「祥《しょう》して廓然たり」に拠るものである。この語の解釈には諸説あるようだが、山陽は三回忌を終えたことで、気持に区切りがつき、胸中のこだわりが晴れたことを言ったものと思われる。山陽胸中の「磊磈」の一つであった父への贖罪の思いを吹っ切ることができたというのであろう。ちなみにこの文政元年の時点で、幽閉中に取りかかった『日本外史』の本文部分の草稿はすでに完成しており、「論賛」部分も完成に近づいていた。山陽胸中のもう一つの「磊磈」であった、「史学と文章」によって名を挙げ、汚名を返上したいという意地も果たされようとしていたのである。「廓然」たる心境がもたらされたことによって、山陽年来の念願であった長崎行きが実行されることになった。文政元年三月六日、山陽は広島を発って長崎に向かった。長崎に旅する山陽は、新たに生まれ変わった山陽であった。そして、山陽の詩も大きく変化した。

3　西遊と詩人山陽の変貌

山陽の西遊は結局一年近くに及び、再び広島に戻ったのは翌文政二年(一八一九)二月四日のことだった。行程も当初の目的地長崎との往復に止まらなかった。山陽は門人後藤松陰を伴って山陽道を下関まで行き、海峡を越えて九州に渡った。九州では長崎街道を旅して、博多、佐賀などに立ち寄り、文政元年五月二十三日に目的地長崎に到着した。長崎には三か月ほど滞在してオランダ船の入港を見物したり、来航した清人たちと筆談唱酬したりした。本書の詩30「荷蘭船《おらんだせん》の行《うた》」、詩31「仏郎王《ふつろうおう》の歌」、詩32・33「長崎の謡《うた》」などはその成果である。

これで旅の所期の目的は達したはずだが、山陽は長崎での見聞に満足しなかった。もともと成り行きによっては肥後・薩摩方面へ足を伸ばそうと考えていたこともあり、「当地(長崎を指す)案外面白からず、何分肥・薩にて、機嫌を直し帰り候積り御座候。旅《たび》猿《ざる》の癖は、先大人(故春水のこと)御嫌ひに御座遊ばされ候義、今に忘れず候故、此度を旅の仕舞と仕《つかまつ》り度《た》く、左候へば序《ついで》の事、どこもかもあるき候て、遺憾なき様に仕り、帰り申し度く存じ奉り候」(文政元年八月二十一日付け梅颸・聿庵宛て手紙)ということになった。

八月二十三日に長崎を発った山陽は船で肥後熊本に向かった。この間に名吟として喧伝される本書の詩35「天草洋《あまくさなだ》に泊す」が詠まれた。熊本での滞在は短く、山陽は九月十日頃に鹿児島に到着した。鹿児島では長崎以上に風土の違いを実感したらしく、鹿児島での作である本書の詩37―43には、異国情緒が印象的に表現されている。

九月三十日に鹿児島を発った山陽は水俣《みなまた》を経て熊本に戻り、九州を横断して、十月二十三日に豊後岡の城下に旧友田能村竹田《たのむらちくでん》を訪うた。竹田の歓待を受けた後、竹田の紹介で豊後日田に赴き、咸宜園《かんぎえん》に広瀬淡窓《たんそう》を訪ねた。そこからさらに豊前国中津郊外の旧友大含《だいがん》(雲華《うんげ》)が住職をつとめる正行寺《しょうぎょうじ》を訪れた。山陽は近くにある山国川の渓谷を探勝して耶馬渓《やばけい》と名づけ、自ら「耶馬渓図巻」を描き、「耶馬渓図巻記」を題して、その渓谷美を誉め称えた。

十二月下旬、九州遊歴を終えた山陽は豊前国大里《だいり》から船で下関に渡り、下関の広江殿《ひろえでん》峯《ぼう》宅で越年した。その後、山陽道の諸処に立ち寄りながら文政二年二月四日、母梅颸の待つ広島の家に帰着した。広島でしばらく旅の疲れを癒した後、母梅颸を伴って上方に向かい、すでに文化十一年(一八一四)に結婚していた後妻梨影《りえ》の待つ京都に山陽が帰り着いたのは三月十一日のことだった。まる一年ぶりの妻との再会の喜びは本書の詩49「家に到る」に詠まれている。

こうした一年ほどの西遊中の詩を山陽は『西遊稿』という詩稿にまとめていた。その後天保四年(一八三三)に出版された『山陽詩鈔』においては、『西遊稿』の中から自選された百六十五首が、巻三・四に「西遊稿上」「西遊稿下」と題して収められた。その巻三「西遊稿上」の冒頭に、次のような山陽の自引が置かれている。

余、憂に居ること三歳、戊寅(文政元年)に帰り展す(墓参をする)。既に祥し(忌明けの祭をする）、頗《すこぶ》る廓然たるを覚ゆ。遂に鎮西に遊び、吟歌を以て余憂を排遣《はいけん》す。吻《くちびる》を銜《つ》き嚢《ふくろ》に溢る。而して行篋《こうきょう》に齎《もたら》す所、手抄の杜・韓・蘇の古詩三巻を除くの外、『詩韻含英《しいんがんえい》』一部のみ。是《ここ》を以て粗率、常に倍せり。今、橐《ふくろ》を胠《ひら》き第録するに、甚だしくは刪潤《さんじゅん》せず。要は当時の興会を存し、以て他日の憶念に供するのみ。

このなかの「今、橐《ふくろ》を胠《ひら》き第録するに、甚だしくは刪潤《さんじゅん》せず」という部分は言葉通りに受け取る必要はない。実際は詩稿段階のものと版本収録のものとでは、かなりの詩において大きな表現上の異同が見られ、山陽は版本への収録に当たっては大幅な推敲をしていることがわかる。しかし、西遊中の山陽が「吻《くちびる》を銜《つ》き嚢《ふくろ》に溢る」というように多作であったのは右の自引のいう通りである。先に指摘したように、父の三回忌法要を無事に済ませたことが、山陽に大きな解放感をもたらし、それが多作に結びついたのである。

詩稿における詩数と、版本の収録詩数とは厳密に正比例するものではないが、版本で確認される経年的な詩数の変化は、もとになった詩稿における経年的な詩数の変化をおおよそは反映していると考えて良いであろう。版本『山陽詩鈔』巻三・四に収録される西遊中の詩数は総計百六十五首であるのに対し、それ以前の詩を収める版本『山陽詩鈔』巻一・二の収録詩数は総計百五十九首である。巻一・二は山陽十四歳の寛政五年

（一七九三）から三十九歳の文政元年（一八一八）に及ぶ二十五年間の詩を収めている。つまり、山陽の西遊中一年間の詩数は、それ以前の二十五年間の詩数にほぼ匹敵しているということである。父春水の三回忌法要を終えて西国への遊歴に旅立った山陽が、いかに多作の詩人に変貌したかがわかる。ちなみに、西遊から帰京して以後、天保三年（一八三二）九月に五十三歳で没するまでの十三年間の山陽の詩は、『山陽詩鈔』と『山陽遺稿』に総計八百四十七首が収録されている。これは西遊以前の山陽二十五年間の詩数の五倍以上である。習作期のものか円熟期のものかという質的な問題もあるので単純には比較できないが、西遊以後、山陽の詩作活動が急激に旺盛になったことは明らかであろう。

もちろん、詩人山陽の変貌は、量的な面に止まるものではなかった。文化七年（一八一〇）八月に書かれた「唐絶新選引」（『頼山陽文集』）において、山陽は「余、余力にて詩を為《つく》る。詩は最も七絶を好む。二十八字を以て万変に酬酢《しゅうさく》（応対）せんと欲す」と記し、また晩年の天保元年（一八三〇）の文であるが、「手批《しゅひ》穀堂《こくどう》文稿後」（『頼山陽文集』）には「僕、詩を作るに排律を能くせず」と述べ、また同年の「手批拙堂梅谿《ばいけい》十律稿に題す」（同）には「七律は作り難し。僕の如きは此の中の一首を成さんと欲するも亦た数日の呻唫《しんぎん》を須《もち》ふ」と記している。初め山陽は近体詩の中でも七言絶句を好み、七言律詩や排律は得意ではなかったというのである。ましてや古詩に対しては「古詩韻範《いんぱん》の後に書す」(『山陽先生書後』)に「喜びて絶句を作り、長詩を為《つく》るに嬾《ものう》し」というように、積極的ではなかった。『山陽詩鈔』巻二末の後識において、茶山は山陽の西遊以前の詩について、「子成(山陽の字)頃《ちかご》ろ近作の絶句を鈔して余に寄せ示す。余、子成の高才は小詩に在らざるを知る」と評している。山陽自身は絶句を得意にしているが、そこに山陽の本色はないと茶山は見抜いていたのである。

　山陽の詩体についての好みは、西遊を機に大きく変化した。先に引いた「古詩韻範の後に書す」において、山陽は次のようにも記している。近年の詩人は力を近体詩に用いるのみで、古詩については詩集の体面を保つために入れる程度に過ぎない。古詩の韻法に熟している詩人はいないし、自分もそうであった。しかし、「国朝に在りて始めて此に洞暁する者は、亡友武元景文《たけもとけいぶん》(号を登々庵《とうとうあん》)一人のみ。真に破天荒手なり。余始め其の説に服せず。……景文常に歎じて曰く、長古は文章を作る手に非ずんば、変化を尽くすこと能はず。今日に在りて此事を庶幾《しょき》する者は誰ぞや。吾老いたり。子《し》が為に法を講ぜん。子、我が為に詩を作れ。乃ち泄泄《えいえい》たること(ぐずぐずしていること)此の如し。余は望み無きなり。余、此に因つて奮発す。西遊に及び、筐中《きょうちゅう》には唯だ自鈔の杜・韓・蘇の古詩を携ふるのみ。鎮西に放浪すること騎歳《きさい》(年を越えること)、大いに悟る所有るに似たり」。

武元登々庵は先に紹介した武元北林(字を君立)の兄である。登々庵によって著された『古詩韻範』は古詩の韻法を十二格に分類し、『詩経』以後唐・宋の古詩を具体的に挙げてその韻脚の用法を説き示したもので、文化九年(一八一二)に出版された。これには山陽も文化八年十月五日の日付の序文を寄せている。その後、山陽は文化十二年十二月二十二日付けの橋本竹下宛ての手紙で、『古詩韻範』を「是は日本開闢《かいびゃく》以来之特見に候。必ず御求め置き成さる可く候。古詩を作るに、此法にはめ候へば、作り易き方に候」と激賞している。登々庵によって古詩の韻法を啓蒙された山陽は、西遊中、自ら杜甫・韓愈・蘇軾の古詩を抄出した写本を携行し、それらの古詩を手本にして自らも古詩を作り、自得するところがあったというのである。

西遊以前にも山陽は詠史を中心に古詩を詠んでいるが、その時期の古詩の作数は必ずしも多くなく、自在さにも欠けるように思われる。しかし、西遊中から山陽は積極的に古詩を詠むようになった。本書の詩25「壇浦《だんのうら》の行《うた》」、詩28「佐嘉《さが》に至り、諸儒に要《もと》め見《ら》れ、会飲す。……」、詩30「荷蘭船の行」、詩31「仏郎王の歌」、詩39「麑洲逆旅《げいしゅうげきりょ》の歌」、詩42「前兵児《ぜんへこ》の謡《うた》」、詩43「後兵児《ごへこ》の謡」など、詠史にとらわれない自在な詠みぶりの古詩の大作・異色作が相継いで生まれている。古詩は一転して山陽得意の詩体になったのである。

徳富蘇峰は『頼山陽』(大正十五年刊)において、「彼の詩鈔中で最も面白き部分は、恐らく西遊稿であらう。それは彼が九州旅行の詩だ」と評し、入谷仙介は『頼山陽　梁川星巌』において、西遊中の詩について「新しい詩材を発見して、彼の生涯のうちで、もっとも豊麗で実りある詩的世界が展開する」と評している。『山陽詩鈔』巻三・四の「西遊稿」には、量的には多作家になり、質的には新たに自在な詩境を開拓して、山陽が詩人として名声を獲得してゆくようになる転換点を示す詩群が収められているのである。

西遊から帰京して以後、山陽は没するまで、これほど長期の遊歴に出かけることは二度となかった。京都に身を落ち着けた山陽は、『日本外史』の最終的な完成に向けて精力を傾けた。『日本外史』完成の噂が広まるにつれて、借覧や筆写を希望する者も少なからず現れ、また門人も増えた。初めは居心地の良くなかった京都の文人界にも友人や知人の輪が広がり、また本書の詩103「日野《ひの》亜相公《あしょうこう》 辱《かたじけな》くも臨せらる。……」に見られるように、大納言日野資愛《すけなる》のような貴紳のパトロンもできたことで、山陽にとって京都は次第に居心地の良い場所に変わっていった。

山陽は西遊前の文化十二年(一八一五)秋に「二三の友人と飲酒して楽しみ、哄然《こうぜん》と笑ふ」(『頼山陽文集』「笑社記」)笑社《しょうしゃ》というサロン的な集まりを作っていたが、西遊後の文政七年(一八二四)頃にはこれを拡大改組して、飲酒・作詩文・書画展観などを楽しむ友人たちとの交遊サロンとして真社《しんしゃ》を結成し、「真社約」(『頼山陽文集』)という会則を定めた。また、山陽は京都のなかで引越を繰り返し、借家を転々としたが、四十三歳の文政五年(一八二二)十一月には東三本木南町に土地を購入して自宅「水西荘」を建て、文政十一年春には敷地内に「山紫水明処《さんしすいめいしょ》」と号する書斎を設けた。

西遊後、詩人・文人としての声望が高まるにつれて、山陽の生活は安定した。しかし、生活の安定は詩の豊饒を約束するものではない。むしろ、それは一般的には詩の堕落や弛緩《しかん》をもたらしかねない。西遊から帰京後の山陽の詩について、桂湖邨《こそん》は「中年以後、詩風漸く変ず。日《ひび》に時流を趁《お》ひ、品と格と倶《とも》に下る」(市島春城『随筆頼山陽』「山陽の詩についいて」)と評した。特に帰京後数年間の詩の弛緩については、山陽自身にも自覚があったらしく、没する直前の天保三年(一八三二)八月二十六日付けの門人後藤松陰宛ての手紙の中で、出版準備進行中の『山陽詩鈔』収録詩について次のように述べている。「第一二冊・西遊冊之外、未だ刻さざる処のさしてもなき詩は、板下料《はんしたりょう》を損にして、ぐつとへし、其以後数年の詩を合刻したきもの也。何《なん》となれば則《すなわ》ち西遊後さしてもなき詩多し(自注―二冊ホドニナルベシ)。丙戌・丁亥・戊子・己丑・庚寅五六歳之詩、傑作多し」。つまり、西遊後数年の詩はあまり出来がよくないので、すでに板下は出来上がって板木に彫るばかりになっているが、損をしてもよいからその部分の収録詩は大幅に減らしたいといい、しかし、その後の丙戌(文政九年)から庚寅(天保元年)にかけて五、六年間の詩には傑作が多いと自作を評しているのである。

具体的に山陽の作詩の跡を振り返って見てみれば、そういう波はあった。しかし、西遊から帰京後の山陽の詩は、品格ともに日を追って下る一方だったという桂湖邨の評価は、いささか厳しすぎるように思われる。大きく捉えれば、京都での生活の安定に伴って山陽の詩も安定期に入り、一時的に中弛《なかだる》みの時期はあったものの、多様さと円熟味を加えていったと見るのが妥当ではなかろうか。

4　山陽詩の特色

西遊の際に山陽が杜甫・韓愈・蘇軾の古詩を抄出して携行していたことはすでに述べた。もちろん、それは積極的に古詩を作ろうとした山陽が、これら唐宋三家の古詩を手本にしようとしたからであるが、古詩にとどまらず、絶句や律詩という近体詩においても、これら三家は山陽がもっとも尊崇する詩人であった。

これら三家に続いて、山陽が高く評価したのは、東晋の陶潜(淵明)と南宋の陸游《りくゆう》(放翁)であろう。陶潜については、山陽は陶潜の詩を選評した『彭沢詩鈔《ほうたく》(陶詩鈔)』を編み、その識語に「陶詩の六朝金粉の外に於いて別に面目を開けるは、其の人の六朝人に非ざりしを以てなり。故に其の詩も亦た超卓なること此の如し」(『頼山陽全書』全集下)と記して、その人と詩に対する敬仰の念を表している。また陸游については、「古刻の放翁詩鈔の後に書す」(『山陽先生書後』)において、「放翁の詩は杜(甫)の沈鬱頓挫に及ばず。而して性情は之に近し。韓(愈)・蘇(軾)の恢拓《かいたく》変化に及ばず。而して色態は之に過ぐ。黄(庭堅)の奇崛《きくつ》に同じ。而して其の硬僻《こうへき》無し。范(成大)と楊(万里)との秀腴《しゅうゆ》を兼ぬ。而して其の艱苦俚俗《かんくりぞく》無し。後世、詩を学ぶの正宗は、未だ此を舍《お》いて他に求むべからず」と他の諸大家と比較しつつ、陸游詩の美点を称揚した。

このほか、山陽は同時代ともいうべき清朝の詩人たちにも注目し、清朝の代表的な詩人たちを論評した本書の詩91「夜、清の諸人の詩を読み、戯れに賦す」のような長篇古詩を作っているほか、文化十二年(一八一五)十月には「『清百家絶句に題す」(『頼山陽文集』)という文章を書いて、唐・宋の詩の高みを学ぶための階梯として清詩を位置付け、さらに天保二年(一八三一)には舶載されて間もない清の浙江《せっこう》西部の地で活躍した六詩人の詩の選集『浙西六家詩鈔』に細評を加えている(山陽の評を加えた形のものが山陽没後の嘉永二年に『浙西六家詩評』として出版された)。

詩91で取り上げられた詩人でこの『浙西六家詩評』中の詩人と重なるのは、袁枚《えんばい》(字を子才、号を随園、倉山などと称した)だけであるが、詩91においては「倉山《そうざん》は浮囂《ふごう》筆舌《ふでした》に輸《おと》り」、『浙西六家詩評』には「子才の長篇、皆な狡獪《こうかい》を弄す。凡目《ぼんもく》を欺く者、此篇の如し」「前聯、粗俗極まれり。後聯は之に次ぐ」などとあるように、袁枚の詩に対して山陽は厳しい評を加えている。しかし、山陽の親友篠崎小竹が『浙西六家詩評』の序文で指摘したように、山陽と袁枚の詩才や詩風には近似するところがあった。それだけに近親憎悪的に山陽は袁枚の詩に対して辛辣《しんらつ》な態度を取るところがあったように思われる。またこの当時、日本の詩壇では江戸の市河寛斎《かんさい》や菊池五山や大窪詩仏《おおくぼしぶつ》などの称揚によって袁枚の詩が流行していた。市河寛斎の息子の米庵《べいあん》や五山・詩仏と山陽は親密な関係にあったが、こうした江戸の詩人たちによって袁枚の流行がもたらされたことに、山陽は対抗心を抱いていたようにも思われる。しかし、篠崎小竹がいうように、本質的には山陽は「随園を悪《にく》むに非ず」であり、実際は袁枚からの影響をかなり強く受けていたと考えるべきであろう。

そして、袁枚からの影響という点で指摘しておきたいのは、山陽の女性に対する関わり方である。山陽は三十四歳の文化十年(一八一三)、美濃・尾張地方へ遊歴に出かけた。山陽は、詩・書・画という文雅の嗜《たしな》みがあって、自分の意思をはっきり表明することができ、薄化粧の楚々とした風韻の女性、つまり男の文人と対等に付き合えるような知的で美しい女性を妻にしたいと考えていた。美濃・尾張遊歴の途中で書いた十一月十三日付け小石元瑞宛ての山陽の手紙によれば、配偶者として理想の女性に遊歴先の美濃大垣で出会ったと報告し、彼女との結婚が実現できるよう仲介・斡旋してもらいたいと懇願している。それがこの年二十七歳の江馬細香《えまさいこう》だった。しかし、山陽の芳しくない評判はすでに美濃にまで伝わっていた。大垣藩の蘭方医だった細香の父江馬蘭斎は反対したらしい。結果的に山陽の願いは虚しく潰えてしまったが、その後山陽と細香の間には、山陽の死に至るまで、詩を介して先生と「女弟子《じょていし》」という関係が長く継続することになったのである。

当時の日本の文人に、この「女弟子」という新たな概念をもたらしたのは、門下の女流詩人たちの詩を編集して出版した袁枚編の『随園女弟子詩選《ずいえんじょていししせん》』であった。山陽の友人江戸の大窪詩仏はこの『随園女弟子詩選』を縮約し、訓点を施して文政十三年(一八三〇)に『随園女弟子詩選選』と題して出版した。本書の詩15「別れに臨んで細香女史に寄す」や詩105「雨窓《うそう》に細香と別れを話《わ》す」に見られるように、山陽は細香を「女弟子」として遇し、細香もそれに応えたが、そこに垣間見られる新しい男女関係のあり方には、袁枚がもたらした「女弟子」という新たな女性概念の影響があったと言ってよいであろう。

以上のように、山陽は中国の詩人やその詩から幅広く多様な影響を受けていた。しかし、詩人山陽にとって大切なことは、手本に随順することではなかった。山陽は四十二歳の文政四年(一八二一)、門人の大河原世則《おおがわらつぐのり》の帰郷に際して「詩話五則」(『頼山陽文集』)という一篇を書き与えた。その中に次のような文章がある。

詩は必ずしも古《いにしえ》に擬《なぞら》へず。必ずしも今に媚びず。独り眼前の情景、之を吻《くちびる》に上せ、而して之を書するに筆を以てするのみ。然して筆は能く吻を承け、吻は能く情を承く。此に極まるは是れ難事なり。而るに古人は易易として之を為す。故に詩文は古人を学ばざるべからず。古人を学ばざれば、則ち詩を成さず、文を成さざるなり。

詩を作るためには古人の作を学ぶことは必要だが、もっとも大切なことは「眼前の情景」を表現することだというのである。

このことは、息子聿庵の詩稿を手批した時にその詩稿の後に書きつけた文章「手づから聿庵詩稿の後に批す」(『頼山陽文集』追補)では、次のように記されている。「詩は小技と雖《いえど》も、亦《ま》た淵源を知らざるべからず。然して詩は性情を叙べ、景物を写すの具なるのみ。古人の集、苟《いやしく》も己が心に適《かな》ひ、一たび展誦《てんしょう》して、輒《すなわ》ち詩思を生ずる者は、此即ち吾が師なり。必ずしも唐か、宋か、明か、清かを問はず、枕藉《ちんしゃ》して之を読めば、自《おの》づから家を成すべし」。また、山陽の別の言い方を示せば、「余、従ひて詩文を学ぶ者に語るに、一字の訣《けつ》(奥義)有り。曰く、真と。又た四字の訣有り。曰く、唯だ真、故に新しと」(『山陽先生書後』所収「杜集の後に書す」)ということでもあった。すなわち、詩にとってもっとも大切なことは、眼前の情景を写し性情を叙《の》べることであって、それが詩に真を求めるということであり真を求めれば詩は新しく勝れたものになる、と山陽はいうのである。

徳富蘇峰が「事実其者《そのもの》を直ちに詩と為し、実情其者を直ちに詩と為し、詩と実際生活とを別々に考へず、実際生活の中に詩があり、詩の中に実際生活があると云ふ如く、両者の間に親密の関係を見出し、此《か》くて眼前の景・口頭の語を、悉《ことごと》く詩中に取り入る、」(『頼山陽』第十八「詩人としての山陽」)と評した如き山陽詩の特色は、多様な山陽の詩全般について言えることであるが、山陽の詩のもっとも中心的な領域である詠史詩においても同じことが言えよう。父春水の友人柴野栗山の勧めで、少年期から朱熹《しゅき》の『資治通鑑《しじつがん》綱目《こうもく》』を読んできた山陽の歴史観に、朱子学的な大義名分論や勧善懲悪説が存在していたことは確かである。しかし、そのような静止的な歴史観のみで歴史の実相を捉え、精彩ある歴史叙述をなしうるとは、山陽は思っていなかった。

山陽の歴史観の特徴として注目すべきものの一つに「勢《せい》」という概念がある。この「勢」という歴史概念は、早く十七歳の寛政八年（一七九六）に書かれた「古今総議」（『頼山陽文集』）という文章に萌芽的に表れているが、晩年の著作『通議』に収められる「論勢」という文章では、次のように定義されている。

　天下の分合、治乱、安危する所以《ゆえん》の者は勢なり。勢なる者は漸を以て変じ、漸を以て成る。人力の能く為す所に非ず。而るに其の将《まさ》に変ぜんとして未だ成らざるに及びて、因りてこれを制為するは、則ち人に在り。人は勢に違うこと能はず。而して勢も亦た或いは人に由りて成る。苟《いやしく》も誘《ゆだ》ねて是れ勢なりと曰ひて、肯へてこれが謀《はかりごと》を為さざる、これが謀を為して其の勢に因らざるは、皆な勢を知らざる者なり。故に勢は論ぜざるべからず。

「勢」とは人為を越えて長期的に漸変・漸成する自《おの》ずからなる時運というべきもので、この「勢」こそ歴史を形成する原動力であり、人間はこれに背くことはできない。しかし同時に、「勢」も人間を介してはじめて歴史に現実化されるものである以上、人間は「勢」を「制為《コントロール》する」ことができるはずであり、そこにこそ人間が歴史に主体的に関わる根拠があるというのである。

こうした歴史観に基づいて、山陽は平安時代における武家の興隆、続く平安末期から鎌倉時代にかけての平清盛および源頼朝による政権掌握、さらには南北朝時代、戦国時代を経て徳川幕府に至る武家政権の変遷の必然を大観しつつ、その転換期の局面局面における人間の行動の具体相を想像力豊かに生き生きと描いて『日本外史』を完成させた。『日本外史』の魅力は、朱子学的な大義名分論や勧善懲悪説に拠って歴史を静止的・観念的に論断するのではなく、「勢」という歴史を貫く必然に、個々の歴史上の人物がどう働きかけ、どう動かされていったのかを、その人物の想念や表情にまで分け入って、あたかも「眼前の情景」であるかの如く描き、同情と批判とを率直に、あるいは隠微に表現するところにあった。

このような山陽の歴史観と歴史叙述の方法は、そのまま山陽の詠史詩の方法でもあったことは、詩5「一の谷を過ぎて平源興亡の事を懐《おも》ひ歌を作る」、詩25「壇浦の行」、詩77「南遊して往反数《しばしば》金剛山を望む。……」、78「桜井の駅址《えきし》を過ぐ」など、本書に収める詠史の長篇古詩を読めば自ずから明らかであろう。そして、そのような詠史の方法によりながら、日本歴史についての自家薬籠中の知識を活用し、表現法に比喩や象徴という技法を駆使して文政十一年(一八二八)に作詩し、文政十三年に出版したのが『日本楽府』である。

『日本楽府』は、古代より江戸時代初期に至る治乱興亡のトピックを、日本全土の国数六十六か国にちなんで、楽府体の古詩六十六首に詠み分けた詩集である。その中から本書には詩116―120の五首を収録した。山陽の言葉に拠れば「治乱の機窾《きかん》(仕掛け)、名教の是非」(『日本楽府』山陽跋)を明らかにするのを目的とする詩集であったが、文政十一年十二月十九日付けの橋本竹下宛ての手紙においては、「是は頗《すこぶ》る有益之詩、徒作ならずと存じ候。且つ古歌詞之体を人にしらせ、古詩長篇を作り候楷梯にも相成るべく哉と存じ候」と自賛している。山陽の親友田能村竹田が「読日本楽府評語十二則」(『日本楽府』に付載)において、「史才有る者は詩才無く、詩才有る者は史才無し。山陽は奄有《えんゆう》兼出す」と記したように、『日本楽府』に収められる六十六首の楽府体の詠史は、優れた歴史家にして優れた詩人であった山陽にして初めて作り得た詩であった。

頼山陽略年譜

和暦(西暦)	年齢	事項
安永九(一七八〇)	1	十二月二十七日、大坂江戸堀北一丁目に生まれる。
天明元(一七八一)	2	十二月、父春水、広島藩儒になる。
二(一七八二)	3	六月、母とともに広島に赴く。
七(一七八七)	8	この年、癇癖を発する。
八(一七八八)	9	一月十六日、藩の学問所に入学する。○六月十日、菅茶山、広島の頼家を訪問。山陽、初めて茶山と対面する。
寛政二(一七九〇)	11	(五月、寛政異学の禁、発せられる。)
三(一七九一)	12	この年、襄と命名される。「立志論」を書く。
八(一七九六)	17	十月から十一月にかけ、叔父杏坪に連れられて、石見国有福温泉へ湯治。
九(一七九七)	18	三月十二日、叔父杏坪に従って、江戸遊学に発つ。
一〇(一七九八)	19	四月四日、叔父杏坪に従って江戸を発ち、広島に帰る。
一一(一七九九)	20	二月二十二日、広島藩医御園道英の娘淳子と結婚する。
一二(一八〇〇)	21	九月五日、父の名代として大叔父惟宣の弔問のため竹原に向かう途

		中、出奔する。○九月二十八日、京都の福井新九郎宅に潜匿しているところを発見される。○十一月三日、叔父春風に伴われて広島に連れ戻され、自宅内の座敷牢に幽閉される。
享和元(一八〇一)	22	二月十六日、妻淳子、離縁となる。○二月二十日、淳子、長男都具雄(後に余一、号を聿庵)を生む。
三(一八〇三)	24	十二月、幽閉を解かれる。
文化元(一八〇四)	25	一月十五日、景譲、春水の養嗣子として藩に認められ、山陽の廃嫡決定する。
六(一八〇九)	30	十二月二十七日、菅茶山よりの廉塾都講としての招きに応じ、広島を出立。二十九日、備後神辺の廉塾に着く。
七(一八一〇)	31	七月二十六日、広島藩の重臣築山捧盈に宛て、宿志を訴える手紙を書く。
八(一八一一)	32	閏二月六日、神辺を去って上方へ向かう。大坂を経て、京都新町通丸太町上ル春日町に賃居し、塾を開く。
九(一八一二)	33	一月、車屋町御池上ル西側に転居。
一〇(一八一三)	34	三月二十六日、摂津国有馬温泉への湯治のため、都具雄を連れて上坂した父春水と、篠崎小竹宅で対面する。○四月二十三日、広島に帰る春水・都具雄を西宮で送別する。○十月九日、浦上春琴らと美濃・尾張方面へ遊歴のため、京を発つ。美濃大垣で江馬細香に会う。

一一(一八一四)	35	この年、小石元瑞家に奉公する梨影と結婚。○二月、江馬細香上洛し、山陽と会う。○八月十日、京都を発って広島に帰省。○十月十五日、備後鞆の津で田能村竹田と邂逅。
一二(一八一五)	36	六月、二条通高倉東入ル北側に転居。○秋、在京の友人と交遊サロン「笑社」を結ぶ。○十一月六日、大納言日野資愛に初めて招かれる。
一三(一八一六)	37	二月十九日、父春水(七十一歳)没する。母梅颸から危篤の報せを受けて西下。二十四日、広島着。
文政元(一八一八)	39	一月、門人後藤松陰を伴い、京を発ち、広島に向かう。○二月十七日、亡父春水の三回忌法要を行う。○三月六日、後藤松陰を供に、広島から西国遊歴に出る。○三月十四日、下関着。○四月下旬、博多着、亀井昭陽を訪ねる。○五月二十三日、長崎着、八月二十三日まで滞在。○八月二十五日、熊本着。○九月十日過ぎ頃、鹿児島着。○十月六日、熊本に戻る。○十月二十三日、豊後岡に田能村竹田を訪う。○十一月八日、豊後日田に広瀬淡窓を訪う。○十二月六日、豊前中津郊外の正行寺に大含を訪う。九日から大含と耶馬溪に再遊。○十二月下旬、下関に戻り、広江殿峯宅で越年。
二(一八一九)	40	二月四日、広島に帰る。○二月二十三日、母梅颸を伴って広島を発ち、京に向かう。○三月十一日、京の自宅着。ついで母を伴って吉

		野・奈良に遊ぶ。○閏四月二十日、帰郷する母に付き随って広島に向かう。母を送り届けた後、八月十四日帰京。
三（一八二〇）	41	十月七日、辰蔵生まれる。
四（一八二一）	42	四月二十六日、両替町押小路上ル東側（薔薇園）に転居。
五（一八二二）	43	十一月九日、東三本木南町（水西荘）に転居。
六（一八二三）	44	十一月七日、又二郎（後に号を支峰）生まれる。
七（一八二四）	45	一月十六日、帰郷する田能村竹田を大坂に送る。○三月十三日、東上した母梅颸を大坂に出迎える。以後、母に従って京都近郊・近江・宇治などを遊覧。○十月七日、京都を発って母を広島に送り、十二月二十八日帰京。○この年頃、笑社を真社と改め、会則「真社約」を定める。
八（一八二五）	46	三月二十八日、息子辰蔵（六歳）没す。○五月二十六日、三木八郎（後に三樹三郎、号を鴨厓）生まれる。○九月十二日、叔父春風（七十三歳）没す。
九（一八二六）	47	年末頃、『日本外史』ほぼ成る。
一〇（一八二七）	48	三月一日、東上した母梅颸と叔父杏坪を大坂に出迎える。以後、母と叔父に従って吉野・奈良・大津・有馬温泉などに遊ぶ。○五月二十一日、松平定信に『日本外史』を献上。○閏六月十五日、大坂に大塩平八郎を訪ねる。○八月十二日、菅茶山の急病を聞き西下する

		も、茶山(八十歳)没後に神辺着。
一一(一八二八)	49	二月二十六日、『春水遺稿』刊行。○十二月、『日本楽府』の稿成る。
一二(一八二九)	50	二月十四日、備後国三次(広島藩領)に叔父杏坪を訪ねる。○三月七日、母梅颸を連れて広島を発ち、帰京。○五月八日、日野資愛、来駕。○十月二十日、梅颸の帰郷に従い、京を発つ。
天保元(一八三〇)	51	閏三月十三日、上洛していた江馬細香が帰郷するのを湖南に送別する。○六月七日、母の病を聞き、広島に帰省のため京を発つ。(○七月二日、京都に大地震。)○八月六日、広島から帰京。○冬、『日本楽府』刊行。
二(一八三一)	52	二月二十三日、浦上春琴・小石元瑞らと月瀬に観梅。○四月十五日、藩主に従い江戸へ向かう聿庵を湖南瀬田に見送る。○九月十六日、母梅颸を見舞うため京を発って広島に帰省する。○十月十五日、母梅颸と宮島に遊ぶ。
三(一八三二)	53	六月十二日、初めて喀血する。○九月二十三日、没す。

頼山陽詩選《らいさんようしせん》

2012 年 6 月 15 日　第 1 刷発行
2024 年 5 月 15 日　第 2 刷発行

訳注者　揖斐《いび》 高《たかし》

発行者　坂本政謙

発行所　株式会社 岩波書店
〒101-8002 東京都千代田区一ツ橋 2-5-5
案内 03-5210-4000　営業部 03-5210-4111
文庫編集部 03-5210-4051
https://www.iwanami.co.jp/

印刷・精興社　製本・牧製本

ISBN 978-4-00-302315-0　　Printed in Japan

読書子に寄す

――岩波文庫発刊に際して――

岩波茂雄

真理は万人によって求められることを自ら欲し、芸術は万人によって愛されることを自ら望む。かつては民を愚昧ならしめるために学芸が最も狭き堂宇に閉鎖されたことがあった。今や知識と美とを特権階級の独占より奪い返すことはつねに進取的なる民衆の切実なる要求である。岩波文庫はこの要求に応じそれに励まされて生まれた。それは生命ある不朽の書を少数者の書斎と研究室とより解放して街頭にくまなく立たしめ民衆に伍せしめるであろう。近時大量生産予約出版の流行を見る。その広告宣伝の狂態はしばらくおくも、後代にのこすと誇称する全集がその編集に万全の用意をなしたるか。千古の典籍の翻訳企図に敬虔の態度を欠かざりしか。さらに分売を許さず読者を繫縛して数十冊を強うるがごとき、はたしてその揚言する学芸解放のゆえんなりや。吾人は天下の名士の声に和してこれを推挙するに躊躇するものである。このときにあたって、岩波書店は自己の責務のいよいよ重大なるを思い、従来の方針の徹底を期するため、すでに十数年以前より志して来た計画を慎重審議この際断然実行することにした。吾人は範をかのレクラム文庫にとり、古今東西にわたって文芸・哲学・社会科学・自然科学等種類のいかんを問わず、いやしくも万人の必読すべき真に古典的価値ある書をきわめて簡易なる形式において逐次刊行し、あらゆる人間に須要なる生活向上の資料、生活批判の原理を提供せんと欲する。この文庫は予約出版の方法を排したるがゆえに、読者は自己の欲する時に自己の欲する書物を各個に自由に選択することができる。携帯に便にして価格の低きを最主とするがゆえに、外観を顧みざるも内容に至っては厳選最も力を尽くし、従来の岩波出版物の特色をますます発揮せしめようとする。この計画たるや世間の一時の投機的なるものと異なり、永遠の事業として吾人は微力を傾倒し、あらゆる犠牲を忍んで今後永久に継続発展せしめ、もって文庫の使命を遺憾なく果たさしめることを期する。芸術を愛し知識を求むる士の自ら進んでこの挙に参加し、希望と忠言とを寄せられることは吾人の熱望するところである。その性質上経済的には最も困難多きこの事業にあえて当たらんとする吾人の志を諒として、その達成のため世の読書子とのうるわしき共同を期待する。

昭和二年七月